周月亮文集

性命之学

周月亮 著

常快乐真功夫

周月亮

中国科学技术出版社

·北 京·

图书在版编目（CIP）数据

性命之学 / 周月亮著. -- 北京：中国科学技术出版社，2024.1

（周月亮文集）

ISBN 978-7-5236-0414-4

Ⅰ.①性… Ⅱ.①周… Ⅲ.①知识分子—研究—中国—古代 Ⅳ.①D691.71

中国国家版本馆CIP数据核字（2024）第003924号

总 策 划	秦德继
策划编辑	周少敏　胡　怡
责任编辑	胡　怡　赵　耀
封面设计	余　微
正文设计	王　丹
责任校对	吕传新　焦　宁　邓雪梅　张晓莉
责任印制	马宇晨

出　　版	中国科学技术出版社
发　　行	中国科学技术出版社有限公司发行部
地　　址	北京市海淀区中关村南大街16号
邮　　编	100081
发行电话	010-62173865
传　　真	010-62173081
网　　址	http://www.cspbooks.com.cn

开　　本	880mm×1230mm　1/32
字　　数	1936千字
印　　张	86.25
版　　次	2024年1月第1版
印　　次	2024年1月第1次印刷
印　　刷	北京世纪恒宇印刷有限公司
书　　号	ISBN 978-7-5236-0414-4/Ⅰ·83
定　　价	498.00元（全11册）

周月亮

河北涞源人，中国传媒大学学术委员会委员，阳明书院院长、教授、博士生导师。

另有心学、智术系列著作分别汇刊。

自序：误解与希望

世代如落叶。代代人大多乱七八糟地活、稀里糊涂地死，少数坚持明白地活、尊严地死。反思其中的滋味，留下悲欣交集的辞章，后人的解读不过拾几片落叶。后之视今如今之视昔，这条精神链扭结着误解与希望。误解如秋风中的落叶，希望如落叶中的秋风；误解如烦恼，希望如菩提；误解如无明，希望如净土。谁能转烦恼成菩提？谁的误解即希望？恐怕差不多的人的希望却是误解吧。尽管如此，留下的落叶，好生看取也有雪泥鸿爪。

《孔学儒术》中，儒术的精要可用"中而因通"来简括："中"是"执两用中"的"中"，儒家的中庸与释家的中观目的不同，道理相通。"而"是"奇而正、虚而实"的"而"，其哲学要义在"一与不一"，是对付悖论的最好的智慧，不"而"则不能"中"。"因导果"是世间出世间的总账，"因"字诀最普适的妙用是引进落空。不通不是道，通道必简。化而通之概括了"因"的意义，通则久。

《〈水浒〉智局》透析了《水浒传》中智慧、权力、暴力的关系：函三为一、一分为三，合则为局、析则为爻。水浒人此处放火、彼处杀人之朴刀杆棒生意串成江湖版的《孙子兵法》。宋江能够统豺虎是"阴制阳"，梁山好汉被朝廷赚了也是"阴制阳"。阴为何物？直教一百零八好汉生死相许！

《性命之学》以性命作为重估文人价值的标准和依据。穿透了虚文世界曲折的遮蔽，才能探讨人自身的性命下落。性命之学由心性谱写。近世让人心酸眼亮的"心性"有王阳明、李卓吾、唐伯虎、曹雪芹、龚自珍、鲁迅等，他们是塔尖。他们提得住心，所以他们的心性剧有声有色。

《〈儒林外史〉士文化研究》提取了《儒林外史》展示出的贤人困境、奇人歧路、名士风流、八股士的愚痴等士子型范；在封建时代，士文化的根被教育败坏了。用教育来反教育，是古代中国士文化传统的一部分。

《儒林外史》中每一张脸都是一座碉堡，文学人物是现实人格的象征，《〈儒林外史〉人物品鉴》透视封建时期士人"没出息"的活法、自己骗自己的文化姿态，以及他们无路可走的"不在乎"的无奈。最窝囊的是，当时的文人说不出一句明心见性的话。

《王阳明传》呼吁善良出能力来：对人仁从而鉴空衡平、爱"爱心"而天良发现。良知顿现，难事易办。心学是意术，是感觉化的思想、哲学化的艺术，是修炼心之行动力的功夫学、成功学。致良知教世人柔心成真人。

现象即本体，影视通巫术，方法须直觉，效果靠博弈:《电影现象学》旨在使影视艺术能有自己的本体论、方法论。

文化即传播，只要一"化"就有传播在焉。我几千年文明古国，锦绣江山，传播玉成。《文化传播》写的是文化的传播即传播的文化。

《揉心学词条》想总结误解发生的思维机制（意向三歧性）、误解发生的心理机制（欲望三重化）、误解发生的语言机制（言语的三不性）、误解发生的行为机制（互动反馈误差扩大），想建立"误解诊疗术"，但只是沙上涂鸦，更似煮沙成饭。

家，是移情的作品。院子是境，也是景。情景交融，在美学上值得夸耀，在生活中是不得不做的事情。"我"寄寓于别人家院子，像小件寄存一样。《在别人家的院子里》是我印象深刻的生活经历。

刺刺不休十一卷，诚不足称之为著作，只是我造句几十年的一个坟丘（另有百万虚构类文字已被风吹）。其中包着误解，也含着希望。误解，是人自我活埋的本能。希望，是人自我生成的器官。"我"因对希望心不诚而自我活埋着。

最后，我满怀深情却文不对题地抄几则卡夫卡的箴言:

> 生的快乐不是生命本身的，而是我们向更高生活境界上升前的恐惧；生的痛苦不是生命本身的，而是那种恐惧引起的我们的自我折磨。

它（谦卑）是真正的祈祷语言……人际关系是祈祷关系，与自己的关系是进取关系。从祈祷中汲取进取的力量。

生命开端的两个任务：不断缩小你的圈子和再三检查你自己是否躲在你的圈子之外的什么地方。

2023 年秋

目　录

第一章　重返桃花源

人文精神与素质教育

一、古代人文精神及素质教育

西方的人文精神，来源于基督教的信仰系统与希腊的理性传统，而中国的人文精神来源于教育。从最初的家庭内部的"默训"就规定了中国的教育是宗法制的社会管理式的"教化"：生存技能的传授、维系氏族社会群体的广泛规则都是代代人要"天天讲、年年讲"的，也就是说，原始氏族的社会教育贯穿着政治、经济、宗教、伦理的内容，教育也自然贯穿于这诸多方面。中国所谓博雅式的人文教育其实就是素质教育与意识形态一体化的。尔后也没滋生出重理性、科学的希腊式教育或重信仰内修的希伯来式教育。但中国的人文教育中包含着中国式的人文精神。

所以人文精神最简单地说就是用人道主义情怀面对世界，用人道主义精神来"文化"自己和这个世界。与之相对的是权力的"武化"与金钱的"商化"，说白了，人文精神就是与政治、经济相对的文化。这是人文精神的一级定位，尽管还是个无用的定位。不管什么专业，知识分子通过教育、文献研究、文学创作、经史学问、艺术创造等进行着文化建设，用文明去化野蛮，用人的理念、价值、主体意志去对抗金权世界、蒙昧主义——广义的"人化自然"是人文精神的一个核心内容。无论是官方儒学还是士子儒学都坚持这个立场，这就形成了道统。"儒道互补"成为个体的士子现实可行的天人合一的理路。下面讲完儒家讲道家。

"政教合一"是儒学教育的根本方针，究其实质是一种为政治服务的大素质教育。内在理路是"血管里流出来的都是血"——只要是君子，个人成道，国家也正规。以"文"去"化"天下，这就是常说的王道，是靠教育而非刑罚来改良人生。天子与一般贵族子弟受到的教育在道理上是一样的。自天子以至庶人都遵守修齐治平的道路。西周及其以前的六艺教育、东周至汉前的私学是如此，汉后儒家的经义教育成为一统天下的主流更是如此。但这一路，可以称为"权文"，不是在这里要特别标举的"人文"。真正的人文精神薪火相传的基地在书院，孔子是开端，宋明理学是顶峰，如岳麓书院、东林书院等。书院教育也与科举挂钩，但超越科举。王阳明的学生游山玩水亦中举，是找到了感觉的"打蛇打七寸矣"，心学的中举率很高，但阳明书院的意义是扭转了中国思想史的方向。理学相对于汉学是素质教育，心学又革理学的命——王阳明是素质教育的伟大范例。没有阳明搞那一场普及率极高的素质教育，儒学就中断了生机，晚清就失去了民族复兴的思想支柱。直到康有为的万木草堂、强学会，甚至黄埔军校、抗大起初也是民间的。官学有官学的素质教育，民间有民间的素质教育，它们共同养育了中国的"教育教"——非宗教而有宗教功能，养育了中华文化的基本品质。但民间这一路是中国人文精神的精华，具体地说，士子儒学是一直从事中国人素质教育的基本力量，最典型的代表是孔子和王阳明（参见拙著《孔学儒术》《王阳明大传》）。

孔子教育儿子和教育别人一样（不学礼无以立），这种素质教育是伦理本质主义的，从而不是彻底的自然素质，但有一个"德智"相生，统一于"仁"的理路（仁者安仁，智者利仁）。这个仁是合于天道的，从而也是合于人道的。孔子的诸多教育思想都是为了让"仁"在天地之间成为普遍的事实。为了实现"仁"，必须有中庸的品质——行为及思维的品质。士子儒学的素质教育是培养人性品质、思维品质的道术一体的文化工程。素质教育就是培养出永远都恰到好处的素养能力。这个好不好有个终极的标准——"仁"，不是无标准的流氓。孔子的素质教育思想，总起来说就是：第一，让学生自己找到自身内部的善本根，"为仁而已""我欲仁，斯仁至矣"；第二，激活学生的智慧，而不是灌输单纯的知识；第三，"君子不器""我不试，故艺"。人是目的而不是工具。"志于道""浩然正气""取之有道"，有尊严精神的"节"，有大事业情结，为主义而教、而学、而工作。不当资本家赚钱的工具的马克思之所以能被儒家化，是因为"素质"相通。

这一路培养了中国人的"大丈夫"风骨、"以道（理）抗世"的英雄主义，这依然是今天素质教育中"理想人格教育"的精神资源。公德教育的资源。爱国主义教育的内核主要是增进文化共同体的凝聚力，儒学文化圈已是不以人的意志为转移的"形势"。更重要的是"天人合一"的精神胜利法，它曾经是我们民族战胜许多苦难的精神支柱，今天依然是我们战胜金权市场的内力。民魂是个纲，复兴民族文化精华才能摆脱殖民地位。民族精神是综合国力的重要内容。有精神才有素质，无精神，单靠技术是不灵光的，但只剩下精神就成了义和团，又失去了科技素质。

与儒家文化形成对位补充的是道家文化。道家反对包括儒家在内的所有破坏人的自然本性的"文化"(伪),成为后世生命哲学、文化诗学的思想资源(海德格尔的反技术主义与心仪纳粹,都使得他以老子为知音)。这一路想保全贞素于乱世,想用艺术感觉来对付人生战场,是东方式"悠然自得"的典型。

中国自古而然的农耕经济、内陆型的生产方式,都使得自然经济一直是主导经济。这种自然经济最能保全、养育人的天然的素质,尽管只是低势能的自然素质,但可以让人总是生活在体验中,从而成为体验大于行动的"哲学家"——也就是罗素说的每个中国人都是哲学家的那种哲学家。可以说主要是道家的观念成为一般中国人的基本信仰,或者说道家体现着这种基本信仰。道家的素质教育的总思路是从人自身的需要来规范教育(反文化也是一种文化主张),就是用美学代替宗教。在这一点上儒道是相通的,都是中国品种,都想通过天人合一(德)的思路来保全人的心性与天道的沟通,获得"大全"的文化精神境界。

道家的影响主要在民间,既是雅文化圈士绅们的基本心理结构,也是俗文化圈的民众们的普遍信仰,道家分蘖出来的道教是中国本土的、在民间占主导地位的宗教。保护素质就是他们的素质教育的宗旨。说白了就是他们要"素质",不要教育:"大器晚成",培养"超越"的心理机制,是艺术化的人生态度的哲学基础。儒道互补,构成了中华民族"进取超越"的生活方式、情感形式、思维定式。在大师一级的文化人身上看到的那种德智体美大全,就是其结晶。它对于今日素质教育中的"个性教育"、以人为本体的价值观应该有启发。

真正保持宗教情怀、开发人的科技素质的是墨家。他们尊崇超验的"鬼神世界"，从而有兴趣研究抽象的逻辑和科学，他们有信仰，所以有主体意志，他们不投靠官府，凭自己团体的力量来改造世界。也因此禹墨精神被鲁迅奉为"中国的脊梁"。当初墨家不与官府合辙，古代中国又一直只有国家没有社会，没有墨学发展的空间，其末流演变成帮会，其精神终于被湮没，形成国民素质的大内伤。

二、素质是心理结构　素质教育是重建民魂的工程

不妨人为地将素质教育分成广义和狭义的两种。狭义的素质教育就是开发人的智能的、以培养人的创造力为目标的教育。因为生命的意义、文化的演进都是在"创造"二字上。创造力，需要独立的个性、临场发挥的心态和反应，当然，扎实的专业知识是基础。创造力的"能源"在感性，素质教育就是要开发"新感性"。这种语义中的素质，如常说的功夫在诗外的那个体验，找着了感觉的那个感觉，潜力、悟性等感性的智力因素。从这个意义上说，素质教育是让学生找到感觉的教育，是确立新感性的教育。

抽象点说，凡是构成另一种技能的基础、决定或影响固有装备的发挥或能力的施展的那个因素就是素质。"素质"的"素"是因素，"质"是品质。借用佛教的术语说，素质是"自性"的，其他的东西是在素质"自性"上缘起的。性格、智能中的活性因子都是素质（知情意）。素质是一个人区别于其他人的因素与质地，是生命潜在发展的可能性，是可以通过教育来优化其结构，从而获得新的功能和发展的。素质教育当然就是发展素质的教育，教育的第一要义就是发展素质。

对于狭义的素质教育来说，关键在于怎么教。素质教育只有一个敌人，就是形式主义。比如说八股文，根据行文的"口气"判断你的道德修养、对圣学的理解程度，将道德素质落实到了文体上，是个很内行的要求，但当它变成了形式主义的、量化的要求时，就走向了反面。素质教育的秘密在于摆脱"规范异化"。一种规范的出现，起初大有意义，久则生弊，变成没有意味的形式。它会排斥才情，钟情循规蹈矩的接受型学子，从而失去"学科之魂"，只剩下了应试之"术"，失去了本原性的动力——"道"。

素质教育的理想型范是天下型的人才，技术教育的理想型范是专家型的人才。创造型的专家也是靠开发素质成功的，专业技术教育与素质教育不矛盾。分科教育是文化深入发展、创造的必然，它本身与素质教育并不矛盾，矛盾的是一些片面化、形式主义的刻板要求。素质教育培养的是卡里斯马型的、有魅力的、英雄主义的、超越进取型的、有思想的干才，是能领略、把握学科之魂的真才（参看梁遇春的"流浪汉文学观"，还有漂泊、困守的哲人，地下文学，平民思想家），可以摆脱规范异化的把握了原创性生机的人。这样才能找到素质教育的素质。绝不仅是中小学摆脱应试教育、大学文理渗透的问题——尽管这些必须做到，但眼下还见不到希望。

从根本做起，至少从根本说起——要推动广义的素质教育，即建设人道主义、人文精神，建设公平、正义的价值理性，重建我们的至大至刚的精神胜利法，总之是个重建民族魂——人文精神的问题。党风、社会风气、全民族的精神状态，靠教化——执政党的教化，如最近掀起的讲政治、讲学习的风气。学生素质首先来源于家长——广泛的社会成员，家长是家庭教育的直接施教者。全民都需要健康良好的精神环境、从金权市场找回良知的"素质教育"。良知之道的核心就是"人是目的""人的本质力量对象化"的人文精神。

广义的素质教育是人文精神的生存论、生命美学、致良知的心学，培养的是得道君子，是心性通天、有宗教气质和使命感的民族精华；是不断的自我教育、自我完善；追求内在的进步，摆脱技术异化、体制异化、专业异化、规范异化。素质教育是知行合一的"良知之道"。良知是人所固有的与宇宙真理相通的智慧，是能感受到与天地万物之根源同体的心灵觉悟的状态——可惜被各种欲望、妄念给遮蔽了。素质教育与马克思说的人的本质是"自由自觉活动"这个理路相吻合，保持着活泼泼的生机：用兴趣培养情商，用宽松的空间保持良好的自由度，用学生自己的体能、智能战胜自己的毛病、局限。素质教育就是以人的身心发展为目的，提高人的独立性、积极性、自主性和创造性等主体品质，使人在德、智、体、美等方面得到全面发展的"文化"活动。素质教育是理性品质、理想人格的教育，核心是让良知、个性得到充分的发展。素质教育是弘扬人文精神的大教育，是让人找到精神的教育——对抗金权市场的最好的精神就是人文精神。极而言之，人文精神是素质教育之魂。

知识经济呼唤素质教育，素质教育只能在知识经济时代获得全面的实现。知识经济符合文化之道：不断的自我教育。没有边界，和平增长，不是通过你死我活的竞争，而是共同生长。如果说基督教形成了资本主义伦理，那和平主义的、尽己克己的儒学可以形成知识经济的人际伦理。以儒学为基本内核的中国的人文精神是今日素质教育不可回避的、现成的资源。我们不能放着现钟不撞，反而去铸生铜，有兔不养，反而去守株。

传统教化的秘密与魅力

一、政治文化与个体文化的交融

教化是意识形态对人们的规范作用这个关系和过程的一个原始又准确的概念。自从《易·观卦》拈出教化词意，如"圣人以神道设教""先王以省方观民设教"，尔后便越用越繁。教化毫无疑问属于"方式文化"的范畴。从古代开始运用"礼"这种仪式祭祀祖先时就开始了自觉的教化活动，而且随着氏族之父转化为邦国之君，礼仪活动便成为一种政治组织形式，制礼作乐则成了创业垂统的政治教育形式。从宗法奴隶制到宗法封建制，始终离不开宗法，也就始终没有离开过"礼"。

所以，教化，以及重教化，首先是一种政治文化。最早的种族奴隶制的族长们推行教化，旨在让个人行为与社会发生有序的关联，而政治关系，支配着个人与社会的全部关系。殷商时期就有"礼""德""孝"的思想，它们见存于甲骨文中，现在无法仔细地判断三者的原始联系，但可以推测其逻辑关系为：礼为准则，上德下孝。这是一个政治的互动模式，规范着每个人对政治的态度和倾向。在上者，必须有德，才能使礼发挥规范作用，在下者必须孝，才算遵礼。在宗族奴隶制中，父是"举杖""率教"的家长，随着军事民主制的发展，父演变成百官之尹，尹而有口，则是能够发号施令的"君"。尽管后来的圣贤们反复论证"道之以德""齐之以礼"这两个方面，但事实上形成了一个侧重：下服从上。最早的族长又是在祭祀中完成这个模式的，使人们既注意到宗法宝塔顶端只有王"予一人"，又相信他是受命于天的。以孝为中心的伦理观念亦称天伦，意谓这种道德是从天的意旨中引申出来的。天伦既有天命的含义，又有血缘的含义。天命是一种不可违的规范，有着"压下去"的强制性，血缘又使其有足够的情感性，有着"转过来"的转化功能。这奠定了教化最早的"合情合理"的特征。教化的魅力和秘密就在于是这样"自然"地将个体文化与政治文化交融起来。

从理论上成功地完成这种交融的，是孔子的以仁释礼。仁是道德文化，礼是政治文化。孔子为将周礼落实到每个人的心理情感上立下了殊勋，几乎使两千多年来的人们一直坚持着这样一个信念：只要人活着，就得当仁人，就得遵礼。道德与政治本来是两回事，孔子却用仁政将二者奇迹般地焊接在一起。这样做，使"教化"占到一个畸形的突出的地位，使"重教化"成为中国传统文化的一个支配性的本质属性，这也就是人们常说的中国文化是"伦理型"的。

教化的一般功能是让更多的人认同理想价值的作用，中国古代的教化则是用"礼"规范人们，"以乐礼教和，则民不乖""以俗教安，则民不偷""以度教节，则民知足"（《周礼·大司徒》）。简言之，教化就是为了造成全民的"合适感"，这正是礼的等级和适度的二重含义。人是观念的动物，社会在某种意义上是靠观念维系、运转的。教化隶属于政治的认识性成分、理想性成分，前者如董仲舒总结了有利于统治的中国理论的精髓，概括为"天人合一"，就是一种很有效的观念，它同时包括了"君权神授""天赋人权"的不完全含义，既不使宗教教义占主导地位，也不使自然权利论占主导地位。后者如孔子的"大同世界"的构想，它有着原始公社的遗韵，也有着几千年不变的农业文明的牧歌情调，成为历代圣贤向往的境界。

从现存史料看，周公东征前的教化还不那么严密、健全，东征胜利，大事分封，形成全国一律的宗法宝塔型组织，又从意识形态上完善这种等级结构，全面、系统地建构起"制礼作乐"的典章。"道德仁义，非礼不成；教训正俗，非礼不备；分争辨讼，非礼不决；君臣上下，父子兄弟，非礼不定；官学事师，非礼不亲；……是故圣人作，为礼以教人，使人以有礼，知自别于禽兽。"（《礼记·曲礼上》）这样高度重视礼的作用，把礼作为区别人兽的文明标志，其实这也就是在把教化深深地纳入华夏文化的深层结构，这不仅是个使人文明化的问题，其深刻的历史意义更在于自觉地使政治人类化。

作为方式文化，中国的教化一开始就是"政教合一"型的，而且几千年来一以贯之、密不可分。"政"是组织方式，"教"是思维方式，作为思维方式，它既包含价值取向，又包含致思方式。对于政和教的关系，管子说得很明白："夫政教相似而殊方。"后来就出现了分化：法家重政，儒家重教。孔子以仁释礼、用仁政将政与教合一，而为政之道必以教化为先。孟子血气方刚，易走极端，不是把教化与刑名相对，而是将教化与善政相对，认为善教不但高于刑名，也高于善政："善政民畏之，善教民爱之。善政得民财，善教得民心。"（《孟子·尽心章》）这里表现了儒家一个基本的也是诱人的倾向，就是它坚持性善的本原观，从而对人的本性寄予了过量的厚望，其实是在提倡一种无神论的意志主义：只要教育得人人都自觉趋奔那高明远大的道德本体，则海晏河清，人尽尧舜。其最大的魅力在于给每个人以希望，将社会性的、理性的教义（如仁、义、礼、智、信等）变成人人都认同的人的"本质"。教化已大大逸出了政治的边界，是达到人性之完满的"神谕"启示。重教化，也是在将知识及整个精神道德世界和谐地贯彻到情操和个性之中。它机智地将政治文化纳入个体文化之中，而一旦落实到个体文化的层次，便具有了生生不息的生命力。伦理本位如印百川之月，它分别体现为以礼俗代法律、用伦理组织社会，教化本身即代替了宗教。教化系统有礼教、乐教、诗教等，唯独没有宗教。"祈天永命""允执厥中"，强调情感与理性的合理调节，一切精神问题都可以在这个体系内圆满自足地解答。重教化本身，也成了强化传统的传统，强化到了覆盖一切的地步：政治过程是靠道德治天下，理论形式也是伦理外推型的，从人们的行为规范到社会的理想，都是教化的演绎。

二、教化的品格及其正值效应

现在，要从创造性地转化传统的立场出发，积极总结教化传统的优秀方面，我们至少应该肯定这样几点。

首先，"先王以人文化成天下"，通过重教化的方式使人类文明化，使政治人类化，是一种了不起的、促进华夏文明成熟的意识形态工作，具有亚人本主义的温馨与魅力。孔子说："先王见教之可以化民也，是故先之以博爱，而民莫遗其亲；陈之于德义，而民与行。先之以敬礼，而民不争；导之以礼乐，而民和睦；示之以好恶，而民知禁。"（《孝经》）一切都在脉脉温情中进行，政治罩上了王道的光晕，民不是在接受刀光刑海的洗礼，而是生活在"家"中。现实若都果真如此，则自是桃源仙境了。事实上当然有苛捐杂税，有贪官污吏，有农民起义，但作为一种理论，它是符合人性的"应该如此"的那个方面的，其理想性的范导作用不可低估。董仲舒主张只重教化，不用峻刑，教化成功了，就不用牢狱了。武则天嘴上说的治世之道也是："息兵，以道德化天下。"教化，教君行德政，教民拥护德政，这无疑是在推动人道主义。正是这种深入人心的理论，逼得那些行暴政者也往往打着仁政的幌子。这种亚人本主义使古代国人既不信奉什么自由主义，也不信奉赤裸裸的权威主义。

其次，传统教化的本意，是双向互动的。"夫风化者，自上而行于下者也，自先而施于后者也。"（《颜氏家训·治家》）执政者必须率先垂范，才能养成良好的社会风气。"教者，效也。上为之，下效之。"（《白虎通义·三教》）教化，主要靠执政者倡导推广，身正才能令行。用管子的话说："教之始也，身先备之。"同时，"上以风化下，下以风刺上"，百姓的情绪也有矫正执政者的作用，"采风于民"，是励精图治的明君良臣联系群众、联系实际的重要渠道。他们学习周天子的"巡守""观民风"，或"潜遣行采听风俗、吏治得失"，或"听歌谣于路"，"以察风俗之邪正，以审王化之兴废"。这种双向互动结构应该是每代执政者推行教化的源头活水，以保证存在与意识正确、健康的相互作用。

再次，重教化培养了中国知识分子一个优良传统：忧国忧民的责任感，博学于文、行己有耻的自律觉悟，以及君子固穷的节操。这尤其体现在那些不达不遇的有志有识者身上。他们本是文化的使者，却总陷入文章憎命的窘境中，而又抱持着向日葵般的忠诚，不放弃"兼济"之志。身教重于言教的光辉榜样不是那些更有辐射域的达官显宦，而是那些"一介寒儒"的他们。他们有把教养里的辞藻当真的呆气，蔑视不义富贵的傲气。他们传递着教化的本义，因为在他们身上，教义未被权力异化，他们是既不愚蠢也不腐败的，尽管他们身边的庸人和奸变之徒俯拾皆是。仁政是他们的理想，他们是仁政合理性的证据，尽管他们处在"吾道不行"的尴尬状况中：他们的水平是教化的光荣，他们的命运又是对教化的讽刺。他们承担着这个悲喜剧，高风亮节地含茹着回肠悲愤，无怨无悔地继续去化育人们，其人格力量无愧于文化英雄的称号。是这支前仆后继的队伍为我们创造了学术理论、文学艺术等领域的精神财富；是他们在不得志的逆境中，甚至肩负着异端的罪名，开门授徒，尊德行、道学问，薪尽火传地播撒着文化精光。在封建社会后期，他们是反对假道学的劲旅，是联系上层文化与市民文化的中介（如李贽），他们在得不到任何报酬和奖励的情况下著书立说（如顾炎武、曹雪芹）。是他们，而不是那些贪鄙的官宦，证明着"仁者爱人""慎独"等教义的不可企及的高明。命运把他们逼在"个体文化"承担者的角落，使他们反而能体现教化这种政治文化的纯洁性。这真是"天意君须会，人间要好诗"的安排。

教化的很重要的政治属性是为已有的文化、规矩、约束体系辩护，执政者用这种富有弹性的"方式文化"来约束，比采用透明度高的民主制度要安全、主动得多。而且，用道德代宗教，用礼俗代法律，又养育了国民的随机、实用性。事实上保证了"天不变，道亦不变"，即使王朝换姓，道也不变，最后还是天不变。从大文化的宏观角度来总结，重教化传统的历史作用，则又是一个无所不包的话题，因为关涉民族素质、民族风格的成因由来。陆贾就是这样看待教化的重要性的："尧舜之民，可比屋而封；桀纣之民，可比屋而诛者，教化使然也。"（《新语·无为》）笼统地说，以儒学为主干的教化传统，对国民性格的培养有其功不可没之处，尤其是其"天行健，君子自强不息"的大丈夫气概，感召哺育出无数志士仁人、民族的脊梁，他们令身求法、替天行道的英雄主义，是令人永远景仰的。即使是明确地要革新传统的智者，也高度评价传统教化这方面的伟力。我们举严复为例略作申说。严复是致力于西学东渐的第一代代表人物，很容易推论他蔑视古代传统，其实他严格区分流俗的所谓道学家和真正的道学家，他高度评价后者的人格："试思以周程朱张阳明蕺山之流，生于今日之天下，有益乎？无益乎？吾知其必有益也。其为国也忠，其爱人也厚，其执节也刚，其嗜好也澹。此数者，并当世之所短，而宏济艰难时必不可少之美德也。"是那些打着儒学招牌而"一快其偷鸡摸狗之本怀"的诈佞小人，给儒学带来灾难，人们嫉恨这种道学家，遂迁怒于宋儒，结果产生很不好的后果："夫怒宋儒者，必反宋儒。于是其待国也如传舍，以忠愤为痰魔；其待人也如市易，以敷衍为得计；其执节也，以因人而施为妙道；其嗜欲也，以及时行乐为本怀。人皆若此，大事便去，黄种便灭，更何待言！"（《严复集》）严复是深刻的，而且预见了他身后百年风雨的走势。如果说教化传统本身有责任的话，那就是它培养出的忠节贞儒太少了，而不是太多了。对于普通人来说，教化提倡的中庸适度、和谐稳定的人际关系法则，能使每个人的短暂一生更大可能地安闲遂适。安贫乐道，为而不争，符合性善之国人的心愿。他们贫而自矜，代代承继着这种精神。不完全是理论规范着他们，他们也选择着适合的理论。马克思说过，理论实现的程度取决于需要的程度。儒学恐怕是农业文明必然的花朵。

重教化之所以成为数千年不衰的齐家治国的传统，其根源正在于它适应农业文明的社会结构、生活节奏，没有新的生产力打破这个意识形态。当然，它也有压制新的生产力的反作用。其要着就是把"德"的最佳实现状态当成普遍事实，难免自欺欺人。

三、必须创造性地转化传统

传统的价值，正如它的形成一样，证明它在过去相当成功。但即使是真理也需要发展，再有优势的传统也养育不起"吃传统"的无穷无尽的子子孙孙。"吃传统"是一种堕落，它会败坏传统，更会破坏"当下此在"的人类生活。这似乎是传统本身的报应：传统一经形成，就好像有了独立的生命和不受控制的意志，并逐渐变成一种"非人"的力量，不再听命于人类发展自身的要求，反要摆布人类的生活。教化终于在统治者手中变成"礼教"，礼教在元明清则成为愚民政策的别名。传统不但不能使精神再生，反而使精神板滞，变成了规范异化的枷锁。当只能把传统的真实性变成说教性时，文化重复综合征便轻松地击中了它。到了晚清之际，教化传统本身爆发出空前的危机，也成为民族危机的原因之一。

教化传统本身随着历史发展必然发生变化，但"重"教化的习惯却始终难以更改。出现用传统的说教性代替现实性的现象几乎是无法避免的。"经"的权威被偶像化后，儒的用武之地如何联系现实去解释它，这使得仁政理想变成了一种对谁都无害的谈论，良心有问题的人依然可以充当道德卫士。教化没有任何强制性，我们对玩弄教化的人毫无办法。到了封建社会后期，忠实地相信教化的差不多只是两类人：一类是恪守儒生本色的自恋君子，另一类是借以媚俗的伪君子。教化综合型的教育在封建社会后期终于出现两个发人深省的反比：从效果上讲，是无限的重教化的教育与有限的知识增长的反比；从与社会的供需关系说，是一元的教育与多元的社会需求的反比。从最早的设教化民的文明起步，到终于有了顾炎武的《生员论》，昭示着多么黯淡的民族悲剧；从孔子到《儒林外史》的范进，又说明着士子的遂顺变形到了何等不可收拾的地步。

我们应当充分重视教化使人发生精神转变的功能。其"心性论"的人情味与神秘性是相当美学的：基于感应之上的认识，基于人情之上的直觉，眼看着罪恶发笑的超越的美学态度，以及介于真理与幻想之间的心态，既培养全心全意喜欢庸常生活的本能的人，也造就大丈夫气概。传统教化的最高成就、最后结果，不是造就了礼教、道统、诗教、乐统，而是教给了中国人生活的艺术，应该说这是人类智慧的最后目的。

这种美学性的教化思维机制，其不合逻辑却合情理的姿态有一种不可抗拒的力量。它本有国家为个人而存在的人本精神，却实际运作为个人为国家而存在的服务顺从精神，成了谁也一言难以说清的"两面光滑的中庸艺术"（鲁迅语）。

简略地说，作为政治文化，教化取得过辉煌战绩，又有着惨淡的败迹，它以优秀始，以危机并带来整个华夏文明危机终。带来危机的罪责不全在它本身，在于那过时了依然去"重"之的制度与人们。作为个体文化，它诱人迷人，方便受用，"合情合理"，经久耐用。将个体文化与政治文化融合又是其成败于斯的肯綮。

综述中国古代诗、剧、乐、舞的美学特征

人们常说诗、乐、舞一体化是中国文艺最早的形态。其实三者之间在发生的程序上是有先后的。鲁迅先生说:"杭唷杭唷"是最早的诗歌。其实,它更是"乐","前呼邪许,后亦应之"是一种劳动歌,但毫无疑问是先有节奏后有词的,是过了许久之后才配上词儿(诗)的。此外,还有个有力证据,就是《诗经》中的"南"(周南、韶南)是"铃"这种乐器,"雅"与"颂"也都是乐器,这是章炳麟、郭沫若、张西堂作过考证的。1989 年,蒋长栋在《学术研究》第 1 期上发文证明,"风"是"缶"(瓦盆)一类的低级乐器,与"南"(铃)一样,无须从师,普及率高,所以用这一全民皆可用的乐器来命名民歌乐调。而配词是后来的,也是附属的。从诗歌史上说,也是劳动歌第一,颂祖娱神诗第二。劳动是主要的,乐和歌是派生的,是在劳动中的节奏感叹声(乐)加入一定语言(诗)形成了劳动歌,而且节奏随劳动种类的不同而发生相应的变化。相传作于伏羲时代的网罟歌就是这种歌。舞蹈正式产生于旧石器时期,"击石拊石,百兽率舞"。"击石拊石"是"乐",指挥着"舞"。古代最早成型的诗往往是"一句诗",如:"燕燕往飞"是北音之始;《侯人歌》中也就一句"侯人兮猗"是所谓的南音之始(参见《吕氏春秋·音

初》)。真正独立成型的歌舞剧诗,则是《九歌》。《九歌》不像《离骚》《九章》《天问》等作品那样涉及屈原个人的生平传说和富于屈原的理性思考。胡适说得对:"《九歌》与屈原的传说绝无关系,细看内容,这几篇大概是最古之作,是当时浙江民歌宗教歌舞。"(《胡适文存》)《九歌》基本上可确认为夏朝的祭歌,是现存最早的原始歌舞的文本,就像电影文学剧本,显示着乐、舞、诗一体化的情形。在一定意义上可以说《九歌》是中国戏剧之祖。

当然,这里不能展开仔细论证了,只浅率地说明诗、乐、舞起源于劳动,在混沌一体中似有发生之先后:乐一,舞二,诗三。后逐渐独立分化:诗有诗史,乐有乐统,舞有舞系,最后又在戏剧中以全新的姿态完全融合起来。

若要辅证诗、乐、舞、戏剧对中国人的作用,现成的证据便是已成共识的中国人的情感思维胜过逻辑思维,中国的理论是伦理外推型的,哲学也是美学化的。无论从内容还是从思维形式上说,中国人都是最诗化的。所以,考察中国古代诗、乐、舞、戏剧,既能看出中华民族文艺传统的风姿,又能从中透视文化对于民族的雕塑作用,是最该用美学人类学眼光来总结的。

一、诗史:生命基型的嬗变

诗歌(包括谚语等)影响着国人的生活观念:用一种艺术的眼光看待人生,使人们超然于这个辛勤劳作和单调无聊的世界之上(乐感文化),即使是悲愁的艺术,诉诸人们悲伤、屈从、克制等感情,也要通过艺术的反照来净化人们的心灵。还教给人们在大自然中医疗心灵的创痛,享受简朴的生活,用泛神论的精神和自然融为一体,把生命安顿于俗世，又能超越俗情。中国古代的诗，是应分为两种类型的诗，一种类型是生活习惯中的"诗"，这其实是本民族的美感意识系统这样一个大话题；另一种类型是可见于文字的诗。后者不能完全反映前者，但总能代表其主要的精神和主要环节。下面只就后者作文章。

黄河是中华文化的动脉，唐尧、虞舜、夏禹以来的先民，在黄河及其支流的冲积平原上形成了"天行健，君子以自强不息"的健全人格、"地势坤，君子以厚德载物"的对人间的关爱情怀。最早的《诗三百》，洋溢着群体生活的欣悦、活泼的风姿、物皆有情的情怀，当然也诅咒不完美的社会，但更突出的是向群体呼求慰解的心态。赋、比、兴的技艺成为支配后人诗思的主要法则，"兴""观""群""怨"的功能也兼而有之了。变雅，开始表现出告别这种朴素社会的以群体为主的趋向，有了个人的声音，有了从群体游离出来的独立倾向，有了自我意识。长江流域养育的楚辞与中原之音风格大不相同。同是关爱人间，楚辞就以肩负悲剧之重荷的姿态出现，尤其是在楚辞代表人物屈原那里得到凝重的树立。屈原披发行吟于潇湘，潇湘带着缠绵悲怆的凄怨流入中国文学的长河里。屈骚中的激情与朴素欣悦的《诗三百》不一样，是突兀的个性在天地无明中所作的强烈控诉，屈原也教给后代如何用隐喻的方式高度表达自己也说不清的意绪，教给人们用诗句编织暧昧性、多义性的网。在此后的历史长河中，人们似乎失去了《诗三百》那种单纯而坦白地面对世界的情志。屈原超越间阻的激情宣泄及其较为复杂的譬喻方式更易成为后代文人认同生命的验证。从外在的社会学的原则划分，本为民歌的《诗三百》作为"河床"，生生不息地带动着后进的民歌，无论是汉乐府，南北朝民歌，唐宋的俗曲还是明清的"山歌""挂枝儿"；另一方面，《诗三百》成为"经"后，也成了文人的河床，后代文人同把《诗经》与屈骚作为掘取情思的本源，一朴素、一激越的生命形态引发后世不同风格的诗人的认取，成了贯穿中国文学传统的两大类型。

《诗经》的"自然的感觉"，根因于先民与大自然的天然契合，因为那是纯朴的时代，而后便是人去感觉什么是自然的，是把自然作为失去之后的回归与追寻的目标，如山水诗、田园诗这一绵绵不绝的脉络。

社会发展的直接含义几乎就是对自然的征服。"汉大赋"显示着"我是汉人"的"帝国性格"。因为赋有"不歌而诵"之来源，与乐歌不同，更是士大夫政治活动的延续。从战国策士那里习得的"设辞法"（问答、假设人物、排比等）一味显博，遂成夸饰。虽有劝讽之道德功能，终于以供奉性的文辞为显。"两都""两京""上林""甘泉"都闳侈巨丽地铺叙着帝国的声威，无所不及。抒情小赋出现时，体现了骚体的感召，从激情发展到了感伤的变异。因为统治阶级疏离士子，士子承受压力，便起而控诉，伤感之后找到了"安时委命"的定位智慧。寻找的是"落实"而不是"创造"。欲调适与社会的关系，却扭曲了自己的心灵。"士不遇赋"集中揭示了他们内心的挣扎与外在拂逆的尴尬状况。这其实直接导演了六朝的"咏怀精神"，挤得文人去找与自己心契的那一点"自然"。想纾解那无奈的感伤，或沉湎于"玄言"的精神安顿，或在"山水"中寻找泯灭物我的回归。六朝诗以"缘情"代替"言志"，进而发展"感物"，再一次深刻展示了"人与自然"这个根本问题。谢灵运满纸山水，却充满辛酸之情，他始终不能在山水与魏阙之中找到合适的平衡点，陷入求兼得而两失的无奈之中。陶潜能从自然中寻得与他内心相契的那一份令人神往的精神，他基本上找到了个人泯化于自然之中两相交融的安顿之感觉。他这种发生经验之转化的智慧也给有心去转化的"王维们"提供了经验。他那"坐看云起""谈笑无还"的投入又超然的境界几乎达到了这样的高度——后代的诗、词、散曲均难再有新开拓的程度。其间的"欣欣此生意"的自足之乐，"倚杖听江声"的逍遥之趣，"欲辩已忘言"的大化之美，决不单是一种艺术风格，而成了中国的一种生存哲学、智慧生存的方式。甚至可以说，以此为界标，中国人文精神遂离浑厚而趋空灵。

中国诗与中国诗人们经历了前面的稚朴、激情、扭曲、夸饰、纾解，终于到达了壮美的青春期，盛唐之音是世界文化史上的动人篇章。明代陆时雍有言："齐梁人欲嫩而得老，唐人欲老而得嫩。"他意在褒齐梁，所以指出唐人"嫩"，这是唐人有青春美的有力佐证。那时的诗人们抱负满怀，纵情欢乐，傲岸不驯，颇为豪迈，对在劫难逃的压抑，发出"大道如青天，我独不得出"的纵声怒吼。这痛快淋漓的天才之"化工"，是中国浪漫诗章的极致。杜甫在唐代是被视为别调的，他那副寒促颠踬的落拓相到了宋代王安石时才发出了本有的光辉。唐代的文化气氛是奔腾的、闳放的、圆融的，就艺术而言是金碧彩绘与淡彩水墨同属妙构，欧虞与颜柳并称上品，雅乐与胡曲互不排拒；文学上，上层传奇与市井俗讲交相辉映，诗坛上大家林立，各思自见，自具盛境，这种精神酿就了中唐的"哲学突破"，也带给士子历史性的社会与自我难再圆融的"内在矛盾"。中唐是收获果实的时候："百家器浮说，诸子率寓篇……各持天地维，率意东西牵，意抵元化首，争扼真宰咽。"（皮日休语）为宋代的诗风埋下了多重伏笔的不是盛唐而是中唐。宋代诗歌的"以文为诗"的倾向、和韵酬唱的风气、对律体格外注意，以及诗以载道等特征大抵都承中唐的元白体而来，元白时代的古文运动获得了宋诗健将们的支持与发扬。初、盛唐的生命昂扬之美，至此全为知性反省的凝练沉潜之美所取代了。

李、杜优劣之争，是一个以何种精神取向作为发展目标的文化问题。因为二人代表了两种不同的生命基型：奔腾与沉郁。唐、宋优劣之辨也是认取哪种精神范式的彷徨与抉择。宋代精神与宋诗风，到了王安石和杜甫真正得到了认可后，才算正式确定，江西诗派也才能流衍天下，成为宋诗的代表：侧重知性的反省、形式的考究、义理的追求，这也就是常说的"以理胜"。言、意、象、道的关系也发生了"制度性"的变化，不再以意炼象而是以道锻言。宋诗的影响，除了在清代的"性灵派"那里遇到了例外，差不多是一以贯之的，无论上层人物的"台阁体"，还是江湖文人的"题画诗"，无不以议论为上。明代前后七子的口号是倡盛唐，但那作品的实际实比宋诗还理枯。李贽、公安派信腕直书，黄遵宪"我手写我口"，都被认为有革新作用。然而，其致思方式已难超越宋代理路，连天才诗人龚自珍也无法超越，尽管他们都想超越。当然像晚清的"宋诗派"等是专门摹宋的。后世文人是学唐还是摹宋，其实就是对自我生命性格作一番庄严的厘定与追寻的展开。然而残酷地说，是只具有自我的细节的意义，不再体现史的新路径了。这也因为宋后的文学史，不再是诗人当"明星"的季节，而是世俗化戏剧、小说的天下了。

二、戏剧：综合艺术背后的文化融合

上面回顾诗史，没正式提到词曲。不是说从词曲中不能透视生命基型，绝不是这样。从诗到词的出现，从词到曲的诞生，都是大节目，其过程及原因也是人们耳熟能详的常识，这里要说的是其嬗变的方向是不断地庶民化。首先，词是乐府的一种，我们常说"填"词而不说"作"词，已表明其句度声律，全以曲拍为准，而所依据的曲拍，又为隋唐以降的燕乐杂曲。词"上不类诗，下不入曲"——其所依循的曲调上不同于南北朝以前的乐府，下不属于金元以后的北曲。但它之起始及乐律还是属于民歌谱系。用鲁迅的话说，它是民间物，被文人弄僵死了，再从民间换一样，这另一样就是曲。不过像柳永这样的市井化词人的出现绝不是偶然的。虽是"奉旨填词"，但更有民俗基础。他所写的题材，明显的有三方面：一是市井生活，二是个人漂泊浪游的生涯，三是倚红偎翠的冶游记录。这几乎也是元曲中浪子作家的写作轮廓。元代的作家分浪子、隐逸、斗士三类似已成共识。浪子多游于市井坊间，隐逸多向往田园，斗士则是二者之间时而发出怒吼的壮夫。关汉卿是浪子、斗士的典范，马致远是隐逸愤世的代表，他们都在生活道路上、价值认取上向庶民靠拢了，文人的生命体认发生了历史性变迁。这虽有历史的、制度的原因，但文人自身精神的演进也有前后承传的启示作用。由词而曲的变迁显示着文人步入市井的文化走向。

戏曲的出现是中国有了俗文化重镇的历史性进步。文化终于具有了大众化的传播媒介，大众作为接受者，也反过来影响了戏剧本身。我们讨论戏剧，便不宜再单盯在文人域界中。

中国戏剧具备复杂的性能，它有自己的结构方式并能对公众产生巨大的影响。俚俗之言本易入耳，配合声腔动作，搬演悲欢离合尤能感人。平常说它是综合艺术，是指其各种因素联合成一种"场"后的整体效果，即"念、唱、做、打"熔为一炉。所谓熔为一炉，就是说唱这种自我表白的特殊手法和虚拟的动作表演，以及舞台的分场的形式、时间空间的自由处理相结合，将剧情在舞台上表现出来。

一切都是精工细作的：无声不歌——千锤百炼的唱腔设计；无动不舞——一举手一投足的舞蹈化的程式动作；雕塑性的亮相；象征性、示意性的环境布置，等等，使内容与形式交融无间，表现与再现同体，抒情性与叙述性合一，妙合无痕，通体浑然。这种综合，的确是一种落实到形式的文化融合的积淀。如念、唱中的"吐字"，不光是一个外在的形式美问题，而是一种"声情"与"词情"的交融。人物在舞台上的行程也往往美化为"S"形的优雅姿态。正像随意性的语言集中化、系统化后而产生了诗一样，舞蹈是身体在时间、空间中的运动姿态的集中化、系统化。它不仅模拟事物，还表现情绪、情感状态。作为一种表达，一种将感情精致化了的艺术形式，舞蹈比其他艺术形式更易为不同文化背景的民族所接受。舞蹈又以音乐为基础，与服装也紧密相连。戏剧中的服装都经过了变形，其目的都是通过观众的习惯性联想而获得一种独特的感受。道具多是象征性的，极有叙述性、示意性，以少胜多地交代着环境和氛围。总之，戏剧是把中国文艺的传统的抒情性（乐）与线的艺术（舞）等本质性的美学精神，发展到了一个空前绝后、独一无二的综合境界。如亮相造型不是类似建筑般的凝固的音乐吗？它是线的艺术与音乐旋律的"融合"。剧本的曲词则是诗的集锦。人物登上舞台，需要戏剧场面，要求广泛的文学表现力，这也表明人类的情感上升到了一种格律诗难以达到的丰富程度。戏剧以更加丰富多彩的方式表达人在世界中的苦乐，抒情性能的提高显示着文明的进步，这种形式更能化育民众，更深刻地促进了文人文化与市井庶民文化的合流，这已成了南宋以后的文学主干。换句话说，戏剧的出现是以这两种文化的空前沟通为基础、为前提的，戏剧又大规模地推广了这种沟通、交融。政府和有责任感的作家更是自觉地将剧场作为教化的阵地。观众从舞台上学到了忠孝节义的伦理观念，学到了通俗的历史知识、制度知识，以及了解了忠奸斗争的故事等。市民文艺的小戏也可以进入宫廷。这是像模像样的文化交流传播了。

古代戏剧于 18 世纪初就"交流"到了法国，法国传教士马若瑟将《赵氏孤儿》杂剧只抽译宾白为《赵氏孤儿：中国悲剧》，这只是个"情节本"，却引起 18 世纪后半叶在欧洲先后出现的 5 种改编本。让人感奋的是启蒙思想大师伏尔泰经两年酝酿，于 1755 年写成改编本《中国孤儿》，他赋予剧本一个全新的主题，即中国人民的文化、道德观念能够战胜野蛮残暴的鞑靼统治者。这种战胜，主要是靠感动。一个大义凛然的母亲将鞑靼王感化成一个人道者，赦免了已被他抓入牢房的全部孤儿。这当然也是对康乾盛世之期的中国政治制度和文化传统的一种钦敬。1781—1783 年，德国文豪歌德受《赵氏孤儿》影响写作了《埃尔彭诺》。这是从文化交流史的事件意义上举的例。得到西方人最高评价的当然还是关汉卿，他们尤为心仪的是关氏善于从剧中人物的感情和愿望当中，突出人道的主题。苏联人谢马诺夫认为"关汉卿的地位，应是在古希腊罗马戏剧与文艺复兴戏剧的交界处的某个地方"(《东方学问题》杂志, 1960年第4期)。还有人倾注心力写作《中国的镜子: 诗与戏曲》。的确, 诗和戏曲是与人类永远相伴的哈哈镜, 是不受国别、民族、阶级界域限制的, 不同种族与阶层的人们相会在"美学人类学"的殿堂里, 是会超越利益及语言符号的限制彼此映照的。

三、乐舞: 乐感文化的象征

乐舞除了与生产性行为直接相关外(狩猎舞), 最大作用就是娱神、祈天、祭祖的"感通天神"的作用, 祭祀性的如有虞氏的祈求风调雨顺的"皇舞"。图腾乐舞, 最早的是黄帝时的《云门》舞, 以及葛天氏的《玄鸟》舞, 最高级复杂的宗教乐舞是《韶》。这种实用性过渡到了礼治教化的政治功利性, 虞帝命质修《九招》《六列》《六英》, 以明帝德, 汤命伊尹作《大护》, 修《九招》《六列》, 以见其善。武王伐殷克之, 乃命周公为作《大武》(参见《吕氏春秋·古乐》)。乐舞后来成为古代教育的重要内容(《周礼·乐师》:"教国子小舞。")。这个基型直接支配了后世乐舞寓教于乐的传统。

更有理论价值的是古人关于乐舞"通天立人"的经验和论述。《吕氏春秋·古乐》载:"昔古朱襄氏之治天下也, 多风而阳气蓄积, 万物散解, 果实不成, 故士达作为五弦瑟, 以来阴气, 以定群生。"这是说乐通于天的功能。《吕氏春秋·古乐》又说:"昔陶唐氏之始, 阴多潜伏而湛积, 水道壅塞, 不行其原; 民气郁阏而滞着, 筋骨瑟缩不达。故作为舞以宣导之。"这已经明确指出了舞有宣导民气、舒展筋骨、宣泄压抑的作用。但是重教化传统的华夏文明, 是要努力将这种宣导引到与天地和德的境界的。

古人关于乐（是器乐歌舞合为一体的概念）与"和"、乐与"德"的论述多矣。《左传·襄公二十九年》中，吴公子札大段评论"周乐"的言论，从文献价值上讲是既古且贵的，但理论价值不大，因为虽是在欣赏"乐"，却如杜预所说旨在"参时政""知其兴衰"。还有《国语·周语》中单穆公、伶州鸠的议论："夫政象乐，乐从和，和从平。""人民和利，物备而乐成，上下不罢，故曰乐正。"这种价值观念是中国的传统，但这样过分强调乐的外在功用，是用政治标准压制了艺术本性。

孔子作为至圣先师的伟大之处正在于他不这么生硬、直接，他是将政治文化与个体文化交融起来，从"乐所以成性"的生命深处，来建立由乐达仁的极境的思想路线。孔子认为要使人们实行"仁"，最重要的是要使"仁"成为人们内心感情上的自觉要求，而不是依靠外部强制，"乐"的愉悦浸入性正是其伟力所在。所谓"知之者不如好之者，好之者不如乐之者"（《论语·雍也》）。知、好、乐是循序而进的三种境界。这个乐是"回也不改其乐"的乐（lè），而"兴于诗，立于礼，成于乐"的乐就是本文所说的乐（yuè）了。"成于乐"是把乐作为造就一个完全的人的最后环节，"成"是指人格上的圆满、成熟和完成。为什么成于乐呢？这是因为乐有落实到感性的功能，有一种将理性精神圆融成感觉的能力。"成于乐"是孔子一贯坚持、毫不含糊的信念，他还说过许多类似的话，如"志于道，据于德，依于仁，游于艺"。"游于艺"与"成于乐"都在强调仁的最高境界是由审美达成的。这时，礼的规范变成了人们出自天性的自觉要求，最终成为一种自由的"游戏"（"成于乐""游于艺"），以完成全面的人的发展。把本来维系氏族社会的原始歌舞（乐）转化为与发展完满的自觉的人性相联系，这也是孔学意识形态性能的全部秘密的基点，是儒家以至传统观念罩着美学化的伦理光环的"逻辑起点"。即使明确表示非儒奉老庄的嵇康，也走着这样的思维路线，尽管他追求的理论终点是"和"。纵观古代音乐理论史，嵇康是把乐与和的关系论述得最彻底的。他将乐的本质规定为"平和为体"的"无声之乐"，以"至和之声，无所不感，托大同于声音，归众变于人情"，"音声有自然之和"，"声音以平和为体"。他还从形式上阐释乐与和的关系，"声音虽有猛静，猛静各有一和"，"和心足于内，和气见于外。故歌以叙志，舞以宣情"，"和"的终极价值是"元化潜通，天人交泰"，"移风易俗，莫善于乐"。每个人都能在乐舞中达成自己的情绪极致："劳者歌其事，舞者乐其功。"（参见《声无哀乐论》）应该说是嵇康的这种论述，而不是《礼记·乐记》那种纯伦理政道的论述，更是美哲学的。嵇康的乐论含蕴既深且丰，这里不宜细说。尤有现实意义的是，他反对"以垂涕为贵"的伤感主义，强调音乐"惩躁雪烦"的澄明情志的作用，兼有慷慨与超越的心态，是健康、合理而全面的。这与朱熹等宋代理学家的"中和"乐论貌同实异，重"和"虽一以贯之，但内质却"和而不同"。嵇康是深刻的，因为他的视境是美学人类学的。

对乐舞的这种臻达"和""德"功能的论述是一种价值引导，是对其能满足感觉的形式奥秘的一种人类学的引申，是一种文化眼光的总结。文化是生活方式、思维方式、反应方式的总合。这种文化眼光，将乐舞定位于组合情感、规范精神是高明的。事实上，从巫教到礼教都肩负着泛宗教的作用。有人将传统文化定性为乐感文化，人们也大致同意。其实乐感文化的成因，从起源上讲是由乐舞在意识形态中的位置决定的。中国的乐舞在巫教时期颇类西方之酒神风味，在礼教时期又有西方之太阳神品格，是乐舞教给人们以悦性愉情又不逾矩，"乐而不淫，哀而不伤"的生活艺术。乐舞始终被视为陶冶、雕塑国民性格的重要武器，《儒林外史》中虞博士等贤人想通过振兴礼乐来刷新世道人心，就是个尽人皆知的例子。

汉民族本来是兴歌酣舞的，夏商时代的人们歌必酣，舞必恒，尽兴方止。《诗经》是"歌诗三百，舞诗三百"的歌舞诗。乐舞引人入胜地，连大哲孔丘闻《韶》还三月不知肉味呢。民俗之中的"幽会于道路，歌舞于市井"更是活泼、欢畅，子贡观蜡祭，见举国若狂的盛况惊叹不已。秦代管理俗乐、俗舞的机构"乐府"在汉代扩大为大规模地收集、整理和表演民间乐舞的机关，集中了全国各地的优秀专家800多人，仅此一斑可见汉代乐舞之盛。魏晋战乱中民族大迁移，促进了各族乐舞的交流和融合。尤其胡音、胡舞、胡乐器的深入影响，带给中国乐舞史巨大变化。唐代如汉代，不仅宫廷乐舞发达，民间散乐也相当壮观。前者如《破阵乐》，演员多达120人，后者如唐玄宗在位期间一次元宵节的大规模的踏歌活动，在长安安福门外，高悬五万盏灯彩，聚集一千多名妇女跳了三天三夜，盛况空前。乐舞在唐代步入高峰后便逐渐衰落，除了综合国力衰微、文化精神走向拘谨这些背景性的原因外，直接具体的原因至少有二：一是宋元戏曲兴起后综合了乐舞，使乐舞逐渐失去独立表演的地位。戏曲"改编"了乐舞，使之向情节化、综合化方向发展；二是宋代理学发展至明清成为官学，它压抑身心欲情，改变了先秦和汉唐那种即兴起舞的时尚。自娱性的乐舞活动萎缩了。宋代后，尤其是明清，都重视宫廷乐舞，排斥民间散乐和外域乐舞，保持"正音"，以正风化。礼教的严酷统治，迫使妇女不能参加民间乐舞活动，清廷多次下令禁毁小戏和歌舞。人们喜闻乐见的东西被统治者和道学家斥为淫邪，国家用法律干预和舆论控制、专政手段加以禁锢，使得汉民族民间乐舞从此一蹶不振。但乐舞根于人的生命需要，是任何禁欲理论、措施都无法扑灭的，只是乐舞变成了借助道具的表演，如旱船、耍龙灯、大头娃娃等，不像汉唐时期那样袒胸露背，不再直接显示人体之美妙了。这是文明了，还是萎缩了？关于人的最古老的资料包含在原始乐舞中，关于人最直接也最抽象的资料包含在乐舞中。

通过对上述诗歌、戏剧、乐舞三个领域的分别评说，我们能否获致一份完整的印象？笼统的当然有：如乐、舞、诗、剧都创造着国人的精神王国，都养育着我们称为文化的这个伟大的"习惯"，当我们说我们的文化传统优秀时，事实上也是在评价它们的贡献。我们的文化传统独具的风采象征着中国人的风格和命运。

视界融合的文学史观

一

　　如同记忆不同于感觉一样，古典文学也不同于当代文学。古典文学研究需要有广泛的背景知识才能与那过去时的对象达成体认的"共同性"。作为表现人的真实感性本能的世界观的文学，它不仅运载着正统规范及这规范对各色人等的浸淫，而且揭示着那些隐潜的集体无意识。美籍学者夏志清教授的《中国古典小说导论》（胡益民等译）通过研究六大小说名著，借以说明中国的主要思想因素"化为书中人物实际的冲动时成功的程度"，并进一步阐释小说家别无选择地记载下来的文明人的两难窘境。这个研究焦点的形成是"知识的价值化"和"价值的知识化"双向运动的结果。夏著既是学术研究，又是人生经验的研究，是在对传统文化的价值取向进行冷静的、学术化的评估和重构。

　　古典小说实际上是中国古代的显形、隐形文化的一个"浩大"的隐喻，要对这个隐喻系统的"能指"符号进行有效的释义，需要融的视界，因为任何单向的掘进都会碰上坚硬的岩层。夏著同时秉有认同批评意识和历史批评意识，并随机性地捕捉阐释学所钟情的那种"具体情形"，也不作茧自缚于某种"家法"，夏教授用潇洒的天上人间的叙述贴近那趣味化的小说的意蕴，以期揭示小说所表现的"经验整体"，又随手牵出不绝如缕的外国文学事例，利用差异感反复参照，尽力凸显出中国小说的特质。这个融合的视界在作者豁达的、富有穿透性的理解力的运用下，恢复了小说符号世界的生命性，消除了观念理性与情感经验的表层对立，在解释那流动的、不可归纳的生命存在时提交了一部关于中国人的感性的"思想史"。

二

文学，无论自觉与否，都是对生存的发现、对命运的感受、对生存奥蕴的披露，且是在"趣味化的选择"中进行着沟通"我在"与"我思"的努力。所以，夏著将批评的首要问题定在"看一个故事或一部小说对人类的状况是否言之有趣或是否重要"，这确立了一个有前途的起点。当夏教授发现中国小说家"在描写现实时竟利用他的文化中互相矛盾的事物"时便打中了中国小说的文化性的、结构性的症结。夏著与六部名著的共振的焦点就是阐发中国人的"进退两难的窘境"："既想纵容自己，同时又想建立一个比较合理的社会秩序；不是在爱情、权力和名誉等永久的幻觉中寻找他的命运，就是把希望寄托在天上或'道'的可能虚幻的永恒中。"文明人都有两难，但这个两难却是中国人的。《金瓶梅》与短篇话本中的人物挣扎在本能与规范秩序的怪圈中。《三国演义》《水浒传》中的英雄好汉执着于权力和名誉，宝黛在爱情中幻想着好的命运。我觉得还有一个常规性的特点就是：小说家在劫难逃般地使用"文化中互相矛盾的事物"还有另外一个成因，就是趋同于"大众化"造成的简化：佛教变成了千篇一律的因果报应，"道"则成了无所不包的"天意"，儒学也就只剩下三纲五常，最后一条是规范异化自食其果的"报应"。

夏著对"二难窘境"的研究似乎可以这样简括地转述：《三国演义》是重建秩序与个人野心的纽结。那些大人物的悲剧是性格悲剧，如关羽生活在"极度虚荣心"中，"他的悲剧，正在于他最终把自己的外表误认为实在"。刘备决心为关羽复仇是服从于一种不为功业所支配的伦理责任，"政治上的失败却给他带来了做人的成功"。这个历史与伦理的二律背反"正是他悲剧性尊严的标志"。那些小人物像田丰、陈宫的悲剧则是命运悲剧，因为命运比性格更反复无常。他们在"三国"这拥挤的舞台上演出了个人努力同命运撞击的戏剧。据我看来，性格就是命运，大与小的区别在于小人物较难改变命运，显出了命运的强大支配力，大人物则是自己"创作"了自己的命运。《水浒传》则是在"调和个人名誉要求和更高的行帮意旨之间的矛盾"。好汉们冒险时看重名誉，反政府时又陷于行帮道德。我们不得不承认并惊叹于夏教授的有效心理分析：梁山好汉"不是觉悟了的革命势力，而是'无意识'所释放的力量"。宋江呵斥反对招安、公开宣扬造反乐趣的李逵时，"似乎是谴责自己内心的那不可告人的部分"。《金瓶梅》与短篇话本貌近实异：说书人感情二分，要同时顺从社会和个人，表现出既宣泄欲望又要坚守秩序的尴尬的两难，再加上"天真而现成地用僵硬的天意去解释一切"，使其"在传述中国人的经验时，并没有任何新的发现"。而《金瓶梅》的作者并没有试图去调和传统的道德规范与本能的自我这两个矛盾的方面，但毫无疑问，他对于性行为的刻意描写和对于性苦闷的深切同情，代表了一种对于表面上为这部小说所否定了的价值的

"个人赞许"。《金瓶梅》聚讼纷纭的原因盖由于这份有新意的"个人赞许"。而封建中国是不允许个性存在的,这有小说中的人物命运为证:那些"英雄和歹徒都可视为寻求自主与权力而不甘受任何约束的人。前者与儒家的秩序格格不入,正如后者在佛教徒的社团里不能容身"。这些个性实质上在中国是无家可归的浪儿,但这种个人主义的气质又绵绵不断,它来自人本性的一种持久的传唤。"杜少卿是一位强硬的个人主义者",但又热衷儒生的本色完整和儒家的重义轻利的秩序。宝玉长久地折磨于"爱和自我拯救这两个对立要求的激烈冲突之中"。而孙悟空作为本领无穷的英雄具有解决爱与自我拯救这个矛盾的能力,但他是作者"'空'这一深奥教义的雄辩代言人",永远用幽默来最大限度地超越人类欲望。哪种方法好呢?宝玉只能变成一块对周围的痛苦呼号无动于衷的"石头",算是凡人的"了帐"。悟空只作为"心中想"表达着人们潜意识的渴望与追求。倒是八戒与薛蟠更得人性之常:八戒是"每一个在追求受人尊重的世俗目标的过程中努力实现自我的普通人的逼真肖像""他象征着缺乏宗教追求和神话式抱负的粗俗的享乐生活"。

文学研究本是用以往的人生经验来参照、反观、丰富今人的人生经验的一种工作,从小说看活法是题中应有之义,当然,做到并做好这一点是不容易的。夏著使人感到亲切的是弥漫其间的人文情怀,这种人文情怀既是吸引人的研究境界,又是理解力的大观。夏教授以宏通的文史哲的背景知识和综合分析能力跟那些古人进行着心理咨询般的对话,我们看到的是作者与研究对象两个思考主体的相遇。夏教授没有耽于自作多情的评点,也不自缚于概念的迷宫,他的工作目标是显示研究对象的意识、经验,并随即指出这意识背后的文化信息。

三

任何批评都有自己的尺度，侧重于观照形式世界的，则会标举文学的自主叙述；侧重于研究文学与世界、与人的关系的，则看重文学那趋向于"真理"和道德的叙述。这本《中国古典小说导论》则秉持一种"视界融合"的立场，而且向我们提交了一系列观者与对象合成的共同体。也许任何明晰的人都是合乎逻辑的，夏教授的研究也是合乎解释学的。豁达、有效的解释力固然是本书魅力之所在，而浓郁的人文情怀、深重的历史感，更成就了它的分量，正是这"人的意识"与"历史意识"的融合使夏著成为一部关于人类命运的体味和对不同命运的原因进行追寻的沉思录。

《中国古典小说导论》中最精彩的部分是关于道德的议论。作者一贯坚持："我的任务之一就是'考察小说与其所声言的崇高道德相对的真正道德实质'"，而且认为"用比较的方法考察作品的道德内容是文学批评的正当目标"。精彩的对比可谓琳琅满目，举其大端而言，如《水浒传》与专注于复仇主题的冰岛传奇对比；《西游记》与《巨人传》对食物的狂热奇想与幽默感的对比。碎玉一般的比喻触目皆是："八戒的被诱惑（'四圣试禅心'一回）倒更使人联想起像托尔斯泰《一个人需要多少土地》这则故事一类的西方寓言"；宝玉摆脱了莎士比亚《把精力消耗在耻辱的沙漠里》一诗中的那种占有和破坏的爱的激情，而是"做一个'麦田里的守望者'，将那些可爱的少女从习惯力中拯救出来"。这种对比扩大了语境，使我们在更广阔的语境范围中体味中国小说，理解中国人的活法。

"中国文化的伦理倾向趋于对酒神本能的压抑。剩下的反抗性格，如无忧无虑的放诞、荒谬的自负之类的热烈本能都被赶进了带有超越利比多含义的道家与儒家个人主义形式的狭道。"儒、释、道到了元明时代不但得到了政府的支持，也成为一般人的"流俗信仰"。儒家的影响使讲史小说关心秩序的重建，使武侠小说注重公道的重振。道家影响小说家、说书人把本能的冲动向着玩笑式的虚幻世界升华。除了《西游记》指出了"空"的荒谬与虚假外，佛教在小说中成了一例的因果报应。中国古典小说不但缺少内省英雄，还缺少类似西方恋爱型的罗曼史。然而又有与这种现象相矛盾的众多事例：对放纵的毫不掩饰、对虐杀与痛苦的持久的默爱。还有一些为昏君尽瘁的忠臣等"荒唐的英雄"。这即使不是中庸之道的反动，也是其"甜蜜的补充"。这种矛盾的根源之一就是小说家、说书人另有一个与儒、释、道不吻合的大前提："一是他们完全接受壮丽与丑恶兼容的人生；二是他们对实现自我的要求寄予极大的同情"。"因为醉心于生命，中国小说家似乎无法注意到现代西方文学常常描写的厌倦状态。极端英雄和极端歹毒的角色充斥在中国小说中，但这两种人都活得有声有色"。这是一个在儒道互补结构之外并与之互补的"补结构"，似乎这个补结构能涵盖更多的人。

　　每个人物都昭示着一种活法，除了孔明这公而忘私的"最高典型"外，其他活法几乎都是夏教授不赞许的。当然孔明也是个知其不可而为之的"荒唐英雄"。过分以自我为中心不是构成喜剧就是构成悲剧，前者如骂曹的祢衡，后者如自恋的黛玉。(《中国古典小说导论》认为，黛玉的眼泪不是出自感激，而是自怜，她那古怪的心态使宝玉只能以同情而非以对晴雯似的爱情联结他们的婚姻。)

有宝玉那种对悲剧的洞察力的人只能活得更沉重些，快活而自由的是薛蟠那种毫无责任感的、冷酷的肉欲主义者。《西游记》中的各色妖怪都"无视管束、权威和死亡本身"，"吃人正是他们蔑视一切、享受自由的一个值得自豪的标志"。而论者认为它们的凶恶面目不过是放大了我们每个人的可怕的内心欲望。所以"既支持个人自由又维护社会正义"的中国小说家实在是背上了一个十分沉重的十字架，这既此又彼的合理主义，如果真诚，就使自身陷入两难、二重之中；如果不够真诚，便是精巧的自欺欺人。甚至残酷而客观地说：越是真诚越是在自欺。君不见，古典小说终结之时，中国恰恰是既没有社会正义又没有个人自由的。如果中国小说家挣脱那个十字架，能否写出加缪的《局外人》、陀思妥耶夫斯基笔下跟一切价值失去关系的"地下人"呢？当然也很难、或不可能，因为中国没有那种文化土壤，但可以肯定的是，若走离心力的方向，肯定比我们现在看到的无聊的重复强得多。

辑录与按语
——读刘师培《中国中古文学史》

刘师培这部文学史，跟当时习见的断语附证例的写法正好打个颠倒：那些证例从附属的小字变成主体、大字，而作史人的断语则变成了小字的"编者按"。刘师培在第二课的编者按中将自己的方法总结得明明白白："所引群书，以类相从，各附案词，以明文轨。"其实，就算他不说也一目了然，读这部书像走入一条关于中古文学的卡片长廊。在政治生活中并不甘寂寞的刘师培，写此书时却安于幕后，甘当不露声色的牵线人、剪辑者。不一定唯这种写法才叫史，但这种做法的确更凸现了史本身，至少造成了一种纯客观的姿态：非我如斯言，而是史实如此。他本人的按语，恰到好处地发挥着点睛立意的作用，但在字数上可以说少到了极限，而且还是归纳性的。

这种以古证古的叙述方式，以史料本身显示出实证，不但咄咄逼人，而且令学力不足者晕头转向。这且不必多说，要说的问题有两个，一是是否有反证？二是作者所裁定的轮廓其大小、边界与"中古文学"相符与否？第一个问题自然只限于个案，即使有高手又提出反证，依然无伤大体，甚至像文笔之辨这样一个全书的起点与结穴的问题，都不是个一溃就全军覆灭的问题。这比那些以某种体系为基础的文学史论著更具超然的生命力，可用"青山依旧在"来形容。第二个问题还不仅是个搜索的宽度问题，更是个作史的角度问题。刘师培以一种穷尽性的贪婪，旁搜博绍，将魏晋六朝风流人物检举一通，尤其是齐梁文学部分，将史传提及的文学人物都上了点将坛，以证齐梁文学之盛。对代表大小趋势的作品、代表主要人物风格的作品则做了示范性的选录，更多的是指示篇目——外行会叹其罗得多，内行则会赞其举得精。至于刘师培所取的角度可用四字来概括：文体、文派。这当然比那种大而无当的体系要内在、实质化得多。

这种辑录法，被称为资料长编，也算公允，被认为可供别人作史用，也是实情，但若认为这种资料长编体的史比那些以某种体系为间架的史低个档次，便是"体系学者"的偏见了。且不说有多少以论带史、有论无史的"文学史"因事过境迁，作史人的那点时代感的理论、结论，甚或趋时性的解释意向、意绪都随风飘荡了（极个别的达到典型水平的"论"本身则变成了史料），就是那些严肃、深刻的体系，一旦成为体系就有被证伪、被突破的那一天，而且用此体系来套彼实体本身就不是作史的良法正则，倒是在以史证经了。而资料长编体的史可以被后出者丰富、修正，但不会全体被证伪，它属于持久有效的事观知识一类。

当然，资料长编这种文体本身并不能直接保证其质量、价值，许多资料长编也被历史淘汰，关键还是取决于作者的学识水平。刘师培这种编加按的写法，事实上对学与识都提出了更高的要求。学不富者陋，识不到者瞀，一切都是秃子头上的东西，没有假发或别的装饰物，用俗话说叫捞干货，用古文论术语来形容叫其体秃：是老到到极致的一种简单，比起热抒情或大空话深邃多了。刘师培称得上大手笔，他的编不是简单的剪刀加糨糊，他的按语也绝不是仅有连缀之功，而是在那里沉着地抽丝剥茧，确实起到了彰明文轨的作用。尽管他编得出类拔萃，但这部《中国中古文学史》绝不止于编，它是史，而且是一部有独特视界的史。

这便是这部书的第二个特点，它是一部文论化的文学史。刘师培虽着力辑录，但并非没有论的旨趣。他作此史有一个支配性的理论冲动，就是要对"文"与"笔"的问题做一番正本清源的梳理，并深深地寄托着刘师培本人对那批文人、那段文学的独钟之情。只是史家的心意含而不露，转为孜孜砣砣的史料摘编，来以史代论。而且，刘师培极为倚重的《文心雕龙》本是当时的"文论大成"，它既被刘师培当史料用着，也被当作统率群材的理论用着。刘师培所钩稽的正史中的人物传论文字，也都是史料与文论一身二任的。刘师培始终是从文学评论的角度、以文体的衍变及文派的特点为焦点来营构其卡片长廊的。这切中了文学史的正题，识力超凡，使本书比那种纯背景性介绍、有史无文的文学史高出一头，而且也占了大便宜：从写作形式上看是以史代论，从内质上看又是以论带史。一笔并写两面，文体流别及其外缘走势，均得展示。如刘师培用《文心雕龙·时序篇》作其第三课《论汉魏之际文学变迁》的"引论概评"，并用按语点明："此篇略述东汉、三国文学变迁，至为明晰，诚学者所当参考也。"《时序篇》的许多论断也的确已成定谳，这好像很省力气，也就是巧妙。但更多的是大海捞针：从《文心雕龙》各篇中摘出涉及各体文章的评论，如用《才略篇》显示建安诸子的创作个性，用《明诗篇》证建安诗体殊于东汉中叶之作，这还都是简明整齐的；更为繁难的是从子书、史乘、笔记、诗品、集部中钩求一二句有用之言，并做到严密的以类相从。刘师培"广引群书，以类相从"的"类"，就是文体及文派的问题。群书对刘师培而言本是自在之物，而刘师培一旦厘定问题，建起类来，便为刘师培所役使矣。举凡文笔之辨、文坛走势、文派的形成及影响、重要风格的代表人物（如嵇康、阮籍）的细部特征等，都做了言约意丰、卓有实证的清理评述，精密慎细，令人叹为观止。再加上不但全是信而有征的，而且古文论术语不可译的玄妙性，使这部文论化的文学史比今日号称"内部研究"的更深入细致。刘师培的卓识尤其体现在每课开篇的编者按中，其对历朝文学的特征及其"革易前型，迁蜕之由"的概括，既有史家之魄力，又具文人之会心。举个知名的例吧：鲁迅那篇关于"魏晋风度"的讲演，将汉末魏初的文风概括为清峻、通脱、华丽、壮大，就是借用、改造了刘师培的清峻、通悦、华靡、骈词的判断。

学术史化的文学史是本书的第三个特点。这是个结果，当然也体现于全过程。但按说这一点不算特点，因为那个时代的学者大多如此，文献目录乃是基本功夫，学术史的追求也被视为天职。这对于今人几成为可望不可及的特点，试想若让未受过国学训练的人来做这种巨而细的钩稽工作，将何以堪？而且刘著不是今日可见的"资料汇编"，而是一部在排列组合史料时贯穿史家意图的考述体的文学史。刘著在"辨章学术，考镜源流"方面功夫精深，既可以当魏晋六朝文章目录来读（尤其是在指示某人、某体之代表作方面颇可信赖），又可视为那时期如林立的文派之学案的。而且，"以类相从"的方法是正宗学术史的章法,这种章法不仅体现在编排史料上,也体现在"分源别派"地对文人集团的分类、"正名"的判断上。如:"魏代自太和以迄正始,文士辈出。其文约分两派:一为王弼、何晏之文,清峻简约,文质兼备,虽阐发道家之绪,实与名、法家言为近者也。此派之文,盖成于傅嘏,而王、何集其大成;夏侯玄、钟会之流,亦属此派;溯其远源,则孔融、王粲实开其基。一为嵇康、阮籍之文,文章壮丽,摅采骋辞,虽阐发道家之绪,实与纵横家言为近者也。此派之文,盛于竹林诸贤,溯其远源,则阮瑀、陈琳已开其始。……今征引群籍,以著魏、晋文学之变迁,且以明晋、宋文学之渊源,以备参考。"他还用括弧加注的形式说明自己这样做的道理:"凡论文学之变迁,当观其体势若何,然后文派异同,可得而说。"我们可从中看出他有多么明确的学术史意识。也正是这种学术史的视界、规格使本书与今日之统编教材类的文学史划出一道鸿沟:刘著是高深的专家之学,统编教材类文学史则是大众通俗读物。

重返桃花源
——为青年拯救古代文学研究

古代文学研究越向学术研究靠拢，越远离了文学。研究当然是学术活动，但也应该相契于研究对象而有不同的姿态，如哲学研究、史学研究就能自成体系，现当代文学研究、外国文学研究就是在研究文学，唯古代文学研究则有点"四不像"。

古代文学研究领域引无数英雄竞折腰，美学家、思想家、新潮方法论专家、文学史家都来"打扮"古代文学这个"任人打扮的女孩子"，那时的研究活动及其成果至少还能吸引莘莘学子，还能沟通古人与今人之"共同人性"。也许因为当时的学人都有启蒙的热情。之后，早已服膺纯学术取向的学院派崛起，他们的研究成果会有长时段的"效益"，也大大改变了我国的意识形态研究法，也为杜绝文学研究政治化打下了良好的基础，这个取向及他们的研究成果都会在学术史上留下一道漂亮的弧线。但这也使文学研究摆脱了经学范式，却又入了史学的路数，超越了过往的喧哗与骚动，直接国学门治史学的"家法"，只做学问而遗忘了文学，倒是极大地推进了古代文学之"外部研究"。而古代文学本身则与学术难以接准，故只好承受青白眼之间的那种目光。

这也有"传统"这只看不见的手在暗中拨弄的原因。昔日本无今日之所谓文学研究，治经治史是国家管饭的国学，经史等大学问早已分蘖出自己的学术史，早已有一套学中之术。唯独文学是正经人的余事、边缘人的正事，未能发育成独立学科，研究文学更是闲人的杂学，不可能加入什么主流，从而也不能作为传统来范导今日的古代文学研究。今日通行的哲学史、历史、文学史等都是由欧风欧雨灌输而成的，是比照国际惯例宰制而成的，但别的学科因有"家底"尚能成形，唯独文学史显得恍惚、拼凑、巴结，已被广泛使用的几套集体编写的文学史都是意识形态的教条匡削出来的外缘走势的概括，很少有对文学本身之内在肌理的梳理，人们曾戏称其中除了没有文学外什么都有。然而，它们却成为考取学位的青年必须去背的教材，扮演了"历科程墨"的角色，也正是这种研究塑造着古代文学的形象。

"历科程墨"一系的教材类著述，市场最大，但几与纯正的文学研究无关，可以置之不议。古代文学研究真正需要解决的问题是超越史学型学术框架的束缚，走向独立于史学型学术话语的否隔，造成古代文学研究一直处于拒绝理论的状态，日新月异的各种理论罕有来开垦古代文学这片荒地的，个别硬来套新方法的都有始无终（神话学别有根源），反不如老法子显得根正苗红。有趣的是史学界本身倒在随着史学理论的进步而有更新，依附之的古代文学研究却又毕竟是文学而非史学本身。真正成了走兽中的飞禽、飞禽中的走兽，结果是既入不了"儒林传"也入不了"文苑传"。在史学框架构成的学术殿堂中，古代文学研究却只是个"金鱼缸"，在经学体制、意识形态管理机制中，古代文学研究倒充当过有用的"工具"。"妾身"欠分明的古代文学研究的出路到底在哪儿？它能不能独立自主，能不能成为追求"独立之意志、自由之精神"的现代人文知识分子的工作对象？

我的基本想法是：让古代文学研究与学术研究分家，各尽其天性走向自己的极限。我相信一个屡被哲人提醒却不曾提醒一个人的研究原则：正确的方式存在于对象的方式之中。用研经治史的学术规范来收拾文学只能有经学或史学的收获，而可怜的文学只能被剥削，并异化了古代文学与我们的"亲在"关系。以求真为宗旨的学术研究对美文学只能是锥指管窥，学术研究的本质是仿自然科学的，其追求实证的操作原则只能处理可见之物，而可见之物与不可见之物相比不亚于一毛与九牛之比。用实证主义的学术研究法来研究文学，充其量只能做历史阐释的工作，来完善关于古代文学的背景研究，而文学研究本身本质上是一种意义阐释，在没有缔造出新的解释力极强的文学阐释学之前，则可以这样说：哲学的、美学的方法比史学的方法更适合文学。研究文学需要费尔巴哈所强调的那种"直观"，文学研究应当成为他呼吁的"感性的人本学"(《未来哲学原理》)。人类分泌出文学研究这种活动正是为通过研究人本身来养育人性的，它不同于研究自然的科学、研究社会的政治学经济学等，它就是用唯心的活动来养心的心学。美文学就是感性的形而上学。实证化的学术研究进入不了文学本体。学术话语所贯彻的认知主义、经学话语所贯彻的普遍主义的价值观都在扭曲着、控制着我们的性灵。当代人文知识分子的一个迫切任务就是要反抗越来越形迹可疑的所谓的"理性"，反抗日益逼凌加剧得使人完全遗忘存在的"现代性"。文学已是最后的防线，退出文学阵地，个性和心灵更无所依归。任何人都是这个世界的过客，都是和这个世界一起流浪的漂泊者。文学是漂泊者的歌，文人是自觉的流浪者（梁遇春作过统计性的说明）。文学的本质是生命意识，文学的本性是情感及作为情感之延伸的想象，文学是供私人受用的。将古代文学作品变为"经"、当作"史"正是权力话语造成的，其实质是文学被政治化，追求文学研究之政治效应的做法正是这脉祖传老例的现代版，但因此而枯守学术本位也遗失了文学滋养心灵的作用。文学可以使我们"诗意地栖居"，古代文学则可以使我们"诗意地回老家去看看"。研究云者，骑驴而已。让已被挤对得所剩无几的人性在这里将养生息。

从学术塑料膜中救出古代文学，用古代文学来滋养现代空心人。这是我们这代学人的使命，也许也是 21 世纪古代文学研究的宿命。我们要让现代人知道曾有过别样的活法，恢复找不着"家"的人的记忆功能。"存在的被遗忘"也许是从遗忘古代文学开始的。古代文学正是我们的记忆，就像当代文学是我们的感觉一样。

总之，脱离了史学型学术框架的古代文学研究将完成一个划时代的转变：从知识论重返生存论！古代文学研究再也不该是经学式的、史学式的，而应该是心学式的。古代文学研究到了走出学术研究这个黏性的老窠的时候了。

我有足够证据证明，春秋以前的古人本是生活在文化游戏中的文学人，他们拥有的是一种文学性的活法。每一个人文知识分子都该为了这个"诗话"而写作。我们应该像海德格尔解读荷尔德林的诗那样解读《诗经》、太白诗、东坡词，该像萨特读加缪的《局外人》那样读《红楼梦》。什么时候古代文学研究能变成"合理合法"

的为己之学呢？

学术话语的特点是通过叠加更多的外在的言说来找出所谓的更深层的意义，并声称是在寻找真理。然而康德、福柯都一再声称真理只是概念间的事情，是某一特定学说论述实践内部一致不一致的事情。哪有什么万众一心的真理？再说，那占据我们头脑的学术，不是我们在说而是在说我们的话语是从哪里来的呢？它是外铄而成强暴我心的别人的东西，它们凭什么一直宰制着我们，还要永远宰制下去？这自然如谭嗣同所概括的"网罗"，冲决了一层还有一层，永无止息，问题在于我们是冲出去，还是钻进来？我们什么时候才能明心见性、直指本心？

我这种生存论的立场大约也是中了古人的毒——是从古代的性灵派中遗传而来的吧。性灵派可能有这样那样的不如人意处，但它是最与文学相契的一种生存风格，是一种最文学化的写法和活法。不把文学及其研究换官做、换职称头衔，而是像林妹妹似的，"我为的是我的心。"现在的学院派文章已变成了一种资本主义体制中的微循环：教授写，考学位的学生读，支持或反对者评。这是一种纯学术运作，与百科均相宜，唯独于文学是买椟还珠。文学不必研究，古代文学不能这样研究。

文学在哪里？在你拥有的人性中。古代文学存在于与你现有的人性水平及解读古代文学的水平相遇的那个刹那。它对你可能转瞬即逝，却又亘古不磨在人间。就好像心寄身于脏器，却又非那个体内的血泵。各类科学均有具体的用处，唯文学是人类用来养人性、养心的。文学也需要技术，即自我理解的技术。文学也赋予人能力，即自我理解的能力。

古人雕塑了我们的心灵，我们可能会雕塑后人的心灵。只要是人，就有心。这颗心，便是桃花源。坐卫星去不了桃花源，还是坐文学这辆老马拉的破车吧。古代文学是我们的记忆，当代文学是我们的感觉。

记忆就是命运
往古的遗存雕塑了我的原型
命定了我不能与我重逢
无根的流浪和脱自的漂泊
交织着风雨阴晴

另有一首"打油诗"，题目叫《我和世界一起流浪》，因为流浪才有了重返桃花源的渴望，所以不算文不对题。

地球是个孤独的个体
星际之间有几光年的距离
上帝看我们人类如同蚂蚁
我从来不问我的家在哪里

大海没有把沙漠染蓝
太阳照样升起时我开始起航
流浪说不上美好或哀伤
因为这世界原本和我一样
在流浪

没有质量对等的理解

人人都在流浪

有病也不必呻吟

我原本就不是这个世界的居民

这个世界也本是浮蓬

我们都无依无靠不知所终终无所用

一切都不必争论

第二章　近世文学作品漫谈

毁而不灭的同心圆
——《三国演义》对封建专制的揭示

三国时期从汉代那较为成熟的政治形式过渡到了混乱无序的军阀专制、过渡到了混乱无序的"个人世界"，军阀的权力泛化到了无边界状态，权力私有化到毫无程序可言的任意专断的程度。这并不是个别人的人性道德问题，而是个制度性问题。封建社会几千年只有人事变更而没有政治秩序的变革。从秦到汉，再到三国、西晋已将中国封建史中的所有主要问题演示了一遍，三国时期的征服与篡夺的拉锯战充分地暴露了其底蕴，尔后的历史便是画同心圆般的重复、再版。《三国演义》（以下简称《三国》）羽翼信史，真实地再现了东汉末至三国终那一段天下大乱、群雄逐鹿的奇局，从中解读封建专制这个"文化统形"（本尼迪克特的术语），当是今天面对这部经典作品的首要问题。因为集权的封建专制使中国古代社会的生活方式、伦理意志、价值观念均整体化为一种政治生活。每个成了人物的人，其活法都主要是一种政治性的活法。《三国》中的人物尤其如此，不用政治学的眼光去解读，可能反而是文不对题的。

一、祸起桓灵，祸在党锢

兼并倾轧，是封建专制的终身伴侣。当有些相对的制衡时，兼并倾轧就变为隐形伴侣；当完全变成力量的角逐时，便要上演厮杀混战的活剧了：不是东风压倒西风，就是西风压倒东风。封建专制的结构性特征就是只有"我"一个人的幸福，别人分享势所难容，无害的卧榻上的鼾睡尚难容忍，更何况不两立时！双方同时的同意不会存在，一时的妥协、和解只是兼并的过渡环节。所以，民主只是历史性幻景，真实的是全方位的人身土地兼并，从大小权柄到土地、"私属"（民间奴婢），都在进行着各尽所能的自由斗争。兼并倾轧是能在封建专制社会中竞争的唯一形式。在这兼并的战场上，"正义就是强者的利益"，借口或口实的成立取决于力量的成熟。兼并集中展现了封建专制内部不同利益者之间的竞争，上层权力的兼并主要是通过倾轧来实现的。君主制靠世袭延续皇权的确是避免继承发生争执的最简易的办法，但也势必引起可能的继承人之间你死我活的角逐，以及有篡夺力量的寡头的替代欲望。终汉之世，主要的政治寡头是宦官和外戚。"西汉则外戚盛于宦官，东汉则宦官盛于外戚。""西汉之亡，亡于外戚也。""东汉之亡，亡于宦竖也。"（毛崇岗本《三国演义》第二回回前批语）没有另外的制衡力量，两汉的政治成了宦官与外戚两大集团消长的图谱。

刘备、诸葛亮和《三国》的作者一致认为，东汉末季之大乱，盖起因于桓灵二帝之"禁锢善类，崇信宦官"。若说祸起桓灵，似不应指责他们在外戚与宦官之间挣扎不能振拔。因为这个问题即使在东汉也有百年历史了。从公元83年窦皇后及其兄宪、弟笃掌权以来，尤其从公元 88 年章帝死、和帝（十岁）继位、窦太后临朝秉政后，就开始了外戚和宦官的轮流夺权。规律一般是：皇帝继位时年岁小，外戚擅权；皇帝长大后用宦官力量杀外戚，宦官遂猖獗；新皇帝再用外戚来除宦官。到 146 年桓帝（十五岁）继位，梁太后临朝，她并用外戚与宦官，又强化名士集团，招募太学生多至三万余人，起用党人领袖陈蕃等人，使三个集团各行其是，取得相对的均衡，正是这种均衡而不是兼并倾轧使梁家的统治保持了近二十年。在宦官盛于外戚的东汉，此刻的均衡势态的构成显然得力于党人的壮大。太学生确实发挥了一定的"社会良知"作用，在"行动的人永远没有良知可言"（歌德语）的情况下，太学生充当国人的良心、社会的理性，这是社会政治走向秩序化的历史契机。然而，桓帝没有这种头脑和襟怀，他在 159 年结合宦官杀、逐梁家集团，朝官几空，权势尽归宦官。太学生们议政的主题本是反对宦官"噬食小民""侵夺仕路"，此刻被宦官逼得路更窄了，便与鲠直派官僚、名士及地方官学生、私门学生结成广泛的士人集团，与"虐遍天下，民不堪命"的宦官展开斗争。这本是对桓帝失着的一种补救、修正，桓帝却一错再错，继续倾向宦官、罗致党人罪状，在 166 年兴起第一次"党锢"。二百多位党人获罪下狱。169 年，灵帝（十四岁）又大兴党狱。天下豪杰及儒学有行义者几乎均被指为党人。灵帝捕杀百余人，徙废、禁锢六七百人，太学生被捕一千多人。这实际上是宦官对清流前些时加给他们的批评的报复，是宦官对异己的大清洗，是暴政对清谏的凶狠摧残。

余英时在《士与中国文化》一书中严密论证了汉晋之际士之群体的自觉，这里便不再重复。现在要说的是，那些学院中人自觉地结合成一种"心智集团"，这个以太学生为主体的士流，已构成了颇有规模的群体，形成了一个与宦官、外戚鼎足而立的清流力量。尽管他们自身有这样那样的问题，但对当时朝政的确形成一种有益的制衡，对于抑止权力无边界的泛化、权臣篡夺朝柄使权力私有化是有相当作用的。最起码清流的清议起了某些监察作用，对于扼制宦官的跋扈是有功的。而且，封建专制中能出现这种制衡力量是个可贵的兆头，显示了专制政治功能的某种分化，弄得好会提前出现明朝"内阁"那样的建制。然而，桓灵二帝却为了护持某种愚蠢的虚荣，图一时之快，死、徙、废、禁了这些发逆耳忠言的有识之士，破坏了自然形成的合理的政治力量的格局，使封建专制天然具有的权力结构失控、权力制衡缺失这两大弊端大放异彩，留给献帝一个天下大乱的局面便是水到渠成的事情了。

所谓天下大乱其实是一种政治并发症，有以下几种表现：

首先，合法性危机。皇权作为一个组织，自然有其规模和权力密度（或叫组织强度）、政府形式等。中国幅员辽阔、规模盛大，这给组织强度带来挑战。皇权中心人物常有鞭长莫及之叹，外镇的独立割据始终是中国封建史上的突出问题。当权力密度强时就是所谓的"天下归心"；当权力密度弱时，皇权就只成为一种"名义的权力"。东汉末季的皇权仅仅变成一种名义，宦官、外戚轮番篡夺。最后外戚招来外镇豪强，使神圣的皇权的合法性受到动摇，而他们又没有来自传统的或民众赞同的依据，本身就是不合法的。于是，激发出别人"彼可取而代也"的野心和欲望，所有可能的人都来争夺皇权这个引起纷争的"欲望的金苹果"，争夺皇权的跑马场也就成了奥革阿斯牛圈。桓灵已矣、汉少帝之时，十常侍引衅于前，董卓造逆于其后，最后曹操终执牛耳，操纵了那"名义的权力"。中央与地方的冲突早已脱离了传统的惯性，割据必然兼并，又没有更好的政治统一的形式，就非用战争无法解决了。来自传统的合法性被马刀斩断了。

其次，参与危机。危机表现为一种紊乱，由于合法性危机、传统线路已陵替，宦官、外戚、豪强官僚这三大集团竞相参与朝政，他们之间呈现出"虎去狼来""驱虎吞狼"的格局，这种参与意识是恶性的。士流集团的良性参与被桓灵二帝扫而荡之，跻身中央的正路被褫夺，但士流集团已是有规模的觉醒群体，不会一强压就归于毁灭，他们便以别样的方式来发挥作用，从竞奔中央纷纷转向投靠地方豪强集团，成了新旧各派逐鹿中原集团的谋臣智囊，由君之臣变成了夺君权之臣的助手。袁绍以"四世三公"的人望收拢了不少北方名士，孙策则积极联络江东士族（张绍、鲁肃、周瑜），到荆州依附大名士刘表的也不少，而曹操以"周公吐哺"的姿态吸附了最多的人才。中央皇权事实上是在为渊驱鱼、为丛驱雀。这本来是个阶层布局的问题，却变成了权力分配问题，使"非阶级"成了反对阶级。当初何进建议：尽罢中常侍以下，改用士人，让士人直接参与上层政府机构。历史提供了这个美妙时机，竟然被何太后一言否之，一人一时的好恶决定了国家的命运。等董卓昭雪党人、悉复其爵位时，历史开了一个怎样的玩笑！不过，董卓本人却因此赢得名士蔡邕的哭吊。

再次，分配危机。引起纷争的根因是利益，而封建专制本身又是排斥公正与平等的，这本身就养育着反对力量的崛起。超法度的政治压迫、经济剥削引起黄巾军、黑山军等全国规模的农民起义爆发。各路军阀不停地混战、分化改组都是为了攫取最大化的利益。传统的权益分配线路已彻底紊乱，中央已根本无法作出调整化解危机，只能任凭那些军事豪强去进行兼并战争。

最后，认同危机。朝政日非、国典弛废、号令不一、日无定则。来自传统的认同已被血与火粉碎，内在的安定的约束力，诸如礼法、道德、教化之类统统失效，以致天下"人心思乱"。于是，人民便成了不知所从的工具和被宰割的羔羊。公民社会已无法对上层政治行使正常的制约作用，政府便成了纯粹的军阀的"私室"，支配社会的仅仅剩下军阀的占有欲、权势欲、唯意志主义的野心和随心所欲的兽性自由，法制与秩序便成了天方夜谭。

二、忠奸贤愚，同归于尽

桓灵失政，是措置失当，祸端却内在于封建专制本身。仅宦官一端而言，从赵高到魏忠贤、李莲英，代不乏人，不绝如缕。权臣、外镇的篡夺也是个制度性问题。那么，致力强化政权的历代封建君臣何以无法克服这种来自内部的篡夺和随时可能出现的暴政？关键是规则对制定规则的人没有约束力，简言之，根源在人治。封建专制规定它的政府形式不可能不是人治，因为每个治者都要攫取最大化的权益，人治又最符合既得利益者的利益。复杂而有讽刺意味的是：篡夺之间呈线性循环，果报不爽，但还是要自食其果下去。如司马昭篡魏前，曹芳付血诏时，居然援引曹操破获献帝衣带诏事。外来征服与内部篡夺及农民起义完成了王朝皇权的更替。外来征服、农民起义姑且不论，内部篡夺则一例是臣下势大取而代之。朱元璋废除丞相是意识到了这种症结，然而这种政体的运转必然又使吏部尚书成为实际的丞相，名异实同耳。孟德斯鸠在《法意》第五章中说："根据专制权力的本性，行使这种权力的独夫一定也照样把它交给另一个独夫去行使。……在这种国家中，设置丞相是一条根本法。"然，董卓、曹操丞相也，诸葛亮亦丞相也，于是《三国》作者像历代儒师一样认定："有治人，无治法。"《荀子·君道篇》"治生乎君子，乱生乎小人。"（《荀子·王制篇》）十常侍、卓操一流都是小人，他们得志猖狂、逆乱天下，如果王朝之中都是刘备、诸葛亮一类人物则天下大治、汉室清平。按康德所说，道德是法权的外壳。然而被奉为国教的儒学伦理法则只是理想教育，那些圣贤的精美约言是只符合共和制的。事实上支配世界最有力量的不是义，而是利，是感官的快乐和痛苦。支配穷人行动的原则是饥饿，支配富人的则是无止境的快乐。儒学能成为人治社会的官方意识形态，也因为它对治者是最方便的。礼，保治者之尊；德，抑民情之欲；能"养"则国泰民安；有"别"（正名）则乱臣贼子惧。其实就绝大多数人而言，"如果爱美德没有利益可得，那就绝没有美德。"（爱尔维修《论人的理智能力和教育》第十二章《论美德》）许多"孝廉"作弊可作例证。这种没有任何强制性的"道德万能论"，是以"人人皆成尧舜"这一善良愿望为前提，以圣人的道德水平为坐标立论的。且莫说君子、小人这种将公共权力人格化所必然带来的随意性、变异性（君子、小人是可以变化的），仅就一个政权不能防止小人篡夺这一端便足以证明这种政体缺乏合理机制，不能保持始终有效，就不能保证天下不乱。且莫说分权制衡、司法独立，普选法的择优机制、限任制的修错机制这些近世民主机制，封建专制绝不会有，就连品评人物这一有点"民主评议"味道的考察干部的方式，也被桓灵二帝及宦官大兴党锢给扫荡了。礼教、王法对那些握有权力的野心家没有任何约束力，礼教道德是对君子、弱者才有用的。权力支配法律是专制政治的本质特征。钱穆先生根据那些苛细的典章制度断言中国有法，其实那也只是在所谓的正常时候。董卓仗剑立献帝、曹操杀伏后，他们任意铲除异己，何尝受到法律制约？法国大革命时的《人权宣言》写得好："凡权利无保障和分权未确立的社会，就没有宪法。"应该说，必须将权力置于法律制约之下，使公共权力运行规范化，当是《三国》用历史的血泪向后人提供的一条教训。

按说人民对公共权力的制约是最根本的制约力量，李世民的载舟覆舟说就是承认了这种制约力量，然而这种制约力量只能在明主那里被意识到，这种力量在专制社会只有在"逼上梁山"时才以武装的形式来发挥出来。在平时，人民只是使用工具的生产工具。人们过去指责《三国》漠视人民的作用，是历史唯心主义。其实除了小说艺术规则的限制外（如只能突出主将，几万人往往一个"坑""杀"字便打发掉），还有更重要的原因是，那一段历史事实上已没有了公民社会，全社会都成了那些豪强混斗互杀的屠宰场。人民的福利是最高的法律、和平是第一自然法这样符合人性的律令，对军事寡头来说是闻所未闻的海外奇谈。这些暴君已被权力欲异化成了非人，那种嗜血意志很难再通人性。他们想的已不是享有按规定获得的福利，而是特权——打破于他们不利的规定而谋求最大化的权力。这当然取得不了多数人的默许，更不会与人民取得契约协议，便必然只有将自己的意志强加于多数人了。这种扩张化的权力超出了传统所赋予的范围，要兑现它只有篡夺加上暴政了。他们的迅速灭亡是屡验不爽的，董卓、袁术就是显例。因为"强者也决不会强到永远当主子，除非他使自己的暴力转化为权力，使屈服转化为义务"（卢梭《社会契约论》第三章）。曹操是能促成这种转化的大师，既能"挟天子"，又不愚蠢地去篡夺那份"名义权力"，还理直气壮地宣布："天下若无孤，正不知几人称帝、几人称王！"必要时他也能适当地保护人民的利益，这一点正是他能运用其他优势的基础，也是他没有像董卓一样迅速破灭的原因，尽管"操卓原来一路人！"

当然，历史充满偶然性。假若董卓是王允、刘备一类人，则汉末生灵有幸。然而个别人的道德意识是这样而不是那样，在这个偶然的背后，是有着深邃的必然法则的，这就是那个社会始终既制造着刘备一类人的道德体系，也制造着董卓、曹操一类人的道德体系，就像包青天与违法犯罪者、岳飞与秦桧是两掌合鸣之事，没有一个巴掌的声音一样。何况董卓只是西凉太守时，何曾有董丞相那膨胀的意欲和地球已盛不下的骄横？而曹操只是一校尉时哪有魏王的"吾其为文王乎"的安排？老百姓还知道人阔脸就变、官升脾气长的道理，那些治者何以不思考那道德背后能变化道德的制度问题？他们思考了：王莽死于未篡时，世人焉能辨真伪？但是专制不容权力制衡，也不容权力分化。然而，只有制衡才能遏制膨胀。当法律对公共权力的制约、人民对公共权力的制约、公共权力之间的制约失了效时，国家只靠儒家的圣王思想来统治便是标准的唯心主义了："借思想文化以解决问题。"

圣者为王实际上是一种理想主义，事实上却都是王者为圣。在《三国》中，每一个有力量的行动者都是后者的印证者，每一个称王称霸、无法无天的人都要文饰自己受命于天,连篡权都要搬演成"禅让圣事"。被《三国》作者煞费苦心地塑造成"圣者为王"的只有刘备。在群魔乱舞之秋,唯刘备是名正言顺的圣王楷模。作者首先赋予刘备参与政治角逐的一个伟大的道德动力:仁爱救民,复兴汉室!于是同是陷身于军阀混战,刘备、诸葛亮却成了神圣的天使。不但这伟大的道德动力抵销了刘备前后窜伏十来个山头的不光彩事迹,而且越发成就了其"英雄权变,帝王度量"。其次,刘备是唯一为理想而战的英雄。他不但与轻于去就的吕布之流截然相反,也与篡汉的"曹贼"、偏安的孙权截然不同。作者把刘备的权势欲淡化于复兴汉室的事业中,在作者眼中笔下,唯刘备称帝是合法的"承大统"。他被塑造成以民众的福利为其政府的目的的仁君。这事实上也就有了其感召力、集团内部的凝聚力,成就了他的"人和"优势。然而在那你死我活、胜利就是一切的强力兼并的舞台上,他最无"基本"而终成一世之雄绝不是靠这份有道德力量的理想去克敌制胜,他也同样靠着兵法两家的谋略,同样走着一条王圣路线。甚至他标举的那理想之幡也只是他明确意识到的手段,他那"每与曹反,事乃成"的政治路线的宣言便是明证。他之以民为本绝不是让人民当家作主,而是以民为基础去夺权。他那套仁政爱民的思想同样服务于极权主义,只是比较巧妙、得体,能够赢得奴隶的信任罢了,就像儒家的学说理论上是动人的一样,实质上却是要求个人的幸福必须服从一种神秘的总体,这种总体当然是治者谋利益的幌子。刘备与曹操行使王权的区别在于:曹操用逼迫,刘备用劝诱,而劝诱是一种隐晦的强迫。在残酷的权力斗争中,刘备同样是极为现实而实用的,他当政后当然不可能要求民主的效忠,而是要求政治及道德的效忠，即使这位由圣而王的昭烈帝也终因封建专制决定的决策不能民主化、科学化，行使权力不能程序化而以悲剧告终。猇亭之战确实为了道德不顾政治效果，然而却受到了"政治规律"的惩罚，无论他胜败都破坏了鼎足的均衡之势，蜀汉在战略上是败局已定了。专制这个结构性的痼疾，使任何人都只能戴着镣铐跳舞，那些坏人只能随心所欲于一时，"仁君"刘备作为伟大的工具消寂其中，贤相诸葛亮依然无法消除败国误政的土壤性成分。"远小人"的劝励对于刘禅那种缺乏内因的人毫无效力，诸葛亮这个伟大的工具也很快被消耗掉。这最光辉的人治榜样也依然无法改变人治那一套毁灭性的属性。

三、余论

在封建专制的链条中没有胜利者。三分成梦，一统归晋，然而晋有八王之乱，最后还有刘裕代晋。整个封建专制史就是个"彼可取而代也"的"B 代 A"史。只要这个链条存在，AB 无穷尽焉，"浪花淘尽英雄"，算总账是同归于尽。

那么，谁是幸福的？纵观《三国》，幸运儿或许有之，那些富贵达一时之极的人自我感觉是幸福的，然而从绝对伦理学层面来看，他们恰恰是罪恶的。即使依据相对伦理学标准，他们何尝自然、舒坦而善终？当然"好乱乐祸""恣行凶忒"是他们的本性，"专制朝政，威福由己"便是他们的最大幸福了，然而他们似乎只能威福一时，"眼见他起高楼，眼见他楼塌了"，为刀俎者也终为鱼肉。每个人疯狂地被死亡抓住。杀人必导致被杀或再杀，不杀人又难保不被杀，死一人导致一串人相继而死。死也不是生的归宿，生死都是工具。所以，要问的不该是谁幸福，而是这个互相残杀的罪恶世界何以能够存在？人们都会说战争是罪恶的渊薮，为什么那般罪恶不符合人性还居然"长命百年"？百年动乱的根因肯定有来自人类本性的成分：每个人都只追求"我"的最大化幸福，便彻底地消灭了幸福。罪恶世界能够存在就因为根本没有幸福。然而却有许多从不幸福中能找出幸福来的"巧人"及这些"巧人"的学说，封建专制便毁而不灭得有理有据了。

没有胜利者、幸福者，都同归于尽了，却有不朽的人。这就是《三国》中的"三绝"：智绝诸葛、义绝关羽、奸绝曹操。他们之所以不朽，是因为他们永存于流俗信仰之中。曹操成为争夺利益、"休教天下人负我"一类人的有永久魅力的导师，关羽成为弱者期待的偶像，诸葛亮成为知识分子"达"时、"塞"时的永恒的自我安慰。他们的不朽是以民族的历史悲剧为代价的：所有老问题都在新的循环中。

《三国》是一部写中国人"光荣与梦想"的大书，是一部写毁灭与拯救的大书。规定诸多冒险家沉浮的不仅是法、术、势的争衡、消长，还有一种更为深邃、隐蔽的决定力量，它被《三国》作者解释为"天意"，而我们应该怎样解释它？

异端也在传统中
——童心大侠李贽及其绞刑架下的性命之学

李贽自言"行畏途觉平安，逃空虚转颠踬"。的确，他做官的前半生，虽与上司屡"触"，然而不"迕"，故平安到休官。他五十四岁致仕后不归家，讲学著书，破妄指迷，游走大江南北，甘当普度众生的"童心大侠"，却不断遭到卫道文人的攻讦和吏员捕快的驱逐，事实上已是行走在绞刑架下，已在绞索之中，何时执行仅是一个时间问题。

李贽不是不想成为异端，也不是不敢，他有这"二十分胆"，也有"二十分识"，但几经厮杀，其理路运行的轨迹却又"圆"了回去。这比迫于外在压力而中辍的异端更好地证明了：异端也在传统中，异端终难"异"。

一、从"儒家犬"到"荒原狼"

李贽来到人间，是明世宗嘉靖六年。民族文化至此已形成一种整体风格。作为其核心的圣学原则经历代儒生的创造性转化，已出落成精美绝伦、刀枪不入、"天变不道亦不变"的护法神尊。宋儒说那是立人兴业之根本的性理之学，后人又称之为实用理性，其实应该叫实用形而上学。它极实用，又极形而上，自身对立统一，圆如太极，至大无外，至小无内，方法论上是中庸模糊、权变随机：你实用，我形而上；你形而上，我实用。它以足够的成熟强壮渗入了并贯穿于民族生活的全部表现形式之中，从理学名臣的论著到"性情中人"的风流韵事，都说明它已不是拼凑起来的风格，而是"立天地极"的全民性的"性格面具"。它能扑灭任何敢于独立的思想火苗，能让你倒入血泊却不知缘何而死，已成了钦定的"剧场假象"，金瓯无缺，固若金汤。

李贽本也是假象中的糊涂虫："余五十以前真一犬也，因前犬吠影，亦随而吠之，若问以吠声之故，正好哑然自笑而已。"（《续焚书·圣教小引》）时代提供了觉醒的必然机缘，但谁，何时、怎样被这机缘击中却是偶然的。李贽由驯良"依人"的儒家犬变成了有自主意识的"荒原狼"，其契机是一场大病。"五十以后，大衰欲死，因得朋友劝诲，翻阅贝经，卒于生死之原，窥见斑点。"（《续焚书·圣教小引》）他遂剃了头发，自称"和尚""秃翁"，在寺院里办讲座。李贽透过贝经洞悉了生死之际的"限界状态"，明白了那种认假为真的活法全在于不怕死，从而背弃了生命本真。

他宣称自己是"贪生怕死之尤者"，又想以凛凛特操、千古卓识成为"不死之人"，正是越矛盾越生动。怕死在他这里恰好构成了不死的起点。这个因果链得以成立的关键是：怕死是因为他意识到死亡的不可避免和万劫不复，从而意识到了自我的独一无二和不可重复，唤醒了一种清醒而勇毅的悲剧意识，从而努力本真地对待自己的生存和生命，拥有了高贵的自我批判的真诚，破除了来自内部给定的假象的束缚，破除了已经成为集体无意识的"观场逐队之见"，能够坦诚地展露自己的缺陷和矛盾(《自赞》《卓吾论略》)。只有拥有了强悍的个体生命意识，才能有洞穿假象和虚拟性的"二十分识"、与伪善假象处于敌对状态的"二十分胆"。真诚地表达仅属于自己的个性、对自己负责地使用那一次性的生命。这种"不容于己"的生命冲动，使他"赤身担当，无由放下时节"，催发他走上挑战之路，向那个欺蒙性命、窒息生存的实用形而上学体系开火。没有"将头临白刃，一似斩春风"的决绝，是不敢发那些惊世骇俗之论的。他把自己的书命名为《焚书》《续焚书》就是这个意思。

他感受到了存在主义所说的那种"限界状况"，"时时寻求第一等好死"，并以死作为生的前提和前景，这使他摆脱了官场上的"闻见习气"(社会上流行的各种价值观念和意见)的束缚，以性命作为重估一切价值的标准和依据，从而获得一个具有历史意义的发现——忠孝节义都是人做出来的，本体原无此忠孝节义(《明儒学案》中史孟麟《论学》对李氏之学的概括，还有"学人喜其便利，趋之若狂"等评语)。这个发现本来是可以动摇实用形而上学体系的基石的：伦理道德之类本来就不是宇宙中天然存在的。

中国的实用形而上学体系没有知识论，用伦理原则的感觉、推理代替了认识论原则的感觉、推理；没有真正的本体论，用具有本原性、超验性、不变性和永恒性的绝对理念之至善目的论代替了宇宙秩序，有的只是道德万能论；没有真理，只有圣贤的价值学说；没有规律，只有"应该"的预约体系，并像发票券一样预约了流通的行程。从目的到行程都是给定的！日用小民又不能问根据。其形而上学的特性被当代大儒牟宗三说得一目了然："道德不能问根据，你问根据就不是人！"(《中国哲学》第十九讲)所以中国的实用形而上学体系永远是件皇帝的新衣。圣学原则就这样事实上成了历代编织皇帝的新衣的武库。充当织工的不仅有纯儒大贤，更有实用的骗子，于是骗局具备了足够的纠缠性。

心外无物、性外无物、道外无物的神秘经验与超验合一之心道统一体排斥了自然本真和真正超验世界得以确定的任何可能性，认定了有那么一个皇帝新衣的本质先于任何式样的个别存在，才终于发现这新衣果然美妙无比。既想寻求归宿又不敢正视死亡的人们借此得道成贤；治人者则把人治人放在幕后，把战无不胜的天理推到前台，既作牌坊又作屏风。于是，这个"大文化"成了卡夫卡所说的"城堡"，鲁迅先生名之曰"鬼打墙"。

标举童心的李贽正如那个说穿皇帝赤身裸体的小孩，以一"假"字道破天机！他以"千古一光棍"的"无赖"和英勇，绕开定义和概念（"解释文字，终难契入"），不与其语词、逻辑等中介层接火（冲击力与最后团圆结局的根因皆在这里），单刀直入，一刀切出瓤儿来："世间万事皆假"，"惟举世颠倒"！现总括他那不胜枚举也较为人熟知的论假格言，并沿其路线，借句于培根的《新工具》稍作发挥：圣贤经典、正宗儒学被捧成唯一真理，便成了"剧场假象"。那只不过是根据一种不真实的布景方式来表现其所创造的世界罢了。"支离"的文儒、章句之儒陷入"洞穴假象"之中，并把"剧场假象"向全社会推广。而那种道德理性事实上不可能说明一切事物，不可能万能，他们又不肯修正假说、实事求是，却舍弃"个物"而趋奔于预先假定的那个本质，从而臆造出各种根本不存在的东西的名称，使用没有确定含义的术语和概念，这样，"市场假象"便触目皆是了。这种既脱离人性本真又置世界真实于不顾的运思方式已经成了根深蒂固的"部落假象"。

这个"假人言假言，事假事"的假象体系本是没有真实依据的虚构，但它能盛传不衰，破后复元，成为正宗，人们甘心接受这个给定的预约体系，世代生活在假象的幻觉偏见中，却有着人本身的内在依据：人性是虚弱又贪婪的，"无志于性命"，反以"性命为宾"。李贽勾勒的线索是可信的：

> 初，圣人立教，本意就是为诱人：孔子知人之好名也，故以名教诱人；大雄氏（佛）知人之怕死，故以死惧之；老氏（道）知人之贪生也，故以长生引之；皆不得已权立名色以化诱后人，非真实也。惟颜子知之，故曰夫子善诱。
>
> ——《焚书·答耿司寇》

本文引用这一段，意在提醒读者，释、道这些曾被视为异端的大体系也都在传统中，它们都参与创化了实用形而上学这个"大一统"的思想传统。而"劝诱"是一种"知识的权力"，它可以将"赤裸裸的权力"变成"传统的权力"（术语出于罗素《权力论》）。而那些具体的劝诱士们，"以学起名，以名起官，循环相生，而卒归重于官。使学不足以起名，名不足以起官，则视名如敝帚矣"（《焚书·复焦弱侯》）。"幸而能讲良知，则自称曰圣人；不幸而不能讲良知，则谢却圣人而以山人称。辗转反复，以欺世获利。名为山人而心同商贾，口谈道德而志在穿窬"（《焚书·又与焦弱侯》）。作为理学品格真实化身的儒生也较为少见，平均一下，一个朝代没有几个。实际存活的占绝大比重的却是：无识无实的鄙儒、俗儒，未死先臭的腐儒，依人的优儒，欺世的奸儒。这个线索让我们看清了所谓"天人合德"的意志自律实际运行的真相：将人引向了绝对的他律之中——"堪笑东西驰逐者，区区只为一文钱！"谁施舍名利谁就是神明，谁获得了名利，谁就穿上了那件新衣。"如今男子知多少，尽道高官即是仙。"完全将性命投入到了对象世界之中，不是学说失败、道心沦丧，而是化诱法门题中应有之意。严厉地规定道德本体却最有欺骗性地舍弃了人的本质。

从这种道德本质主义的幻觉和偏见中叛离出来，便开启了对世界感悟的新纪元。和那种无志于性命的实用形而上学相对立，李贽用言和行合力推出性命之学，在漫长的封建长夜中第一个真正揭明和正确解决了个体与总体的矛盾，把设立价值和意义的标准的基点和权力交给了个体生命，检验道德合理性的过程是用"我"的真实的生命感觉，检验真理的标准是看它有害还是有益于生存，而绝不是那个与"我"毫不相干的"万世之至论"。所以，他肯定"言私""言利"，肯定"好货""好色"，撞响了反假道学的警世钟。他也痛斥那些唯"衣食是耽，身口是急，全不知道心为何物、学为何事"的"庸夫俗子"之猪性，着力表彰何心隐式的"证道精神"（《焚书·何心隐论》）。

李贽叛离了旧的价值系统便没有了故乡，他再三叮嘱朋友将他随处埋葬且不要墓志铭，只让好友焦弱侯题个字即可；他休官致仕，便没有了职业，剃发脱俗，自动远离了"常以俗事累我"的亲人，在日常生活中也成了荒原狼。这才算进行着独立战争。他获得了真实信念："本无家可归，原无路可走。若有路可走，还是大门口。"（《焚书》）这个大门口就是抓住"当下此在"，持童心，当侠客。

二、童心大侠的心路历程

李贽叛离了旧营垒，从驯顺依附的儒家犬成了独立的荒原狼。他嘲笑那些"饿狗思想隔日屎"的"窃履名儒，衣冠大盗"，认为他们虽口口声声"生生之为德"，而实际上是舍本逐末。并且，他在叛离的基础上，提出了自己的"性命之学"，体现了重估一切价值的胆识和勇气。

他从生命本原上寻找价值依据，认定童心是"本有"，是一个连意志也自我设定的意志，是唯一的出发点，又是摆脱诸项异化之后的目的境界，永远有范导前行功能的"应该"。他企图解决谁来设定价值的权力问题：外在于人的理不行，必须是童心。他的童心具有自我设定的超验性，并可以通过这种设定探索新的价值设定，这在感性实存的层面实现了将决定论变成活动论的转换。这有李贽催生出来的晚明文艺思潮为证：诗界文坛中的"三袁"之公安派，曲苑中的汤显祖之《牡丹亭》，小说作家冯梦龙等也有所感应。

他认为只有"向死而在"的侠客具有在死的先行中回到自身的勇毅清醒，能完成"证道"的使命。因为侠客没有那么多趋利避害的计较，是"光明正大之夫，言行相顾之士"。他们脱略了生死顾虑，超越了生牢死关，终日生活在生死之间的临界线上，能捕捉存在的最大可能性。侠客之死是"第一等好死"。与永生无死的童心合起来可简称为"心侠"，恰有一种被讲"诚意"的儒生所熄灭了的真诚的力量，是对人世虚假邪恶、人生的偶然性和无用性的一个强有力的反驳，多少冲破了一些实用形而上学模铸出来的美丽的人格牢笼。

"心侠"起步于对生死的真诚感悟。个体的一次性历程，没有理由在"两头照管""尊人克己"地心劳力拙的折磨中度过，保重了臭皮囊，恰失了人本性。李贽也是主张哲学起因于畏死的："凡为学者皆为穷究自己的生死原因，探讨自己的性命下落。"(《续焚书》)他认为以"怕死为跟脚"，才是"跟脚真"，才能"彻见心性"。他在生的魂灵对死亡的意识中，在对生本身(不是名利)的极大忧患中，强化了生的真诚、生的伟岸，能用"视存若亡""视亡若存"的硬汉子态度迎接生活的全部苦难和不幸，确有一副"真骨头"。他几乎是在无所希望中进行着让众人与自己一起"成佛"的觉世努力。他"逃虚决类"绝不是为了结个人的功德，倒是一种"地狱不空，誓不成佛"的救世关切。故能"绝假存真"，爱憎分明地"日与世战"。"逃虚绝类"与"日与世战"同时构成了李贽的卓异和深刻。没有前者，不会获得清醒，便丧失了独战的资格和可能；没有后者，中国只会再多一个已是恒河沙数的诗僧。

这位童心大侠用愈战愈勇的情怀去体味生和死，形成了正因真实反转而新鲜的情感和行为方式。简括地说，他起于怨，得于狂，死于狷。他对"今学者唯不敢怨，故不成事"的文人传统深感憾恨(《焚书·伯夷传》)，与虚文世界的"敌对意识"使他投怨毒于"颂世"的麻木卑鄙的泥淖。有了直面人生的胆识才秉有这份怨。只有穿透了生死界限，穿透了虚文世界的曲折的遮蔽，才能有直面人生的意志与认识。无论骂李还是崇李的人都承认他是"世间一等狂汉"。李贽恰恰认为唯狂者"不蹈故袭，不践往迹"，与"庇于人"

"依人"的优孟之儒正成对峙。唯狂者是有自主意识且能"活人"的救世大侠，是真善人，是证道者。有了怨狂侠心又不知悔改，便成了"有恒者"。他在《藏书》中说："阴坚凝而执固，故得之则为狷"，"有恒者，狷者之别名也。"狷洁的心性，不但使他临难自奋，之死靡他，而且朋友断交，被驱逐出境，阴谋烧了他讲学的寺院，被逮下狱，都依然不改衷心。尤为动人的是，听到圣裁：发还原籍，不予治罪时，他才拿起自刎的剃头刀。早一分钟是畏罪，晚一分钟是贪生。"狂者不轨于道，狷者几圣矣。"

有了心侠的怨、狂、狷，便能"绝尽枝蔓，直见本心"，不但痛剥世人之假面，亦勇剥自家衣服，甚至连皮肤也剥掉，去迎战狂风暴雨。残酷的灵魂拷问使他志坚心实，赤身裸体，烧毁皇帝的新衣。其强项磊落的真光棍精神，证明"上帝"死了，人才活；不"参死句"，才有真精神。他那血袂攻城、拆毁偶像、亵渎圣贤的生命历程闪耀着大侠美。这正是他能"破人间涂面登场之习"，对"设墙壁"的种种伪妄来了一番拔锅撒灶的扫荡的主体依据。能嬉笑怒骂出沁人心脾的亵渎之美，终封建之世，当为仅见。

这种超脱生死的心侠之路，给李贽本人的唯一报酬是一份超越了时代和环境的凄凉悲怆。歼灭个性的社会必然视他为"妖"，呼吸惯旧空气的人必定要把他推向空气稀薄的高空："既无眷属之乐，又无朋友之乐，茕然孤独，无与晤语，只有一塔墓室可以厝骸"（《焚书》），而塔室也被拆毁；"生在中国而不得半个知我之人，反不如出塞行行，死为胡北之白骨也"（《焚书》）；"身在他乡不望乡，闲云处处总凄凉"；"弟尤其妖怪之物，只宜居山，不当入城市者"。这是只属于荒原狼的酸悲。然更感"心上无邪身上无尘"，"正兵在我"(《续焚书》),"狼性"使他拒绝了习俗伪币,自我为异端,我便为异端。"毁我者乃时时成我"。生命意志能不可穷竭地欢欣鼓舞,显示出了童心配天地而无疆的创化大力。唯有这种心力才能给民族贡献出挣脱庸弱的欢快!

三、异端终难异的"大团圆"

任何理性结论都是一种暂时的协议,都不可能万古长青,都不能真正决定人性的进程。人的本质是此岸与彼岸之间的"岸性",始终是具体的,同时又超越这种具体的"妙有"。用李贽的话说就是,既要抓住"当下自然",又要有何心隐式的"证道"精神,是种自我认定,自我创造,又自我超越的创化运动。但当他将这种格局经验性地简化为做人成佛的同一历程时,又陷入了旧有的洞穴之中。在鬼打墙里转来转去,并没有找到出口,只是又做了一次填空练习而已。李贽的童心说对"何为存在"的回答与儒、释、道的回答确有历时性上的不同内容,但回答方式(思维形式)与其中的真值内涵又没有什么根本不同。从逻辑上看依然是种给定,这便包含了自我葬送的陷阱。其矛盾可以说千言万语,但核心的一点是:先承认不确定性,后又强调了人性的自足性、目的性。前者有近代光华,后者又陷入后儒堕落的唯意志的本质主义。这使我们"不容于己"地发出祭奠的叹息。

李贽想不朽的形而上念头,使他到底还是被名教化诱了去。梅国桢曾说过他假借骂人以成名,他也确实在名网中未能决蹦破栏,这就宣判了异端终难异,价值转化也成了无矛盾的否定、有矛盾的统一。他将明德亲民换成了平等,将诚意、良知转成童心,又说"圣人与凡人同"。从历时的具体层面看，是灌注了不同的内容，体现了时代精神，是一种启蒙，尊重个性，提高了"凡人"的地位。若从共时的逻辑层面看，还只是一种平行的代替，并未完成哲学革命。不但未突破儒学不证自明的循环论，反而将天人本是二元的合一论，转成人外无天、人即天，人外无佛，人与佛一的一元论，而且有了"穿衣吃饭"的唯物性。这当然不会使同一哲学绝本断根，还补足了形而上学的实用功能。他认为宋儒"明心见性"那一套是"支离"，凡人干啥吆喝啥才是"有德之言"，合德成佛更简易直截，完全彻底地天人合了一。他赞美梁山好汉，呼唤"我家阿逵"，但告诉世人在市井当圣人真儒就可以，何必"掀翻地网归水浒"，真去举义旗！比他师爷王阳明更彻底地破了"心中贼"。

他上阵的家什是童心一片和直觉神锥。直觉能领会多样性，使他反对作茧自缚地将"个物"归属于任何体系和原理，这点邪火催着他夜袭了理学大营，杀出生机。但直觉终归变动不居，如熊瞎子掰玉米。两个玉米填不饱肚子，难以支撑"限界状况"的深悲大戚，放了乏的荒原狼便急忙认祖寻根，撞倒了几垛道学的"假墙壁"，一下子搂住了孔圣人，逻辑地成了"破一分程朱，入一分孔孟"的颜李之学的先声。他说不能以孔子为是非标准是冲着宋儒以孔子为唯一标准，而他本人却时时用孔子的经历"本意"来印证他的求友、求生。孔子依然是他"支援意识"的支柱，依然是他的"奇理斯码权威"。他在绞刑架下大喊："罪人著书甚多，具在，于圣教有益无损！"这是绝对真诚的。因为他没能突破旧思维模式，他那套"打滚见良知"的"尊个性"的努力，只能是将实用形而上学变成了真心感悟的诗性形而上学，他的"为己"的性命之学忙了半天还是个内心神学体系。

　　他很得意能借它城的粮草，从内部滚打出去，横扫千军如卷席，掀起狂禅，一境如狂，名动大江南北。但仔细看看，"触而不达"是他前半辈子的生平大略，也是他后半辈子弄出的诗性形而上学的大意。虽不能说是阿Q打小D的龙虎斗，但他这条真光棍最后也只似孙悟空成了"斗战胜佛"而已。

　　莫说区区李贽，战国的百家还逐渐化成了杂家呢。援法入儒、援道入儒、儒而不儒，通行的政治哲学是外儒内法，人生哲学则是外儒内道。那些文人争正统的小买卖、小把戏，更多不过是个店员争正身的问题，店主俯视微笑，拈花示意，就连号称大体系的理学与心学，也只不过是"秩序发生"、顺序先后、积木的两种排法而已。"大一统"已成为"文化统形"，凡来拆庙者，皆烧香而去。

唐寅和晚明浪漫思潮

　　一个富有性灵的作家，他的性格就是一首动人的诗。诗作是诗人的注脚，是血管或水管的流出物。袁宏道说"子畏诗文不足以尽子畏，而可以见子畏"（《唐伯虎全集·序》），堪称知音之论。唐寅自己也于诗文不甚为意，以为"后世知我不在此"。而能"尽子畏"的甚至也不是他的画和别的创作，而是他的人生形式。

　　他佯狂使酒、佻达自恣、奇情时发，号称"江南第一风流才子"，其性格就是一首浪漫瑰奇的诗。逸事的丰富生动是文苑中少见的。但是，他不是孤立特生的怪物，他的浪漫折射着时代的浪漫气息。作为晚明浪漫思潮的前驱人物，他的精神现象标志着那个时代审美意识的取向。

　　晚明浪漫思潮以共价值定向返回了感性之根吸引着今天思想史界、文学史界的重视。那是一股快乐论代替了功利论、克己论，感性冲动突破了旧的理性结构的浪漫洪流。在其放浪形骸的厌世论背后，反而是对尘世的热恋和一种朦胧的自我实现的追求。呈现出感性的复苏、主体从外界还原归内的生机。唐寅的动人之处也就在这里。

　　他才气奔放，于功名不甚在意，日与所善者诗酒自乐，"不事诸生业"。他受诸生者流的嘲笑刺激，也在祝允明的规劝下，"闭户经年，取解首"，举弘治十一年乡试第一。却在会试中被诬作弊下狱，"坐乞文事，论发浙藩为吏，不就。"（参阅《明史》、尤侗《明史拟稿》等）事后便益发放浪不羁，形成了坚定明确的不侍奉君王、一切都为了满足自己的感性要求的生命意识："我也不登天子船，我也不上长安眠。"（《把酒对月歌》）他不像李白那样"长安市上酒家眠"是为了求官，口称"天子呼来不上船"，事实上天子一呼即上船。唐寅已在确确实实地求现实的感官快乐了："日与祝希哲、文徵明诗酒相狎。踏雪野寺，联句高山，纵游平康妓家；或坐临街小楼，写画易酒。醉则岸渍浩歌，三江烟树，百二山河，尽拾桃花坞中矣。"（《唐伯虎全集·序》）他彻底厌弃了功名富贵："眼前富贵一枰棋，身后功名半张纸"（《闻中歌》）；也怀疑其他的精神寄托方式或长生不老术，只求现世的愉快："不炼金丹不坐禅，饥来吃饭倦来眠；生涯画笔兼诗笔，踪迹花边与柳边。……万场快乐千场醉，世上闲人地上仙。"（《感怀》）他靠"闲来写得青山字"维持生活，以保证"不使人间造业钱"。这种生活方式便保障、维持了自己的意志自由、感性情趣的任性自由。他决绝地叛离了"政教合一"的科举正途。从一定意义上说，这也是一种个性解放。这种生活方式上接元代知识分子的隐逸风流、浪子精神，下通《儒林外史》四奇人摆脱依附、自食其力的情感方式，也与文艺复兴时期的人物追求精神解放，寻求实现人的各种必然要求、本能有差相近似的内容。佩脱拉克也曾大声疾呼："我自己是凡人，我只要求凡人的幸福。"唐寅不但只要求"凡人的幸福"，而且还要抓紧兑现这种幸福，"人生七十古来少，前除幼年后除老。中间光景不多时，又有炎霜与烦恼"，所以必须

"花前月下得高歌，急需满把金樽倒"（《一世歌》）。还有"人言死后还三跳，我要生前做一场。名不显时心不朽，再挑灯火看文章"（《夜读》），"笑舞狂歌五十年，花中行乐月中眠"（《言怀》），等等，在《唐伯虎全集》中触目皆是。这种念念不忘、不厌其烦正表达了唐寅对人的生活权利和生存快乐的强烈要求。在"一日兼他两日狂"的及时行乐中包含了"想做什么便做什么"这个自我解放的冲动。这是拉伯雷《巨人传》中人物的活法。

放浪形骸是否斫伤人的理性属性？这当然要历史地去看。这是作为理学、心学桎梏的对立样态，是随着市民的利益和意识的崛起带给封建制度固有结构的冲击而生的、经封建士子心理消化了的人生姿态。与魏晋风度似有不同。反假道学是这一时期的特色，在反假道学层面上最能见出其肯定人的价值、要求还人的本来面目的觉醒。有名的被袁中郎称为"说尽假道学"的《焚香默坐歌》，公开大胆地对传统的封建道德观念提出了挑战。唐寅认为饮食男女是人的天性，心口相应、言行一致是道德的基础，主张率性而行，反对假装正经，肯定了人的基本要求。其要义就是存人欲、反理学。重新追求情理的真诚统一，才是真正高扬了人的地位和尊严。他在鼓吹劝忍戒贪、抓紧人生的《警世八首》中道出"万类之中人最贵"的高亢声音。这当然不能与哈姆雷特的"万物的灵长，宇宙的精华"的格言相比并，虽然直译起来语词相差无几，但思想背景、语境含义是很不同的。唐寅在了悟了"人最贵"之后，是"措身物外谢时名"的洁身自好，是"睡起今朝觉再生"的日日新的自我感受的满足，是"劝君早向生前悟，一失人身万劫难"的对于"此在"的重视。

这当然是有一种悲观在潜在地支撑着的。尽管他没有"青山青史两蹉跎"的悲概,没有壮志不酬的受伤的狼一样的长嚎。他的佯狂、及时行乐毫无疑问是一种苦闷的变态。从窒息人性灵的正途偏离,找不到所归依的总体,只咬紧"此在"是不能自铸方舟的。尽管他能在"清风明月用不竭,高山流水情相投"(《世情歌》)中获得宁静和慰藉,但他的内心是苦闷的,深层的潜意识是很感压抑的。他对王侯的憎恶,对贫士的吟咏,画《吕蒙正雪景图》并题诗,都表现着不安和不自甘。

他虽卸脱了致用的责任,却没有彻底泯灭济世热情:"眼前多少不平事,愿与将军借宝刀。"(《题子胥庙》)与吴承恩渴慕"斩邪刀"一样,是不甘在尘世的苦难中闭眼旁观的。唐寅冷眼旁观的是那贪图名利的势利人和"生事事生何日了,害人人害几时体"的残酷把戏。

无由施展才智,浪费消耗自己的才华,这是古之士子常见的"消耗性悲剧"。然而,在现实中有了沉重的失去,却在美学天地里有了重大的创获。其"赋性疏朗、狂逸不羁"的个性和生活态度,不假外求的自立精神,保证了感性的解放,从而带来了审美感觉的更新。率性挥发,即是绝假存真的性灵之响。他摆脱了前七子的审美感觉一元化、审美想象僵化的拟古格局,将审美关注点转向了日常生活,也肯定日常世俗生活。快乐原则也内化积淀到其形式建构之中,以畅达为务,不拘成法,借重新鲜的民歌、俚曲的达意方式,冲决了七子的僵化的审美规范,横放特出,异军突起,一扫复古主义的空洞板滞,带来了文体的革新和题材的解放。

所谓文体的革新,是指他把诗曲化、民歌化,用语浅近,不避俗语,形成了明显的口语化特色。这鲜明地体现在他的七古体的诸"歌"中(《花下独酌歌》《一年歌》《一世歌》《醉时歌》《解惑歌》《妒花歌》《百忍歌》等）。这种文体的革新既能展其才，又能畅其情，有曲体的畅达，有民歌的随意。改变了立象尽意、意在象中的传统程式，呈现出象已弱化，直抒胸臆的近代气质。在直抒胸臆过程中注重的不是字词的锤炼，而是情绪的畅达。以性灵的原发心态的直裸显示为务，不再刻意追求"不着一字，尽得风流"的含蓄空灵，而是呈现性情本身的新颖空灵。他的题画诗、写景诗是具有唐人七绝的神韵，也符合王渔洋"神韵"标准的，很有些含蓄空灵的古典美，也曾名动一时。但最能"见子畏"的浪漫风神、近代气韵的还是那随意性很强、被讥为"乞儿打莲花落"的歌体——连珠体。

诗歌创作在唐寅手中，不但没有了七子的森严界限、神圣的律条，而且完全可以说是把女神变成了女仆，当成了对任何对象、在任何场合随意使用的工具。这也必然带来题材的解放。唐寅的诗歌咏的是世俗生活的场景和物象，甚至对一些不登大雅之堂的"尺、刀、镜、针""绣床、灯檠、彩线"（《绮疏遗恨》十首）也津津乐道。毫不掩饰地直接与妓女寄答。还有《掬水月在手》《弄花香满衣》《咏鸡声》《咏蛱蝶》等大量纯属因生命力得不到正常使用转注而成的对于小情小景的留恋的玩弄之作。他的曲作比元散曲有了更明显的民歌气、市井气。就是在所吟咏的对象上比元散曲更香艳绮腻、更驳杂，完全是没有任何界限和律令的放达自恣。如同他那新的句型和用词表达出对世界的新态度一样，这新的题材引入、审美对象的变迁也揭示着他那感性的自由解放。尽管他创造的意象体系失于破碎肤浅、杂以嘲戏，但真诚地揭示着从外界找回自己的冲动。即使在文学史没有获得一席之地，唐寅也痛快淋漓地抒发了自己的情怀，令人羡慕地潇洒了一回。

荒谬的"三个世界"

冯梦龙所辑《古今笑史·谬误部》记录的是谬误的事实,编著者自有其对谬误的认识。这认识当然是古典式的,与加缪的荒谬意识不是一个档次的事。《局外人》是一种哲学的情感形式,《谬误部》是世界上曾经有过的"怪现状"。要感受世界的荒谬性就读前者,要认识世界上的荒谬现象就读后者。令人不能平静的是,类似的"怪现状"至今仍有遗响,并未完全绝迹。

最起码"防误得误"的现象还没有消失。殷浩闻知被桓温荐为尚书令,"欣然答书,虑有谬误,开闭数四,竟达空函",致使荐者大怒,当尚书令的事自然也成为泡影。小小的失误成为一生不可弥补的缺憾!

絮叨这种心理性的失误没啥意思。值得说的是,从小失误或小事象中形成大观念——"直观外推",是中国人的一个特点。李斯看见两种耗子便建立了坚定的人生哲学,影响了他的人生道路。对于像殷浩失官这样的偶然性失误,人们是习惯用命运来解释的:对偶然性的无力感,很容易将其归结为必然性的命运。这当然是一种不费心思的总结,诚如鲁迅所说,骨子里是并不信命的,如用两万纸钱买二十年寿命之类,其实是用自己期望的荒谬或荒谬的期望来冲破、替代那不希望的恐惧的荒谬,希图以非理性控制、改变自己无力改变的命运。自然也有用正确的冲动去矫正荒谬的人际关系的时候,但至少在《谬误部》中很少有。《谬误部》里发生的是种种误否难辨的荒谬。

冯梦龙给后唐刘夫人不认贫父、宦官不认丑娘而认他人作母两故事安的标题是"不误为误"。贫父觅女本不算误,却误在忘了门阀制度和血统观念;刘夫人在判断父亲的真伪上没有半点错误,却在清醒地自觉地选择时暴露出其人性上的乖谬:"贫父受杖,肥娟受养,颠之倒之,势利榜样。"这势利是观念性的,前者是门阀观念,后者是所谓的"审美意识"也。文化心理是看不见的"导师"。波普尔所说的"三个世界"支撑着人们的规范模式、行为模式。在主体与客体之间的文化中介既使人走向文明,也使人陷入荒谬。像刘夫人这样屈服于某种观念而扭曲了、背离了正常人性的现象说到底是一种文化异化。

"误福"题下二事好像纯是偶然性的,毕士安欲告发女婿,反而提拔了女婿;李吉甫欲阻吴武陵及第却使吴榜上有名,其实也是"观念"在暗中导演。皇帝是看毕士安的"面子";主司是由于揣摩上司李吉甫的意图过速而失误。这种文化心理在封建专制社会中源远流长,是一点儿也不偶然、一点儿也不"误"的。

起诉的僧人在"误译"的把戏中升天,而误译其实是一种"不误之误",它使我们看到了那些专门利用体制上的纰漏而贪赃枉法、草菅人命的猾吏的残酷。语言这一在政体中没有分量的东西,居然也能导致执法中的悲剧,实因为其后还有一只手控制着它。贪财观念是起因。从误构成的事件看是滑稽,而这滑稽背后是人的生命安全没有法律保障的悲剧。喜剧与悲剧只隔一层纸。

颇有一些人物能在这悲、喜剧之间的缝隙内跑马，他们能随时应变地变换脸谱，驾轻就熟地制造"误中缘"。当他们自以为误时倒有几分正确，等扭过来倒真谬误了，而谬之后却可以"好官我自为之"了。"老不任事"的护戎，紧急之中巧妙地披露了自己的外甥是宰相，解雇的厄运立即变成了受恭维的境遇。而某路宪转脸之快真见艺术动力（见"王彦辅《麈史》乖谬二事"条）。许许多多先倨后恭、先恭后倨之类的丑剧都体现了势利——由经济利益积淀成文化心理的产物。在讨论文化问题时，多多注意"三个世界"的具体内容当是更为紧要的吧。

至于杜拾遗庙终于塑出杜十姨女神的金身，并"移以配"于"五撮须相公"；文宣王变成"一字王佛"（见"祠庙条"），倒使我们想问：过去的国民认真耶？不认真耶？说不认真，却乐此不疲地立庙塑像；说认真吧，却要使神仙们变性——从生理上或文化上。敢调配神仙的婚姻关系诚是"制天命而用之"的英雄了。

而且，神仙也真如窦娥所说"怕硬欺软"。在同书《越情部》"不佞佛"条记有屡"斫神像爨之"者无恙，屡补刻之者却"妻孥时病"的事。神仙真是在号召人们打碎偶像了。而且，劈可以，提供了被劈者利用的条件不行，这种逻辑也是经久不衰的。神仙若会反思，不知其自以为误否？

"误而不误"往往因概念不明而含混言中。歪打正着，含糊可以正确，混沌才能生存，凿了七窍，灵性一通反而不能生存。要想在谬误丛生的网络中立于不败之地永吃太平粮，大概"璋也弄，瓦也弄"实为两全之策。然而，这种胜利也最偶然。因为双胞胎是稀有的，并置性结构的事物等量齐观地同时诞生者也少见。"两面光滑"的中立不能持久的原因也在这里。天下本无混沌！说混沌者是浑水摸鱼。让那卜者再来一遍，便不会因骑墙而名大著了。偶然得名者也正复不少。这"误而不误"使有些人觉得世界更加没准了，增添了撞大运的英雄、算命的先知。算准了不误，算不准也不要紧，天下之大，提供了他们逃脱验证的广场。更何况"不误反误""不误为误""语误""防误得误"原也难算得清楚。还有"鬼误"：人人之间不能相互确证、信赖，充满了恐惧与疑忌，你视他人为鬼，他人若具同样心理也必视你为鬼。把人当鬼，自然就会把鬼当人。即使天下不乱，自己也已在搅海翻江了。

那"不伏误"的陈彭年于"误行黄道"之中走出了一条生路来："正色回顾曰：'自有典故'"，自己支撑自己。谁都明白，要硬问他效何故事，他非杜撰典故不行了。在一个必须符合教条的社会里是必须要用典故吓吓人的。典故成为规范并能在任何时刻都具有满足"此在"的功能，是多么合理的观念体系？"三个世界"在中国特别具有威力，或曰具有特别威力：使"时光的流逝独与中国无涉"（鲁迅语）。犯规者多已在透露着规范性的失效，尽管很少有人反问、反思"故事"的正误标准为什么成了天经地义的天条。在文化异化的天地里，唯有自信"性灵一脉真"地走自己的路了。不走自己的路更没有走出谬误的希望，谁也不能在同步走时证明自己对还是别人对，除非引用古已有之的教条或是理！人类要想走出谬误实在是个漫长的历史过程。

加缪写出了个"极天真"的"局外人"，"他不承认社会法则，因而震惊了社会"（《局外人》）。而冯梦龙辑录的谬误现象，却往往因为那些人太承认社会法则，以身心外的天条为唯一的规范标准，从而显得乖谬，让人哭笑不得，《谬误部》所展示的正是"社会游戏规则"本身。"在中国要寻找滑稽，不可看所谓滑稽文，倒要看所谓正经事，但必须想一想"，"而且并非将它漫画化了的，却是它本身原是漫画"（《鲁迅全集》）。这部"笑史"中绝大多数人物是名见经传的真人，绝大多数故事又都见载于典籍。冯梦龙只是将那些"正经人"的"正经事"作了剪辑而已。

《红楼梦》前五回漫说

  曹雪芹在《红楼梦》前五回虚虚实实地用"木石姻缘""太虚幻境"等达到了本体象征水平的"故事"建立起一个驾驭全书的框架：册子上的人起脚于青埂（"情根"）峰，结案在太虚境。她们生于情而死于情。情虽亦吃人，但使人死得好看。而那些"须眉浊物"则是两腿无毛的动物，活得不好看。这当然也提示着从实处入红楼，从虚处见石头的门径。

  故事是为人的生存而设立的形象，我们也必须心心相印地来领会。尽管我们不可能与曹雪芹质量对等，我们的领会完全可能是误读，尽管叠印在《红楼梦》故事上的诸多解释只不过是解释者的心理图像而已，但解读本身毕竟是在传播、是在用我们的心像来再版那故事了。而且《红楼梦》如日月，关于太阳、月亮的照片无论好坏，何伤日月？

一、石头缘起

（一）石头问难

  是被选上去补天好？还是充当了这样一部大书（《石头记》）的文本载体好？他当时日夜惭愧哭号、痛不欲生，眼看朋辈上天去，自叹落伍零余，不能追陪先进，自然是期望得入主流文化之正用、大用。然而天在哪里？天为何物？至少，天尚须补便证明天非先天圆满自足，天与人一样均有个"后起缘"。天与人合一，倒不该是人无条件地贴近那个天，而应该来个"梅香拜把子"式的切磋，至少该动问一声："我为什么非要去补你不可呢？"《水浒传》已写了"替天行道"乃是大无谓。补天是愚蠢的，"问天"才是大文明呢。《淮南子》中早就说过："知大已而小天下，则几于道矣。"《淮南子·原道训》

"石兄"因"自己无材不堪入选，遂自怨自叹，日夜悲号惭愧"，显然是"经世致用"这一传统定式在作怪。自感"灵性已通"，其实蒙昧得很。如果他一直坚持这个取向，则入了那"三万六千五百"块"顽石"的队伍。如果他真被派上了用场，就是不折不扣的万寿无疆的顽石了。他被甩出来，成了"零余者"，反而能冷眼看世界，觉出了那些铆在天上的石头"反认他乡是故乡""甚荒唐"了。

所以，"玉兄"在红尘历练，坚决不走仕途经济之道。

但当个茫茫大士、渺渺真人或空空道人，或干脆就当那粗粝的石头，不也省了闲愁万种、悲剧缠身？这也是庸人见识，貌似彻底，实则浮泛语。神学家朋霍费尔说："我们不知不觉地陷入了轻视人性的态度之中，这是一种实实在在的危险。""它会使我们与人类同样的关系变得干瘪。""即令上帝也不轻视人性，而是为人的缘故而降世为人。"（《狱中书简和论文》）

当石头是容易而无谓的，当皮肤滥淫之辈则只是快乐的猪而已，唯有宝玉是真正人性的——活着，难；活出人性水平来，更难；活在人性之中尤其难。越是艰难，越生动。

（二）"我这一段故事"

石头自言："……我这一段故事，也不愿世人称奇道妙，也不定要世人喜悦检读，只愿他们当那醉淫饱卧之时，或避事去愁之际，把此一玩，岂不省了些寿命筋力？就比那谋虚逐妄，却也省了口舌是非之苦、腿脚奔忙之苦。再者，亦令世人换新眼目。不比那些胡牵乱扯，忽离忽遇，满纸才人淑女、子建文君红娘小玉等通共熟套之旧稿……"①

这毫无疑问是篇"美学启示录"。

第一，追求迎合世人的阅读期待必成"通共熟套之旧稿"。所以不要他们"称奇道妙""喜悦检读"。就像韩愈自言，人都说他文章好，他反而恐慌，疑惧自己堕入了庸人水平；等没人读懂，没人说好了，他反而踏实了。尽管韩愈与曹雪芹并不是一条线索上的人，但都认为媚俗是作文的死敌。

第二，然而"我"却"只愿"诸色人等"把此一玩"。这可以叫作"游戏救赎法"，与希伯来传统的忏悔、苦行救赎法大异其趣，这是因为中国文化是美学的而非宗教的，曹雪芹不得不面对这个现实，但却不屈从这个现实。

第三，他有"令人换新眼目"的功利心（无贬义）。吴敬梓写《儒林外史》是为了刷新道德，曹雪芹则是为了刷新人们的感觉，尤其是两性之间的感觉。

感觉的更新才是人性水平的真正更新，其副产品则是审美感

---

① 出自《红楼梦》第一回，中国艺术研究院红楼梦研究所校注，人民文学出版社，1982 年 3 月第 1 版。本文所引原著文字均为此版本，以下随文注明回数，不再出注。

觉的更新。

二、木石姻缘

（一）儿女真情

宝黛爱情是纯粹的故事，是一个中国历史、中国文化之"反作用造型"的故事，与以往的爱情故事迥然不同。无论是"韩凭夫妇""孔雀东南飞"，还是《西厢记》《牡丹亭》《浮生六记》，都不足以与宝黛爱情同日而语。个中道理绝非前些时已成定论的"叛逆爱情说"所说的背叛了贵族阶级之类，意识形态研究法总觉得不从政治上定位就偏离了这对爱神的生命线。其实，倒正因为是贵族，而且有深厚的性灵文化为底子，他们才有了那种既非"桑间濮上"、亦非偷期密约的新风貌。要写出这种新风貌正是作者的创作目的、基本原则，作者开笔时就作了声明的："大半风月故事，不过偷香窃玉、暗约私奔而已，并不曾将儿女之真情发泄一二。想这一干人入世，其情痴色鬼、贤愚不肖者，悉与前人传述不同矣。"作者要表现的正是这个"儿女之真情"——留给我们的问题是：这"儿女之真情"到底是什么？

区别儿女之真情与风月之情的界限不仅在于心理学上说的感情的深与浅，更在于文化品格上是给予还是占有。还泪故事之所以可用石破天惊来形容，就因为它在历史系统中是空前的。它只属于深化系统，而且还不是"斑竹一枝千滴泪"那种眼泪，而是纯情至性的泪。这又变成概念循环了，没有办法，因为《红楼梦》与我们的经验话语体系有着实质性的差异。

然而这种真情还不是善男信女对上帝或佛祖的形而上之爱，

而是宝玉"刻刻求黛玉知其痴情"，黛玉也向宝玉声明"我为的是我的心"——这种极力追寻理解与表达的有血有肉的情志，叫什么？

冯友兰先生曾说过，"无极而太极"的这个"而"便是被中国人推为至高之"道"的精义之所在。那么是否可以仿辞：宝黛体现出的儿女之真情便是"痴心而明哲""明哲而痴心"的那个"而"字。曹雪芹无以名，勉强名之曰："木石姻缘"——"若说没奇缘，今生偏又遇着他；若说有奇缘，如何心事终虚话！"(《红楼梦》十二支曲"之《枉凝眉》，见第五回）就"实事"而言是镜花水月；就"求是"而言，那"泪珠儿"却又能秋流到冬、春流到夏，"恰似一江春水向东流"，"买尽千秋儿女心"。

（二）绛珠之泪

戚序本第三回保存着这样一条脂批：

> 绛珠之泪，至死不干，万苦不怨，所谓"求仁而得仁，又何怨"，悲夫！

关键是这个"万苦不怨"！

黛玉整天"抛珠滚玉"地流泪，无法用世俗经验来解释，当然"先验"的还甘露之水的说法也只是作者的解释——这种神话式的说法，有什么实际解释力呢？

首先，绛珠草胎木质，与肉胎人质不是一类，经神瑛侍者"日以甘露灌溉"，得换人形，修成女体后，也是个游魂："终日游于离恨天外，饥则食蜜青果为膳，渴则饮灌愁海水为汤。"本质上与不得补天的顽石同是多余沦落者。

其次，若说黛玉是痛苦的苏格拉底有点不伦不类，但她流的泪是哲学性的泪、文化性的泪，绝不是一般的伤情泪、怀人泪。

刘鹗在《老残游记》中用"哭"来概括诸名著之缘起与神韵：

> 《离骚》为屈大夫之哭泣，《庄子》为蒙叟之哭泣，《史记》为太史公之哭泣，《草堂诗集》为杜工部之哭泣；李后主以词哭，八大山人以画哭；王实甫寄哭泣于《西厢记》，曹雪芹寄哭泣于《红楼梦》。……吾人生今之时，有身世之感情，有家园之感情，有社会之感情，有种教之感情。其感情愈深者，其哭泣愈痛。

黛玉之哭与雪芹之哭同为文化性的哭、形而上的哭。当然，黛玉之哭只是雪芹之哭的一部分，却体现着雪芹之哭的一个重要维度——神话般美好的情愫及其必然受挫的内容，姑妄称之为雪芹的"情教"（与礼教相对，与宗教相孚），这一哭诚比因"身世之感情""家园之感情"而哭来得更为深远难期，更"莫名其妙"、更貌似什么也不为——她常常兀自眼泪不干。还设问："眼空蓄泪泪空垂，暗洒闲抛却为谁？"曹雪芹说这叫"春恨秋悲皆自惹"——不为什么。

释读黛玉之泪的最好注解文本当是《葬花吟》，这篇"自作多情"的歌行写出了这个"花魂"与"污淖"世界的内在的紧张、敌对——没有具体的得失通滞等原因，而是从生命情调等根本意义上扞格、互不见容。一个想"随花飞到天尽头"的花魂面对着"污淖渠沟"的现实际遇与"人去梁空巢也倾"的必然命运，怎么能不"泪暗洒""倍伤神"!

绛珠之泪正是这种生命意识之泪。只要生命情调不改,就活一天哭一天,也就当然"万哭不怨"了。这种哭才是那"儿女之真情"的根、源。没有这种档次的生命意识,便不会有那种深度的儿女之真情。

三、太虚幻境

(一)"册子"

《红楼梦》中的神灵世界是与《西游记》《封神演义》等泛政治化的神灵世界截然不同的。《红楼梦》另起炉灶,建立了"太虚幻境"这样一个专门司情感及女儿命运的超现实机构:"司人间之风情月债,掌尘世之女怨男痴。"其具体"衙门"有:痴情司、结怨司、朝啼司、夜怨司、春感司、秋悲司——这些都一笔带过,着意要写的是薄命司。而痴怨啼悲也只是薄命的表现形态而已。

薄命,是册子上诸女子的总账,但每个人的加减乘除并不相同,却又都与男人或直接、或间接地相关:"多情公子空牵念""谁知公子无缘""子系中山狼……一载赴黄粱。""情既相逢必主淫。"从这个角度写女子的薄命,不仅是一个控告男权社会的问题,也不是空泛的有命无运的浩叹,而是在表达一种哲学高度的失败观:人,是失败。其失败之状相情由各不相同,而其失败一也,而且无论男女。

"公子无缘""空牵念"。虽是公子的失败,更是女儿的失着。男权中心的社会现实限定了女儿的活动幅面及其自由空间,连王熙凤这样的"女曹操"也只能在"一从二令三人木(休)"的链条上从辉煌走向没落。

众女儿及"多情公子"的失败都是有过程的，不同的过程体现着不同的意蕴。晴雯与袭人的命运可以启发我们领会可能性与事实性这个生存的两极性。事实性主要指"生存的给定物"——出身、遗传、环境，更主要的是气质、智力，都是不容主体选择的。袭人"温柔和顺"，也似乎软取成功，但到手成空；晴雯"心比天高"，当然最先被打倒。

宝钗和黛玉则体现着理性与非理性这样的张力。宝钗是那个社会的理性之化身，就是常说的她"会做人"；黛玉被誉为"诗魂"也好，贬为神经过敏也好，总之是说她不会做人、不善于抓住机遇、不会盘算，只是使性子自虐并折磨"多情公子"，最终被权威（如王夫人）认为是非理性的人而不再顾惜。然而，宝钗的理性只是经验主义的合理主义而已，它最终被不断发展的历史与不断增长的人性证明反而是非理性的。而黛玉之非理性的诗性却更有人性之真，反而更是理性的。古代中国的许多事情都是这样，如礼教在当时是大理性，现在看来反而非理性的东西很多。个性主义、自由恋爱过去都是非礼之尤者（《礼记》："礼者，理也"），如今反而是起码的文明——理性。

"多情公子"贾宝玉则担荷了人另一种失败情结：责任感与无能为力这个两极性。责任感要求抉择的敞开，也是因为内心的某种感情状态而敞开，如宝玉要"护法裙钗"，对黛玉、晴雯、袭人多方护持自不待言，即使与他毫无儿女之情的平儿、香菱，他也真诚地体贴之、爱重之。并能为略效小劳而幸福不已。但是，他最后发现自己一点儿也保护不了她们，自感绝对无可奈何，那一团无用的情意只有一种用处：空牵念、叹无缘、意难平而已。因此，这位"情不情"的情种最后证悟成佛种。女娲炼他只是个引子，是大观园把他炼成"零余者"的。

（二）太虚幻境与大观园

警幻仙姑为了让宝玉"再历饮撰声色之幻，或冀将来一悟"，领宝玉登堂入室，宝玉看到壁上悬着这样一副对联：

幽微灵秀地，无可奈何天。

前一句赞美这"情景女儿之境"飞尘不到、境界美好，后一句则概括了这女儿国的归宿——《红楼梦》的"天"，除了"离恨天"，就是"无可奈何天"。

太虚幻境是天上的大观园，大观园则是地上的太虚幻境——"千红一窟（哭）""万艳同杯（悲）"。从叙事上说，太虚幻境像是大观园的预演，从哲学上说，太虚幻境却是大观园的结局。太虚幻境就探佚学意味而言是暗示了诸女儿命运的结局，就其哲学意味而言，则可概括出薄命、痴情、无可奈何等关键词语。

大观园本是闺阁乐园，是作者关于人性的理想国、乌托邦，然而，它却陷入泥淖现实的全面包围之中。清净女儿国中有鱼眼睛般的老婆子（如宝玉的奶妈李嬷嬷），有女儿之间的争强赌气（袭人劝宝玉别为着她们得罪人），这些都不打紧，致命的是它是完全依靠着贾府而存在的，让它出淤泥而不染真是如自拔头发离开地球一般。大文章也就出生在这不即不离的坎上。

警幻仙姑便是这种"不即不离"的一个寓言性的体现。她一身三任焉：第一，神瑛侍者意欲下凡造历幻缘，须在其案前挂号；警幻启发绛珠仙子"趁此倒可了结"灌溉之情；是个"居离恨天之上，灌愁海之中"，"司人间之风情月债，掌尘世之女怨男痴"，"布散相思"的"神职人员"。第二，她大骂那些掩丑的假正经话语系统，更憎恶那些"蠢物"。但是她的一些理论却如张天师玩不转时的骗人语：天机不可泄露。活典型即贾宝玉。宝玉日后的行为方式便说明了这一点：贾母表示看不懂，怀疑他是女儿错投胎。这个被王夫人目为"有天没日头"的"混世魔王"却与贾琏、薛蟠辈粗鄙、冷酷的享乐主义者截然相反，宝玉是个温情主义者——"玉兄一生全是体贴功夫"。不是警幻没看错，而是曹雪芹让警幻当叙述代理人故意点明其"内涵"的。第三，警幻仙姑还是传统的代言人。她"受荣宁二公剖腹深嘱"，便转而说警世恒言了："今后万万解释，改悟前情，留意于孔孟之间，委身于经济之道。"这正统至极，其教诲宝玉的方法却是佛教的"历幻法"，"以情欲声色等事警其痴顽，或能使彼跳出迷人圈子，然后入于正路。"

这三种角色便是宝玉所处的文化空间的三个维度了。宝玉是这三个维度中的存活物，就像他主要厮混于大观园一样。

四、如实描写

（一）士子梦

与警幻曲演红楼梦相对的是冷子兴演说荣国府。红楼梦一脉是情案，是理想的"乌托之邦"的兴衰；荣国府一脉是势案，是现实的是非消长。《石头记》就是石头记——追踪蹑迹，如实描写。十二钗的命运是写实的，能写出这种命运感来是因为曹雪芹胸中有个太虚幻境，有个乌托邦的女儿理想国。

一味虚写，就写成了《搜神记》，写成了《聊斋志异》，这无法释放曹雪芹作自传、忏悔录的心理驱力、潜能潜势。如实描写的信息量能否接近全息，当然还取决于描写者的胸襟见识、写作技术。《红楼梦》是叙事的，而非逞臆的，只是能在叙事中写出说不尽的意来罢了。

贾宝玉从甄士隐的梦中走来。而甄士隐本身的故事不但写得好，而且写出了两种士子的命运，一是甄士（真士）隐"禀性恬淡，不以功名为念，每日只以观花修竹、酌酒吟诗为乐"（第一回），是心性天然的读书人，是传统的性灵派文人，所以，他能听到一僧一道的语言，能听懂《好了歌》。贾雨村则是功名利禄派读书人，用荀子的话说叫"利禄之士"。他追求"天上一轮才捧出，人间万姓仰头看"的荣耀，因此与世事沉浮，成了只问利害不问是非的"小人儒"。他那几分才干徒增其贪酷、翻脸不认人的魄力而已。他能按照葫芦僧（门子）的指教胡乱判案，不思图报甄士隐往日之恩，只求巴结贾政、王子腾，还要寻个不是充发了那门子，真是当官的好材料，他那点"恃才侮上"的才子气已在宦海之中陶冶成险刻的小人气了。

顽石如若被派去补天，便成雨村队伍中人。也就是说曹雪芹若当时弄了个一官半职的干干，而且一直干上去，不被翻下来，便没有了这部《红楼梦》，充其量使天地之间多一点边塞诗，或纳兰性德式的"今宵便有随风梦，知在红楼第几层"（《饮水词》）这样的寻梦词而已。

顽石"历幻"之后才步甄士隐之后，这也是一种"梦醒之后"的出路：无路可走，就地成仙。

（二）女儿梦

娇杏（侥幸）与甄英莲（真应怜）的故事让人觉得人的命天作定。娇杏是"命运两济"，英莲是"有命无运"。这是最省事又现成的说法。然而，谁又能保娇杏不随着雨村走上"锁枷扛"（《好了歌注》及脂批）的下场？而英莲后来却变成了黛玉的徒弟（香菱跟黛玉学诗），证悟了诗学法门，成了在精神上有深度模式的真性情中人。如果说黛玉是诗魂的话，英莲至少也是个"副诗魂"。英莲坎坷的身世及深心向诗的"呆"性，给文学这无用之学标了价：超越现实、抚慰心灵。会作诗者自知"蛤蜊之味"，得失之账就看怎么个算法。

（三）闲笔、插笔、略笔

关于《红楼梦》虚实相生的写法已有宏文累累，梁归智学兄的《空灵与结实的奇观》算是相当"结实"的一篇。我这里只就前五回的几处闲笔、插笔、略笔的妙处稍作评点。

第二回写贾雨村翻了筋斗后，信步到智通寺，见门旁有一副破旧的对联："身后有余忘缩手，眼前死路想回头。"雨村看了，因想到："这两句话，文虽浅近，其意则深。我也曾游过些名山大刹，倒不曾见过这话头，其中想必有个翻过筋斗来的亦未可知，何不进去试试。"结果寺中老僧答非所问，雨村不耐烦，仍出来，"沽饮三杯"，碰上了冷子兴。

贾雨村走入智通寺对于教林妹妹和遇冷子兴都没有情节上的勾连作用，是闲笔，但也是妙笔。且不说这样曲曲写来不秃不直，就是那种逗兴而来败兴而去、不了了之之味也够瞧的了。最妙的还是雨村对"翻过筋斗"的敏感，不但写出了雨村的心境、个性，而且能让每个翻过筋斗的人读至此处都怦然心动。

第三回中，林妹妹见过大哭的贾母和八面来风的凤姐后，开始吃茶果，"又见二舅母问他（凤姐）：'月钱放过了不曾？'熙凤道：'月钱已放完了。才刚带着人到后楼上找缎子，找了这半日……'"然后又转到给林妹妹裁衣裳，凤姐自然说"我已预备下了，等太太回去过了目好送来。"——她现进料送审也来得及。一心直奔爱情笔墨的少年会腻烦这种无关紧要的琐碎插笔，中老年人才觉得这才是生活本身。生活是杂色的，任何重大的历史事件一还原便是一团琐碎的细节。仅写大概还在笼统空泛之属，写出绝世精品非得插笔写这样貌似"没用"的细节不可。这需要一种独特的、超人的感受。在《红楼梦》之前，唯有《金瓶梅》有这种不为了后头写前头的心思、能耐。若说《红楼梦》学了《金瓶梅》什么，主要就是学了这份耐心、这种感觉。这两部奇书是由感觉编织而成的，而《三国演义》《封神演义》之属则是在"为了什么"之理念支配下编织的思维大于形象的有限之品，由感觉编织而成的充满"无用"插笔的著作，才有形象大于思维的无限的审美天地。

第四回写宝钗出场太黯淡、太俭朴了。夹在薛蟠事中，已够埋没得很了，还让她背上个"为了"——应才人赞善之选，这给人一种直感：这个少女是"土著"，是现实环境中生长出来的"正常"人。这种省笔是故意的，尽管自然得让人难以觉察其故意。尽管"册子"上有她，但她不隶属于"青埂（情根）峰"系统，没有神话背景。所以，她也没有宝黛那种与现实过不去的"毛病"，她很理性，很务实（"读书识字，较之乃兄意高过十倍。自父亲死后，见哥哥不能体贴母怀，他便不以书字为事，只留心针黹家计等事，好为母亲分忧解劳"），是中国德育为纲教育体制出产的好学生样板。"随分从时"，出手得分，先比黛玉"大得（了）下人之心"，最后又大得了上人之心。

钗、黛二人在主观上不存在争夺宝二奶奶地位的问题，但客观上家长选拔接班人的标准造成了取舍，将二人推向待"竞选"的尴尬地步。贾府虽只是选媳妇，并不是选干部，但这事关家政、家声、基业永固、后代成龙等千秋大计，故不能不务求德才（理家之才）兼备。而且不是哪一个人说了算，也没有王夫人、王熙凤结党营私扩大王家嫡系的问题，而是"传统"这个"活祖宗"在借家长之口发布"决定"。宝、黛这两个来自异城的异物，虽混迹其中，终是异己分子，他俩得个"悬崖撒手""泪尽而逝"的结局是理固宜然之事。

曹雪芹尽管对这个传统极有看法，任他对宝钗绝无故意贬低之意，减笔写其出场也不等于瞧不起、要捺她一把。俞平伯的感觉是准确的：双峰对峙、二水分流，兼美、兼美！

《红楼梦》也许不是"理治之书"，但曹雪芹欣赏薛宝钗、贾探春这样的理治之才。不过，曹雪芹绝不因此而决定将薛宝钗配给宝玉，曹雪芹是主张"情的标准第一"的，选媳妇应该与选干部分开，一元化总是以牺牲某些东西为代价的。曹雪芹是与玉兄一样呼吁"护惜"、反对牺牲的人文情种。但是，哪有都能各得其所的美事？

不知石头历幻之后还会因"自己无材不堪入选，……日夜悲号惭愧"吗？

大概不会了。因为他经历了大观园的冶炼，经历了绛珠之泪的洗礼，他若还想补天的话，就会去补"离恨天""无可奈何天"的。

他也正是这样做的，为"半世亲睹亲闻的这几个女子"作传，用纸笔来"追忆逝水年华",徜徉在"昨日重观"的情感震颤中。这是《石头记》笔笔关情、处处生意盎然的内在原因,因为写的是属于他自己的那一段日子,那一段一去不复的日子。这种徜徉性的追忆不为了什么,所以能成其大。前五回的故事不过是楔子、引子、绪论,意在用这种软着陆的领读办法引领我们步入"红楼迷宫""红楼圣殿""红楼生死场",去看那些为他人作的嫁衣裳!去看那部"乱哄哄你方唱罢我登场,反认他乡是故乡"的悲喜剧。

（四）《好了歌》似脱胎于《七笔勾》

明万历年间的莲池大师作《七笔勾》:

　　恩重山丘,五鼎三牲未足酬。亲得离尘垢,子道方成就。噗!出世大因由,凡情怎剖,孝子贤孙,好向真空究。因此把五色金章一笔勾。

　　凤侣鸾俦,恩爱牵缠何日休?活鬼乔相守,缘尽还分手。噗!为你两绸缪,披枷带扭,觑破冤家,各自寻门走。因此把鱼水夫妻一笔勾。

　　身似疮疣,莫为儿孙作远忧。忆昔燕山窦,今日还在否?噗!毕竟有时休,总归无后,谁识当人,万古常如旧?因此把贵子兰孙一笔勾。

　　独占鳌头,谩说男儿得意秋。金印悬如斗,声势非常久。噗!多少枉驰求,童颜皓首,梦觉黄粱,一笑无何有?因此把富贵功名一笔勾。

　　富比王侯,你道欢时我道愁。求者多生受,得者忧倾覆。噗!淡饭胜珍馐,衲衣如绣,天地吾庐,大厦何须构？因此把家舍田园一笔勾。

学海长流，文阵光芒射斗牛。百艺丛中走，斗酒诗千首。嗏！锦绣满胸头，何须夸口，生死跟前，半时难相救。因此把盖世文章一笔勾。

夏赏春游，歌舞场中乐事稠，烟雨迷花柳，棋酒娱亲友。嗏！眼底逞风流，苦归身后，可惜光阴，懵懂空回首。因此把风月情怀一笔勾。

简释《红楼梦》的结构系统

我认为《红楼梦》至少是由五个子系统构成的多层次多系列的立体网络体系。它们作为一个运动过程而展开，并且相互之间极为有序地交互作用着。然而，由于文体的限制，我只能作静止而割裂的描述。

一、情节结构的复合系统

这种复合型的结构与传统的那种横向上是"一人一事"，纵向上是"连环式"的线型结构不同，它横向上是"多人多事"的橱窗展览型的，纵向上则是"网状式"的。它已蝉蜕尽了"情节小说"的特征，成为与生活形态相一致的"结构型"小说，可谓"人籁悉归天籁"。与《三国演义》的平行线格式、《水浒传》《西游记》的"情节连环"不同，《红楼梦》中的爱情悲剧与家世衰落这两大主脉几乎是交织在一起的，不但逻辑上是互为因果的，而且情节线是二位一体的。大致上说，除带有总纲性质的前五回像绪论一样外，从第六回至十八回，所描写的内容概括起来就是贾家豪华阶段与宝黛相识阶段的交织。或通过刘姥姥这一平民视角巡视贾府的荣华奢侈，或写秦可卿丧葬的"压地银山一般"的声势，而元妃省亲的"烈火烹油"的势焰,则已是贾府"月满则亏"、乐极生悲的极点。宝黛之间由青梅竹马发展到了互为知己的两情相应的程度。"比通灵"交代了金玉良缘,"半含酸"则又叙写着木石前盟的"东进序曲"。第十九回至三十三回,是家族内部矛盾全面展开的阶段、宝黛爱情由初恋发展到热恋的阶段。所谓矛盾的全面展开是指庶嫡之间、主奴之间、叛逆与正统之间的诸多事端此起彼伏;所谓热恋是指宝黛二人从无心到有意,从"情切切""通戏语"到赠帕定情、口角休止。第三十四回到五十六回是危机前奏与热恋相持阶段。作者通过探春理家写了"补天"的失败,最后的危机已不可避免。而宝黛之间互示心中无他,相互信赖地停留在宿命的期待中。第五十七回至七十四回是全面危机与爱情深化的阶段。贾府内不但财政空虚,而且"各屋里大小人等,都作起反来了"。似乎有必然联系地出现了"慧紫鹃情辞试莽玉""薛姨妈爱语慰痴颦"的可喜的端倪。宝黛二人于家中混乱之间也在"花下叽叽哝哝"地幸福了几日,二人之间的爱情已巩固到生死不渝的程度。克服危机的措施是镇压:抄检大观园,同时也将自由爱情的气氛抄检掉了。第七十五回到一百零五回是爱情毁灭、家世跌落的阶段。黛死钗嫁,查抄宁国府,宝玉也因绝望而痴癫。第一百零六回到一百二十回,全书以"家道复初"与宝玉出家结尾。"家道复初"的结局暴露了高鹗续书团圆主义的庸劣。唯宝玉虽错爱五儿、移花接木,然终"却尘缘"复归于童心赤子,从封建阶级中分化出来,打破这个阶级永进长存的迷信。然大地白茫茫,未必干净⋯⋯

凌驾于这复合发展的两大情节主线之上的是作者的"色空"哲学:贾府由"色"(荣华的存在)到空,决定了以林黛玉为代表的十二钗由色（情）到空（毁灭）。每个人由色到空的过程又组成了贾府由色到空的全过程。

作者不可能也无意硬写这两大线索，这两个线索是人为地分析出来的，在《红楼梦》中是个浑然整体，这里且不论述它们之间互为因果的内在联系，仅略从结构形式上论述一下这个复合系统是怎样复合到了没有复合痕迹的地步。概括地说，这个效果是靠高超的情节转换艺术实现的。这种转换有时用人物过渡，如元妃省亲是写家世豪奢的大场面，从宝玉的百无聊赖过渡到"意绵绵静日生香"——独具风味的爱情交流上，两条线索不慌不忙地交织在一起。此外，还有对话过渡、细节过渡、梦境过渡，还有窃听偷看、撞到别人、传书递简等。这些转换过渡方法有时单用，有时合用，都起着金针暗渡的作用，诚如评点派所评："明修栈道，暗度陈仓。""烘云托月，背面傅粉。""草蛇灰线，伏脉千里。"一回三波、一波三折，向我们呈现出一个以贾府为轴心的旋转的万花筒。

二、性格塑造的对补系统

这部巨著塑造人物之多且活，久被叹为奇迹，其成功之要着，似主要得力于对补法则的卓越作用。所谓对补可细分为对立、对照和补充（衬映）。对立者少，对照者多。对立不是指利益的对立，而是指思想道路、人生志趣上的对立，在主子层突出的是钗黛的对立；在上下辈之间，宝玉与贾政的对立则是众所周知的；下人层对立的如晴雯与袭人。对照则更为广泛，如轴心人物贾宝玉与外围人物甄宝玉的名同形近神不同；贾政与贾赦是地主官僚阶级惯见的两种不同的类型；王夫人与邢夫人个性气质、风范上迥然有别；王熙凤与李纨，一个是恶乎乎，一个是善乎乎，她们在忙与闲、贪与廉、动与静、恶与善诸多方面形成鲜明对照；尤二姐与尤三姐的柔弱与刚烈在对比中越发鲜明；贾母无人对称，偏又出了个刘姥姥。补充与衬映既有著名的"影子说"的例子，还有些临时性的、场景中的"暂当替身"的补充，如黛玉剪荷包时，袭人成了宝玉的替身，紫鹃又成了黛玉的替身，还有柳湘莲因情而冷入空门，在某种意义上成为宝玉出家的先兆。

从美学上讲，性格塑造对补法则是个对比与和谐的问题。对比是差异面的对立与矛盾，只有差异面以尖锐的形态表现出来，审美效果才会分外鲜明、强烈。再说，构成矛盾的某一方面以本身的形态片面地出现，就会因缺乏对比失去和谐，即没有对比不成其为和谐，没有和谐也就失去了统一。小说借人物表现传达作者的"人世形象"。《红楼梦》的性格系统与情节的网络状结构相应也是网络状的，同一层次的人之间对照补充，上下层之间也有着广泛的对照补充，形成横向上完整、纵向上发展的整体化的对补系统。对补法毫无疑问开拓了表现领域，一击两鸣，节省了时间却加宽了空间。性格刻画的对补法则更关键的战场是对那些主要人物的复杂深奥的心灵气质的表现，如黛玉敏锐又笃实，而宝钗在持重背后是机心，"藏愚守拙"并不是朴实；黛玉尖刻又温柔，而宝钗的平和背后是冷漠；黛玉孤傲而坦诚，感情脆弱，意志坚强——在爱情问题上有一种宿命的勇敢。如此这般几乎成为红学中永恒的话题。更说不完的是宝玉。作为艺术典型，其意义截至目前有影响的主要是六种说法：市民意识的代表、古代民主思想的结晶，这组可为一个层次；封建叛逆、多余人（新人）这一组又是一个层次；富贵闲人、人生之欲（玉者欲也），这一组又是一个层次。每一种说法都振振有词、各有根据，这充分证明了这个性格的复杂多维性。然而，我们认为，这几种说法，观点相左，逻辑一致，都是简单的定性分析，没有从多向运动形式中把握其总体的集合性。

能够成为艺术典型的性格是个系统，是作家复杂感受的综合集成，是其本身内部的多种合力的动态性美学结构，又不是封闭的，与其他性格横向上有不同的参照，纵向上有不同的衬映，是远非确定范围和逻辑性的概念语言所能简单概括和穷尽的。从对补角度分析宝玉那迷人的情结，首先能丰富我们的细部发现：一向"贴心下气"，但有时也要"公子性儿"；既痴情又泛爱；既有"情不情"的热情，又有多余人的冷漠与悲凉。其间的对补形式又有逐层推进的必然联系，如"公子性儿"深入泛爱，泛了即冷，一冷于女儿之情，二冷于尘世俗缘，这也是他最后出家的一种心理基因。这个递进的性格系统，似乎呈现出三个阶段。第一阶段是所谓的美学阶段，亦即童心未受明显的外在强控、内在的精神污染也不明显的阶段，他的生命形式是美感化的，秉有相对的自由，全依快乐原则行事，享受着任性的自由，在随心所欲中体验着解放的快乐。女儿国这个"闭合真空"是他童心不泯、"男女一体化"性格的温床。这是在他"大承笞挞"前的美好时光。挨打之后，林黛玉死之前，他被迫依据现实原则行事，进入所谓的伦理学阶段。他没有背叛美学阶段的有价值的冲动，现实生活只能加深这"孤独苦鬼"的沉重感受，使他陷入极端的精神苦闷之中：经常"发了一夜的呆"，说些谁也不懂的"呆话"，其呆是对世俗标准的反感，对旧的生活道路的厌倦。他还感到烦、恶心，处于精神流浪状态中。这是那个现实原则加给他巨大压抑的结果。黛玉死后，他从一个甘心负荷情的全部分量的情种，变成了一个摆脱了人欲的佛种。这个方向相反的转变，算是典型的对立性矛盾的转化了。最后的亮相，意味良多：当和尚是一种现实，然而等于自我取消，是消极个人主义；复归童心，红襁褓中赤头赤足的婴儿是形神归一的实现，是一种象征，童心等于再生，是积极个人主义；不悲不喜乃觉悟之微笑，然终有不忍之意，终于跪下，则又是温情主义者也。若从"宝玉情结"的哲理内涵上来判断这个形象的主要含义，应该是存在主义所产生的"孤独个体"的艺术典型。

统摄着这个对补系统的是更高一个层次的美学原则上的悲喜对补交融。《红楼梦》绝不是一哭到底的单调、幼稚之作，就连素有以泪洗面之称的林妹妹，具有多少令智者叹服、令愚人捧腹的幽默！还不说那连轴的雅俗不等的喜剧场面。《红楼梦》中不但器皿、阁馆、人物是对称的，而且总体美学风格上也是对补的，它尤为明显地体现在全书的情节与性格一体化的艺术处理中。

三、环境描写的写意系统

这个子系统可机械地分为三个层面。一是神话层面：前五回及尔后梦境中的太虚幻境；宝玉复归童心之后的旧稿中的"白茫茫大地"。二是社会层面：大观园以外的社会场景，如铁槛寺、乡村等。三是大观园层面，这是主体工程，几乎是贯穿全篇始终的人物的主要活动场地，围绕着不同人物，在政治与自然的不同气候里有着不同的景观。我们很难再进一步进行数量化、机械化的概括，同时我们认为阐释这个系统的功能更有意味：作为渲染气氛的手段，环境描写以其特有的表意功能而极富有情调的揭示性。它不仅能构成人物心理的象征，而且还是人的表情的移情物化，而且这个写意系统绝不是一幅风景画、一件摆设。而是一种笼罩全体的、极为深邃的情景和氛围。曹雪芹运用自然而巧妙的笔力将诗化意境完全融化在小说之中，常使人无法明辨其是在描绘还是在抒情，达到了古典小说环境描写的意境美的极致。

大观园在意境构成上可谓是"情融乎内而深且长，景耀乎外而光且大"。尽管它只不过是个布景，然而人就是依存于布景的一种存在物。"舞台小世界"，大观园景观的不同色调、氤氳、凝聚着贾府的兴衰，维系、衬映着那年轻一代的命运。元妃省亲时的大观园，香烟缭绕，花彩缤纷，灯光相映，细乐声喧，是一派豪华气象；刘姥姥游大观园，观花会宴，听戏品茶，是一派欢乐气象；到了中秋赏月的大观园，笛送悲怨，人眼朦胧，是一派凄清景象。这不正昭示了贾府由显赫、兴盛到衰落的历史变迁吗？这个布景是背在每个人身上的，它随着人物的行动、心理而变换着，它如同任何有意境的景观一样是情景交融的，不过这个情景交融是由人与景、事与景两个系列交感而成的。而且，它不仅融化在故事情节的发展中，还是故事发展和情节启承的重要环节。如从凹晶馆的清池皓月到拢翠庵的吃茶联诗，环境描写的发展，推动着情节环环相扣，意境逐层加深，暗示、点染着黛玉、湘云、妙玉的悲剧结局。情景交融的大观园有着一种整体的象征意味：红楼一梦！红者朱也，红者红颜也。在这一梦之中，有着这个朱门大家族的衰败，更有着青春的凋零！

用环境描写展现人物的精神个性，是这个写意系统的突出功能。如探春闺房中的摆设，以大为特征：大案、大鼎、笔海、大观窑里的大盘，里边放着数十个大佛手、大花囊，还有笔墨放纵的字画。爱物体志显示着她性情疏朗、志趣高雅朴实，有一股英爽刚毅之气。有名的屡被文评家列举的是用"凤尾森森、龙吟细细"八字写尽了潇湘馆的幽雅秀美。曹雪芹汲取了历代诗画家对竹的气质格调的描写，化入潇湘馆的景物描写之中，用潇湘馆的竹来象征林黛玉瘦削的身影和"孤高自许，目下无尘"的叛逆个性。潇湘妃子又暗含了"斑竹点点"的典故，照应了那"开辟鸿蒙"的"还泪说"。

环境描写的写意功能在曹雪芹笔底达到难以企及的极致。三流作家也会偶有一精妙的"景语"，但像《红楼梦》这样通体和谐、前后勾连、不蔓不枝、不多不少、天衣无缝的景物描写，则非天才不办了。

四、情调渲染的抒情系统

一般说来，情节的文学价值是低于情调的，情调是作品的艺术与思想高度融合的最高值符号体系。这个体系弥漫、融贯于作品的全部，无处不在，不用说那"情根"（青埂）、还泪故事写得回肠荡气、情韵悠长，也不用说将细腻入微的感情表现纳入静谧的意境画面，形成似有若无的幽隐朦胧的不易解析的情调。即使背景、环境描写如达到了象征性高度，它就变成了气氛和情调。《红楼梦》历久不衰的感染力量很大一部分来自这个深沉浩大又隽永柔美的抒情系统。

在条分缕析地论说之前，我们不能不先谈谈《红楼梦》的抒情语调。它作为一个常数，遍布于《红楼梦》的每一个毛孔中，它是情绪的对象化形式，它是贯穿于每一描写叙述笔触的。不过，正因此，语调是只可意会、不可言传、不好定性分析、不可复述的。分析便不能保存其原生状态。但它并不抽象，是一种实体，简单地说，悲凉的旋律，沉重的叹息，诗化的语言，沉郁与轻松、感伤与冷峻相融合的中调叙述节奏，都成就了它与生活本身的节奏极为合拍的不可企及的伟大。

具体说来，这个抒情系统，可抽举出来加以论列的至少有以下几个层面。

（一）神话隐喻。作者前五回用有诗意的语言、语调叙述了"石头缘起""木石姻缘""太虚幻境"等神话和梦幻故事，建立起一个驾驭全书的框架，建立起一个情感的目的论体系：人把"情根"遗弃，遗忘在大荒山、无稽崖，作者则认为不把情作为人的基石，是根本谬误的颠倒，必须再颠倒过来，重新建立人的基点，把情根还给遗忘了它的人类。太虚幻境整体上是一种隐喻象征，暗喻了小说的主情本旨，是作者理想人生境界的一种象征，从结构上隐喻了如下三个主要情节及其未来的大趋势：一是神瑛侍者与绛珠仙草的还泪故事，预示着全书木石姻缘与金玉良缘的交错发展及其结局；二是十二支曲子预示了小说描写的主要人物形象——十二钗的终身命运遭际；三是"飞鸟各投林"一曲所隐喻的"一片白茫茫大地"，正是对贾府及整个封建制度最终"树倒猢狲散"、必然走向灭亡的命运的影射。这里制定了全书的大致情节轮廓和基调，而且产生了一种地老天荒的悠远感，极为有力地渲染了作者"千古事、情而已"的哲学意念。甲戌本第五回目是："开生面梦演红楼梦，立新场情传幻境情"，能更明确地显露出作者的立意。

这个超前的并且是俯视的隐喻系列，强化了悲剧的趋向性，又给其罩上了一层雾里观花般的迷幻色彩，创建出一种语言难以尽述的迷离意境。

（二）小说中的诗词咏叹调般地贯穿全书，给《红楼梦》带来了摇曳的风神、飘逸的气韵。横向地说，它们既能刻画出人物，又描写了环境，还构成情节。这里主要从纵向的独立的抒情功能来把握，它的前呼后应、左右勾连构成一个醒目的系列：首先是谶语式诗词曲增加了命运的神秘感。既属于神话隐喻，又是全书中词曲艺术性排第一的"十二支曲"，暗喻了各人的身世结局和对她们的评论。它们是永远激动人心的"千红一窟（哭）、万艳同杯（悲）"的悲剧挽歌。该特别一提的是，"四春"的命运是贾家命运的折光，也是作者"由色而空"的思维格局的一种构演：始于繁华，终于超脱，的确是"原（元）应（迎）叹（探）息（惜）"的！

《红楼梦》不只是悲剧哀歌，还是青春的颂歌，作者衷心爱惜人间的美好、鲜美的生命。《红楼梦》之所以有浓重的悲剧感，只因为它充分写出了美的可爱动人，从而美的毁灭才成为撼动人心的悲剧。尤其是那些水做的女儿，她们为了表达自己，为了确定自己，而学诗作诗。且不说黛玉一生以生命作诗，探春结诗社也是为了寻找、确立自己的本质性情："处名攻利敌之场，犹置一些山滴水之区……，结二三同志，盘桓于其中"，构成另一世界。她们咏白海棠、咏菊，都是在吟咏自己的身世情怀，倾诉自己的生命。"玉是精神难比洁，雪为肌骨易销魂"不是相当贴切地传达出了探春的高傲心性吗？"孤标傲世偕谁隐，一样花开为底迟"则是公认的黛玉性格和命运的写照。人物自己的诗为自己的命运作谶语，成为《红楼梦》独特而卓绝的抒情方式，它们浓化了命运的神秘感。作为典型的篇章，当然是黛玉的《葬花吟》，而且《葬花吟》简直成了宝黛爱情悲剧的预言象征。还有《桃花行》，句句都是在写她薄命如桃花的不幸夭亡的命运。

"诗言志"的规律并未在小说中消亡。宝玉的《芙蓉女儿诔》成为红学家论列其思想高度的力证。它也是全书中平民意识的一种升华，是全书对青春之美的赞颂的总结，是对美的毁灭的深情挽悼。其浪漫主义手法、浪漫主义精神、浪漫主义力量都显示着作者以情为人之根的人性水平。

作为围绕于家世场景上空的《好了歌》及其注，不但预示了家世线索的发展轮廓及这一线索上主要人物的结局，而且写了人生的偶然，无法驾驭自己命运的哀叹，对世界的怀疑；不但写出了贵族阶级的兴衰荣枯，而且写出了它由色到空、必然毁灭的结局。

这个抒情系列中的作者的诗、人物的诗，浓化了全书的诗性，强化了小说的情感色彩，都是作者觉得白描不足以尽意后的直抒胸臆。这些诗不但没有中断情节作静态抒情，还与那个艺术世界水乳交融，形成流动感很强的有机抒情系统。

五、社会批判的认识系统

现在，人们对这部旷世杰作，至少达成了这样的共识：它大体包含了三大层次的内容与意旨。第一，以大观园为中心的审美的情的世界；第二，以荣宁二府为中心的世俗伦理的世界；第三，以太虚幻境为代表的象征体系的幻梦世界。作者对那"世俗伦理的世界"的态度是怀疑和否定的，这个世界罩上了浓厚的山穷水尽感，散发着丧失中心、因果紊乱、目的迷乱的气息，是一个礼法道德混乱失控的黑暗王国。这个王国内遍地横流着阴毒、卑鄙，封建礼法失去了内在的约束力，这个社会从内部腐烂了。作者观察到并表现出的是：由封建特权所产生的奢侈、荒淫和倾轧三大毒菌正是那个繁荣之"色"变成"白茫茫大地真干净"之空的内在原因。奢侈直接带来经济上的困顿，荒淫必然产生人的塌烂。贾家玉字辈是"垮掉的一代"，他们滞留在生理的满足与挣扎中。唯宝玉可望继承祖业，却分化了出去。这种分化其实是衰败的最致命的定性事件，以宝玉的人生情趣为中心的那条线索的内容，已透露出近代价值取向的消息。倾轧则带来了权力功能的溃散。内部的倾轧招致外面的打击，这几乎是家国皆宜的规律。尽管王熙凤具有曹操般的机敏权变，将"法、术、势"的功能开拓到了极致，依然无法使这个已入颓境的家庭逆转，徒然使她成为逞才使气直到运终的"末世恶"的化身。当然，王熙凤沉溺于物欲，个人欲念强悍，也是"败家"的根因之一种，与那帮衣冠禽兽合成一种破坏力，这个意味深长的女强人已与正统意识形态的要求背道而驰了。就是那些标准的正统人、补天卫道的人，也无法改变这一来自内部的颓败趋势。无论是道貌俨然的贾政，还是按封建标准来衡量已是完美的理想形象的薛宝钗，还是主动调节那紊乱系统的补天才女贾探春，都成了那个已是整体紊乱的"大厦倾"的祭品。

解剖这个五脏俱全的百年旺族的"麻雀"，足以看出那个社会的不可救药：除了奢侈、荒淫、倾轧这三大毒菌造成了内部全方位的腐烂外，社会意识形态也丧失了制约的作用，道德理论与现实生活已严重脱节，因果关系已严重紊乱倒置，宝钗这样的理想形象也因这种混乱而被摧毁，探春这样的想从内部调节、弥缝补裂的"改革家"对这个凝固僵化、积弊难返的沦落社会也是无可奈何的。这种种现象表明：不但那套政治机制亟须改革，而且精神的调整与重建也至关重要，因为这两个系统都溃烂了，这种社会便失去了自救的可能。

作者尽管对这个已无合理性、现实性，只有现存性的社会的必然终结充满了伤悼之情，但他毕竟写出了那些人不配、不可能有好命运的事实。对那些衣冠禽兽，作者抨射了无比辛辣的毁灭性的揭露的怒火，这种揭露性是喜剧的，而且这个溃烂的机体的覆灭也是个喜剧。它与青春少女动人的情的世界那欢快的喜剧性质不同，但合力构成了《红楼梦》中的喜剧内容，这种喜剧情调以足够的强悍构成这个悲剧杰作的内在的对比反衬机制，它不是点缀的、零星的，而是通体贯穿的，可以让我们作出这样的结论：任何高雅的美学系统都是悲喜交融的。

这里虽用了系统一词，但情感性的文学是难简单直接搬用科学的操作法则的。其实，《红楼梦》是个不拆摘性的强结构，正是这五个系统相互之间有机的内在联系、相互作用，合力构成了说不尽的《红楼梦》。

宝玉心态的哲理内涵

一、寻梦：意识超前的象征

　　曾被认为是宝玉原型的纳兰性德，的确有着和宝玉差相近似的寻梦意识。他总是觉得"醒来无味"，总是追寻梦境，而梦又总是被"聒碎""搅碎"，梦碎之后，愈发惆怅，只有"还睡，还睡"。著名的《长相思》《如梦令》都是要做思乡梦。其实，思乡情绪不过是对眼下生活的不惬意的一种调节性心理，他回到皇宫相府，也同样感到孤寂无聊，"残更数尽思腾腾"，"那堪孤枕梦边城"，"今宵便有随风梦，知在红楼第几层"（《饮水诗·别意》《饮水词·于中好》等）。所以，他的思乡梦关键是梦，亦即是自己深心追求无法实现，只有在梦幻境界中去体味。而这种梦想又被现实性的力量"聒碎""搅碎"。性德并无受猜忌的愤懑，也无"士不遇"的感慨，其"梦不成"的词境正揭示着词人对整个现存生活的不满。"还睡、还睡"，深切地表现出对现存秩序的整体性不如意，这是来自统治阶级内部正宗贵族对本阶级的浩叹！

　　作为贾府的"凤凰"，宝玉也应该称心如意，然而他也偏偏无故寻愁觅恨，偏对诸事都安排好、行动有人照管的生活烦腻，在发呆中沉湎于自己的梦想，捕捉自己的意绪，寻找自己心中隐隐的新梦。他是大观园中的杜丽娘,在真实的生活中寻找青春的兑现,用灌注了情感的细节建筑心满意足的梦乡。

纳兰也好,宝玉也罢,还有杜丽娘,他们的寻梦是一种冲动不能落实的希冀,是一种苦闷的象征。他们站在理想与现实的分界线上,处在梦境与凡尘的交界之处,迷惘便是当然的常规心态了。而迷惘也正是感受不到生之目的,处在目的迷乱的煎熬之中的典型情态。这发生在贵族阶级的青年身上,从而极有说服力——从心理层次上折射出时代的脱节。这种心态显示着一种渴望:现实和传统需要来一个彻底的和立即的转变!超前性的追求滋生了寻梦的冲动。寻梦便成了无目的的目的。

《红楼梦》是个硕大无边的梦。它既是红楼破灭之梦,又有主人公的寻梦和惊梦。主人公那青春梦想和其梦一样的游魂,游离了红楼的家谱,超越了红墙的界畔。在主人公眼中,红楼中的生活是另一种梦,是噩梦,是反认他乡是故乡的无根的梦。主人公滋生了青春梦想,便视家族生活像梦魇一样了,他自认为根在自己心中,情根(埂)才是根,舍此之外,都是没有目的的笑话。

关于生活目的,他自我感觉好像很明确:与众姐妹厮守终生,与林妹妹两情合一成为一个生命体才感到快乐。先想死后被清白女儿们的眼泪漂起,后"悟情分",懂得了各人只能得各人的眼泪,有许多女儿是不会用眼泪埋葬他的,他便坚定了死后化灰化烟的信念、目的。这是多么凄凉的一种人生感受,多么沉痛的一种人生归结,无事忙的寻梦情感,隐藏着一份多么酸苦的信仰。我们不能责怪他没有信仰,正如不能责备乞丐没有黄金一样。然而,放弃了钦定信仰,正说明了他灵魂的富饶,正表明那是一种挣脱礼教信条、渴仰完全的健康的冲动，正显示出一种可贵的个性自觉。已经没有别的可以成为目的了——情天之外别无天。仕途经济、圣经贤传都和他的感性情感格格不入，他确立目的的支点不是义务利益的考虑，而是感性情趣，他是用美学化的态度来生活。与异性审美关系的情感，使他获得最充分的本性的对象化，于是这种亲融女性的快感成为他的人生目的。也因为他只拥有缘于情的解放、萌芽于感性的自觉，所以便只能以情为根，将情的对象化为目的，只有情的追觅和树立。因他确确实实没有一种真正必要的和成为一种内心神明的事业和工作。

因此，在移情中陶醉便成为他兑现自己梦境的主要形式了。所谓"玉兄一生全是体贴功夫"，即是这种审美化的移情工作。他差不多都是在移情化的感受方式中度过的。见鱼儿与鱼儿说话，见鸟儿与鸟儿说话，将海棠花"看一回，赏一回，叹一回，爱一回，心中无数悲欢离合都牵到这株花上了"。这种移情是寻求广泛认同的移情，是一种可怜的对象化。让人躲雨自己却在雨中，烫了手还问人家疼不疼。只有把自己贴向对象，才感受到自己的存在。移情是取消了自己，又是确立了自己。他就这样切断了与正统观念、社会总体的联系，自著扁舟，驶向理想的个人情感的港湾，独具风格，成为"行为怪僻性乖张"，"哪管世人诽谤"的叛逆了。"孽根祸胎""混世魔王""有天没日"成为确评。他的种种"无状"其实正导源于寻梦的冲动，追寻没有结果便滋生出不可名状的厌倦。寻梦和移情都是一种美学化的人生态度，当其在主观上合目的、客观上超前合规律时，在现实中就必然感受到沉重的多余、异己的压力。

别人认为他荒诞，成为有名的呆子、中看不中吃的内心糊涂的人，他更视周围的一切多荒谬，不但女儿由珍珠变成鱼眼睛他老大惶惑，清净洁白的女儿入了国贼禄蠹之流他又愤恨又痛苦。元春姐姐的荣显、家中的鲜花锦簇的繁华他全无感受，反觉无聊，峨冠博带者流的仕途经济更是混账，梦魇般的问题噬咬着他的心灵，他的乖张正是对各种不合情理现象的否定批判。这样，他对流行的价值观的怀疑、否定便是必然的了。追求与批判本来是一体两面。他的乖张是寻梦者的乖张，这种乖张是目的迷乱的一种焦灼和烦躁。除了发呆以外，发烦便是他另一种常规心态了："我哪里是乏，只是闷得慌"，"我没有发烧，是心烦的缘故"。莫名其妙的无聊、恍恍惚惚的愉快，"无故寻愁觅恨，有时似傻如狂"，这是目的迷乱的典型症状。

对林妹妹的情感，作为具体目的，在他当然是坚定而明确的。然而，且不说见了姐姐就忘了妹妹的浅层次上的迷乱，就是对林妹妹的钟情成为身家性命，也是他在现实生活中失去更宽宏目的的证明，是他切断与历史、社会总体联系后，失去了个体汇总于总体这个理论上的目的后的迷乱中的目的，当然是新生的追求，是一种越轨的梦想。黛玉是他的"北极光"，他对黛玉钟情是一种美学性的追求和梦想。黛玉是他新生意识的象征对应物，是他刻骨铭心的一个梦、最大的梦，也只是梦。历经试探、争吵、誓言、信赖，终于两情相印，然而像舒婷笔下的"船"，划过了无垠的大海，却在临岸的"咫尺之内，丧失了最后的力量，隔着永恒的距离，他们怅然相望"。倾注毕生精力的追求，也不过如此了局。黛死梦醒却滑向了佛教，目的明确了，灵性已通的顽石也消失了。幻灭达到了零度状态，生命没有意义，爱情没有结局。

寻梦的历程与寻梦而不得的迷惘合成了他迷离恍惚的梦一样飘忽的心态，没有坚定的支撑，也没有持久的稳定，随着感性与直觉的迁移而痴、呆、烦、闷。没有固定的实体，没有航标，甚至没有河流。是克尔凯郭尔说的美学阶段的以快乐为原则的人生性状，追求的是自己情绪自律的满足、快乐的感受，而实质是一种精神的流浪。精神没有故乡，生命没有自由，找不到自己的使命，也不想承担外在的家世利益规定的使命。

这种目的的迷乱，准确地说是：只是在感性的层次上、范围里感受、直觉到自己的目的，又不能不走样地扩展到理性（没有相应的社会理性）、落实到行动。自己原发的真正目的只是一种不稳定的情绪，这种情绪一因自身不稳定，二受环境的矫正，与经典观念抵触矛盾，从而稍微从本我天地作外化移动，便不知何去何从。换句话说，目的迷乱就是有了新感性又没有新理性。这是新理性诞生前的阵痛，是最终靠历史解决的问题，是任何交替阶段先醒者孤独、迷惘、焦灼的原因。

宝玉迷乱的心态显示的是一种精神出离，精神出离是一种深刻的叛逆，构成了他的光彩和魅力。

二、孤独：反文化的前提代价

新生的而非绝望的目的的迷乱，缘于感性的复苏，它冲破旧的规范这一无形的文化枷锁（规范异化是异化常见形式之一），拒绝加入任何外在的桎梏和束缚，以个体的感性情趣为价值准绳，对已树立的天经地义的正宗的真理和义务嬉皮笑脸，是在用个体的潜意识反抗社会理性，拥有这种迷乱必须付出代价，必须承担孤独的痛苦。

老子倡"无言独化"，庄周要"弃圣绝智"，魏晋人喝酒、吃药、扪虱子。李贽说是非"无定质""无定论"，只有"最初一念之本心"是真的，尔后便无所不假。都是想摆脱掉那沉重厚硬的文化异化的岩层，想多一点自由和解放，多一点自我的回归。宝玉的"有时似傻如狂""愚顽怕读文章"正是一种反文化的心态，正说明他童心不泯，有可贵的批判精神和反传统光芒。然而，他孤独。

人生是一段选择的历程，性格就是命运。当宝玉选择了与旧的价值体系对抗的道路时，当他拒绝委身于孔孟之道时，便担荷了宇宙一子民的孤独，他心中的"奇情怪想"永远无人理会。人家越围着他转，他越围着人家转，这是一种深刻的孤独、寻求解脱的孤独。因为他的情绪永远不会彻底地对象化，永远难在现实中找到载体。唯一的知己林黛玉也并不能给他无条件的安慰，看不见的间阻使两人的真情不得不以变形的形式交流，其间的痛苦更增添了他多少孤独！怡红院对月长叹的日子，岂独单为一个林妹妹？只是最能寄怀真情的寓所，在受挫的情况下成了全部人生感慨的突破口罢了。

表面上看宝玉喜聚不喜散，姐妹出嫁群芳凋零，都使他痛彻肺腑。似乎追随集团并不孤独，其实心中充溢着无限的孤独。在与众姐妹厮守终身的誓言背后，是化灰化烟的悲慨，是对女儿国之外的世界的恐惧与反感，以一种反孤独的形式表现出的深刻的孤独，是誓不介入仕途经济的孤独，是拒绝的孤独，几乎接近克尔凯郭尔说的"孤独个体"的那种孤独。

宝玉的孤独、烦恼以不满于旧的价值体系为缘起，是正当的、合理的。所以，这种孤独、烦恼以感性的生命形式实实在在地证明：封建规范、思想体系没有先天的合理性，它只是一种人为的规定，而不尽符合不断发展的人性的必然要求，没有历史唯物论的曹雪芹写出了历史唯物的事实。

事实上，孤独成了宝玉主体性的证明和保证，也是他感受自己存在的情感形式。他别无所依，无论是理性信念还是感性意趣都没有一个内在信服的标准和依仗，以封建规范为内在生命的薛宝钗永远也不会有这种孤独。黛玉的孤独是直接的，甚或可以说是浅显的异己感，宝玉的孤独则是全部人生体验上的异己感：即使在家里也觉得是别人家的孩子。这似乎可以证明一个通则：在临界解体的社会里孤独的有无与深浅规定着他在未来的位置。孤独并不都是消极的。他的烦恼又一次证明，觉醒总是由个体的生命率先感应和体现的。他要重新审视一切，"证成多所爱者，当大苦恼"。这种觉醒的个体的此起彼伏，便会汇成思潮，成为伟观。

宝玉开始选择适合于他的文化定义。理论上，只有同个人内心、新的时代需要相联系的文化才具有强大的生命力：在宝玉的性灵、迷乱、孤独的反衬下，宝钗这个血肉丰满的古典主义者显出只能发出回声永远唱不出歌来的枯井的本义。宝玉力图再度掌握文化对个人内心的表现功能，恢复个性在文化中的至上地位。他生平之大畏是读父师责训之书，却偏爱杂学旁收。前者戕害他的兴趣，后者是为他的冲动寻找支撑。兴趣成为他掌握文化对内心表现功能的选择标准，是他没有价值标准的价值标准。缘依兴趣而生活是宝玉的特色。"不过供一时之兴趣"，规定了他的亮点与悲剧。

兴趣集合了他的全部新的感性冲动，成为他用直觉抵抗旧文化的武器。这本身是一种悲剧性的对比，也决定了他孤独的内涵和重量。

有兴趣，便全神贯注地移情去"体贴"，无论对人还是对禅机、戏曲等文学哲理书籍，没有兴趣便全无会心、怀疑、否定，因不懂而惊诧，因反感而恶心。备严父急考，不得不夜间用功，且不能稍稍将心思从女儿身上转到书本，兴趣化已成为他不可更改的情感形式。一己情趣与大于世界的反差怎能不使痴顽的宝玉陷入不可名状的痴呆疯傻之中！在要么改变环境以符合童心、要么改变童心以适应社会的选择中，贾宝玉跌跌撞撞死抱性灵不放，"过一日是一日"的悲慨，既是宣言又是遗嘱，其中有多少沉重的悲凉？

"最恨这些俗套，在外人前不得已"，"见了别人怪腻歪的"。元春受封，贾府大幸，但"如何热闹，如何庆贺，众人如何得意，独他一人视有若无，毫不介意，人们嘲他越发呆了"。其实何尝是呆？这正是他独具性灵之处。他已游离了旧的价值体系，已成为一个"局外人"。厌倦、冷漠是否定的情感，是积淀到日常生活中的对旧文化的反抗、叛逆心态。旧观念已在宝玉生命情趣中丧失了支配地位，新目标又极为模糊，唯一可凭借的精神支点即是自己的个性。所以，他只有孤独。个性越是舒展和独一无二，越难获得理解，自己也难在外界获得认同和亲融。这种多余局外的情感形式本身比他的个别言论更有富饶的能指意蕴。蕴含在感性中的意义揭示着一个世界的情感性质。它提出这样的问题：人与这个世界的关系是和谐一致的，还是分裂矛盾的？人生活在这个世界上是幸福的还是痛苦的？宝玉形象作为审美对象，其情感形式的内涵正是核心和灵魂所在。因为所谓审美对象就是感性的光辉，更何况宝玉的审美态度是一种美学化的人生态度。他正是用这种态度摆脱旧的规范，获取与世界的新形式的联系，这种情感形式本身也是美学的。并且，这种情感形式以其与异化了的文化有差异而成为承受人性、揭示主体性的自由符号。

三、互反性：无主题的悲剧

卢梭的返回自然的反文化口号之所以在西方掀起热潮，除了时代因素外，还在于它切合了人的冲击规范异化的自由自觉的天性。宝玉性格的审美价值正在于他揭示了人的向往自由的浪漫本性。他的孤独、兴趣化是晚明以来用明心见性、直指本心来挣脱教条束缚的哲学走向的心理情感化，是那种精神指向的向感性的落实、深化。泰州学派之所以能轰动全国盖因于人们想从几千年来的精神压迫中找一条生路，也因此李贽倡童心才成为明清两代以情反理的理论基础。然而，我们不能不看到"直指先天一脉真"（韩贞《答友》），"静坐观空空亦物，无心应物物还空"（韩贞《勉朱平夫》）的无力性，想挣脱却恰当了羔羊。虚幻的主体独立与反抗永远不能获得现实的胜利，是一种"颜苍乐陶陶"的退避性的超越。"前进担子千斤重，退后阶梯老大宽"（韩贞《勉盛子云》），其实是一种新生意识没有出路的悲剧！

宝玉觉悟到"赤子之心""太初一步"的圣境之后，似乎克服了孤独与迷惘，舍筏登岸："内典语中无佛性，仙丹法外有仙舟"，焚烧曾移过他性情的《南华经》之类，能直指本心了。然而他却恰恰进入宗教的怪圈，进入不承认迷惘的迷惘，进入感觉不到孤独的无际涯的孤寂，进入零度意识。内在的心灵差异面（新感性与旧理性）构成的互反性消磨似乎告一段落。新生意识的蠕动滋生出来的合理的荒谬感至此被克服，局外人的异己感被消泯。不是随历史前进固不待言，而且也不是美学的超越，而只是宗教的超度，便既背叛了目的，也违反了规律，是宗教因素对美学因素的克服。虽然有人说美学是宗教的真理，但二者有退避与进取之别。宝玉容于其间，没有走向真理，遂成宗教与美学的互反性的悲剧。

从历史学层次说宗教与美学的互反性是消极个人主义与积极个人主义的互反性。积极个人主义以社会得到改造为终点，从个体伸向总体，以个体与总体的新的统一为指归。资产阶级个人主义在反封建时具有这种意义。而封建时代的隐士和退避哲学则是消极个人主义。贾宝玉的情感形式含有这两种因素，多余感的出现和存在本是一种抗议。其畸形的灵魂折射着社会和文化的畸形。他觉得一切都多余：功名富贵多余、没有兴趣；读书更是多余、没有意义。这已从人性的深度宣判了正统道路的不合理。个体与总体已合理地分离，儒家的教化因其失去了对个体生命情趣的适应和疏导，宣告无效。这种个体与总体的对立内化为宝玉情感形式的新感性与旧理性的对立。他能够承担到底会成为悲剧中的英雄的命运。而逃避到宗教则由现实的主体性进入虚幻的主体性、由真实的自由追求变成一种幻想的自由，不是克服了必然而自由，是被必然克服而虚无。

在宝玉十九年的现实的生命历程中，情感形式呈现出美学的、伦理的、宗教的这样一个"三段式"结构。所谓美学阶段是"大承笞挞"前的全依快乐原则行事的、依感性冲动而言动的童心未泯、相对自由的阶段，是"高兴了没上没下，不高兴了谁也不理"、独不在"外面的大事上留心"、能够纯洁地意识到异性之美的意淫阶段。所谓美学的即超越世俗的,从生命形式到价值标准都超越了世俗的要求和规定,是一种在随心所欲中发挥了人性的最大正值的生命解放状态。随着外界压力的加剧,他被迫依现实原则而行动,进入伦理的阶段,直至黛玉之死。由爱博到"悟情分",从放纵到被迫读书,移情而又孤独。他的精神苦闷成为这阶段最动人之处。烦、畏、恶心、呆,与燕子谈话、见杏子发愁,被现实原则挤压得精神到处流浪。因为他是个孤独苦鬼,最后走向宗教便终不可免。黛玉死之后,宝玉的灵魂经受了大风暴的洗礼,他沉湎于哲学、宗教的参悟,对"太初一步"的迷恋是出家的思想准备。对"赤子之心"的理解("无知、无识、无贪、无忌")与李贽对"童心"的阐发发生了原则性的背离。宝玉由热情的甘心负荷人性重量的情种变成了一个摆脱人欲的佛种,由以情反理的战士变成了屈服于现实压力的逃兵,由积极个人主义者变成了消极个人主义者。

这是一个在旧有文化体系与未来"应该"体系之间的尴尬的灵魂,"前走一步赶上穷,后走一步穷赶上"。这里显示出旧理性的深入骨髓的戕害,它以文化化入的方式,使有了新感性的个体的心灵出现差异面。从而具有了妥协性,使他在占有自身的过程中,时常出现反向的流动。它以心理形式揭示出"前新文化"内在机制上的矛盾。

这几乎是一种"宿命的"文化互反性,新的文化因子陷在旧文化信息的在劫难逃的包围中。只能在受旧意识控制的同时发生些微的游离运动。妥协性与主体性的互反使宝玉在占有自身的过程中时常出现反向的流动:社会假借他自己先否定了自己一半。他并没有充分地体现出对主体价值的占有。在他得到什么的时候也正在失去。当他全部失去时，并没有产生高昂的主体的胜利。

这也再次证明个体兴趣无法战胜旧理性桎梏，而且也提醒我们要全面地分析以兴趣为价值标准的人生哲学。宝玉能够为"此在"的满足，割舍将来的利益，不为外在的功名扼杀内心情感，这可以说是从外界找回了主体，找到了自我，是一种解放。正是在这个意义上，我们蔑视薛宝钗那为将来利益割舍此在满足的功利主义，少女的冲动湮没在利益考虑中的冷美人终究是半个人。然而，宝玉也是另一种意义上的半个人，虽具性灵、灵魂富饶，却终究是消极个人主义者、自然浪漫主义者。唯有合目的合规律地将此在的满足与将来的利益取得一致、达成和谐的人才是强者，才是完整的人。

宝玉有浪漫的情愫，没有浪漫的力度。他身上虽有魏晋遗韵、盛唐情致、晚明性灵的独傲美，更有庄禅意趣，以及宋代以后的与女性的亲融意识所产生的没有男性雄风的姑娘气。这又正好不能"护法裙钗"，构成与初衷相反的效应，这也使宝玉更陷入荒谬感中。所以他的情感形式只是英雄浪漫主义前夕的多余人的消极浪漫主义，只是一种罗素说的"善感性"（《西方哲学史》），只是一种溢出了古典主义又没有追求瑰丽的新理性的有冲动无形式的情愫。成为一种无主题的悲剧、一种消磨性的悲剧。唯有真正的崇高的追求新理性的建设性的悲剧构成了生活与希望的意义。

宝黛悲剧是人文知识者无路可走的悲剧
——细读《红楼梦》第三十二回、第三十四回

一、生活如流水，制如河床

能从日常闲谈中显示出人物那决定其命运的个性，把天大的事插入"天天如此"的鸡毛蒜皮之中，如实摹写原生态的生活，又不像《金瓶梅》那样没有寓意，《红楼梦》酷似"生活禅"，是悟透了禅机的闲言语。从中国叙述史的角度说，则是彻底告别了"三突出"式的传奇法，也就是说彻底摆脱了戏剧、说书艺术这个小说的母体对小说的笼罩性的影响，从而直接成为现代文学的河床跑道，在写法上为新小说立了体制，这是《红楼梦》具有生发性影响且持久不衰的原因。

你看，湘云、袭人、宝玉的三人谈，就这样平平常常地从针线活谈到"人怎样生路怎样行"的人生哲学上来，非常生活化地显示了宝玉不走"正轨"的个性、不想加入封建体制内去分割富贵功名的人生选择。常被视为宝玉人生宣言的"混账话"问题，就那么稀松平常地被湘云、袭人的笑话给"消解"了——日常性就这样蚀啄着生命意志的价值诉求，水落石出后，才发现其迹象早已存在。蛮有用意又不漏声色的写实，才使《红楼梦》具有了既是生活又是禅

的韵味。

　　单写一个场景还是平面化的叙述，还不足以体现那生活流的立体张力。作者常用"隔墙有耳"的加入方法形成旋转的立体空间，宝玉那边还照常进行，黛玉这边已在翻江倒海矣。黛玉的这番东绕西绕的琢磨是展示本书"心理现实主义"魅力的典型范例。可挪用脂砚斋的俏皮话来发一问：颦儿的心中想，芹兄何以得知？然而雪芹就是毫不退却，因为他就要表达主人公的价值感受、体验结构。直到"揭发"得了无遗意了，才让宝玉走过来，让他们正面交流。

　　"诉肺腑"是宝玉正面直接向黛玉坦露爱情的唯一的一次，是本书最抢眼的一次"话语事件"，倾向"爱情主题说"的人曾建议长篇到此已可结束矣。然而二人的言路与思路又实在没什么了不起的，几乎什么也没说——这正是让要看艳情的人大失所望、让洋人大惑不解的。横亘在二人之间那看不见摸不着又确实存在的壁障是什么？是这二人共同接受且已内化到直觉的"理障"——除了精神气质的因素，就是礼教，礼教暗示黛玉这种"非法"行为毫无结果。作者凭着天才的直觉不让这次交流成功，一旦把话说完就"不像"了，因为宝黛不能朝着民间文学的方向走"桑间濮上"之路，也不能重复才子佳人的老套，更不能与封建体制内主子们的惯常做法同流合污，走"脏唐臭汉"之路。而且，黛玉那人文知识者的"叶公"劲头使她躲避真龙——时刻都想听到的东西却偏偏不敢真来听——她跑了。她说宝玉是镴枪头，她则只是银样而已。他们的退缩遂使生活的流水照常流下去。当然他们一旦"偷期密约"，则与才子佳人难区别矣。作者像是在遵守不能打破桶底子的参禅规矩，将问题转换了——宝玉的倾诉被"顶替者"听了去，这当然不能视为"调包计"的预演，只是预伏了袭人向王夫人进言的线索，张开了生活之网的另一面，深化了封建体制与反封建体制冲动的紧张，而生活之流毕竟还是沿着封建体制规定的方向往前流。

袭人"当面有耳"，不是偷听的偷听之所以可能，盖因为宝玉不是个机警的侠客而是个常常移情而犯迷糊的痴人，此时则痴迷得灵魂出窍了，所以才不算不合情理。而袭人的话凸显了这个场面的喜剧感。她僭越了黛玉又深感"坑"得慌，说宝玉中了邪，宝玉也只有"羞"走了之。这个小戏冲走了那个大戏。而那个大戏直到最后也没出现——宝黛之间直到最后也没说出那句话。这种诉不成的肺腑正显示他俩心思虽在祖传老例中发生了位移、却无法外化的无奈。这种无奈是正宗悲剧的无奈，而且带有某种"情愿"色彩——尽管谁都知道他俩一点都不情愿，只因无路可走，不得不如此而已，所以那个貌似的"情愿"才是最有悲剧含量的：有情诉不出犹如那哭不出的眼泪！《红楼梦》无尽的悲剧魅力正在于这个似有若无、从而绵绵不绝的苦感和爱恨交织感，诚为代代人参不透的大禅——才说一物即不中，看山还是山，却已不是那个山。自然没有法眼，便只看山是山也足够可观。

宝玉走了，宝钗来了。宝钗与袭人的闲谈，既补足了湘云的处境，又显示了宝钗"随分从时"可以让任何人接受的性格，以及她对宝玉不露声色的"做功夫"的心迹。宝玉"你放心"誓言的张力一点儿也没开花结果，便又换成了普通生活场景。金钏自杀这个事件说明日常生活中时有悲剧发生，只因其人微便也事轻，不能影响主流的方向，就让别人报道，作间接叙述，并把宝钗引渡到王夫人这边，对宝钗接着作深度报道。这娘儿俩的闲谈又是一个"多媒体"版块。过去常据宝钗劝姨妈的话说她跟薛蟠一样冷酷、视人命为草芥——这是公羊学的"原志法"（意识形态话语模式的目的论联想），如果她这样说显示了剥削阶级的本质，那下一回宝玉让老仆人报信，那个被剥削阶级的老大娘说，她愿意跳井让她跳去，关二爷什么事！又显示了哪个阶级的本质？这无须深说。具有领起下文作用的话头是：王夫人已嫌黛玉太"有心"，而宝钗的"随和"是因为她想与封建体制和谐一致，其言述品质基本上契合封建体制的价值系统。她尤能"揣摩"领导意图，总在说家长正想听的话，她具有这种加入体制的"专业能力"。因而，她再博学也不具有反体制的人文精神。相比之下黛玉不着边际，而且不想着边际，这样的人越有才华越是异类。

等到宝钗给王夫人拿来衣服时，宝玉说"你放心"的情景已换成正在接受封建体制压力的处境了。他唯有流泪而已。而王夫人为了保护宝玉的名誉，居然在宝钗面前撒谎，这个细节展示了封建体制中人以符合封建体制的形式化要求为头等大事的心态。他们认为宝玉若破坏了这个形式，就成了废人，家族和王夫人本人也就失去了辉煌下去的全部指望和倚靠。保护宝玉加入体制，是他的全部监护人的自觉的使命、不言之教。就连袭人这个奴才也积极主动加入这个大合唱，因为这是她取得在贾家这个"国家"中的地位的进身之阶，她也因此得到了能得到的顶尖待遇——拟晋升为姨娘。而可怜的金钏儿守着"权力资源"却不知开发利用，没有像袭人这样走合乎封建体制的道路，金钏儿与宝玉的关系倒是纯洁的，反而以勾引宝玉的罪名而得到惩罚，与宝玉有私情和不才之实的袭人却因有封建体制的保障而成为"合法"的。金钏儿死于心中的怨恨。宝钗说她脾气大便是糊涂,倒是禅理名言。宝钗因预期良好而无怨恨,自然不犯这种糊涂。金钏跟晴雯一样枉担了虚名,只是晴雯比她更冤枉,都因取径不如袭人"合适"而被踢了出来。

生活流该怎么流还怎么流,规定这个"该"的"河床"就是那个隐藏在现象背后的体制。

《红楼梦》的耐读还在于它一点儿也不煽情,就是有高潮要来也把它阴差阳错地"转"过去,一种感人的东西刚刚升起,马上就用一串嬉戏的话头把它岔过去。作者深知月满则亏的辩证法,尤其是宝黛之间的感情本是那山石下的溪流,绝不能也不可能一泻千里。第三十四回"情中情因情感妹妹"以至前八十回,都是生活喜剧包裹着生命悲剧又近乎无事,是最能反映生活之苦乐参半的原生态的章法了。每一细节都差不多是写实与写意的融合,让你感到既是生活又是禅。凡夫生非,你方唱罢我登场;鹤立鸡群,无路可走找不到家。优者萎靡不振,劣者干劲冲天!难怪宝玉说他们那一套是"混账话"。

二、混账话:主流意识形态

宝黛二人有了那种非实现出来不可的情愫,又有着不能说出来、更不能做出来的教养和学养,前者缘于自由人性,后者来自"河床"的规定,以及他们不同于才子佳人的人文精神。无法设想他俩诉成了肺腑,又有了待月西厢的艳事,最后会怎样,那就变成了个人事件,那种事情也在天天发生。在文学上,男女主人公最后没成了眷属的,有元稹的《莺莺传》,成了眷属的有王实甫的《西厢记》及清初才子佳人小说，早已成了套版故事。无论是"善悔过"也好、"奉旨完婚"也好，其关键在于都回归于封建体制之内，无论是他们本人还是写他们的人，都愿意而且正在以封建体制为归宿。曹雪芹以"绝望的抗战"的勇气，让他的主人公拒绝了那个天经地义的"河床"，从而使他们的处境陷入严峻的两难之中。宝黛二人都没为这份感情的结果而去争取现实的解决，既没向权力者输诚（如黛玉在贾母、王夫人面前表现得像一个称职的媳妇），也没起用封建体制的力量（如宝玉去考取个功名，从而取得发言权、自主权）——这种现实道路不在他们的心胸之内，那样贾宝玉就成了甄宝玉，黛玉就成了宝钗。宝黛就都成了会说混账话的巧人了，家族里的人也就看着他们不混账了。那样这部大书就变成了世俗喜剧，他们的感情剧就成了才子佳人的混账剧了。

　　事情本身就这么麻烦纠缠，也就难怪敏感的黛玉这么纠缠别扭了，她实在是无路可走：乞灵于封建体制，她就变乱了素性；拒绝封建体制，也就不可能如愿以偿。封建体制没有开放其他的可能，她又不可能冲出另外的河床来。她的感情包含着这个指向，但她没有开步走——谁缚汝？谁都在缚，而又没有哪一个来缚。读者看到只是她在自缚，其实是那个封建体制的五脏六腑把她消化得"不得不如此"。其中最致命的是道德，是宝黛二人深受其苦却还真奉行的道德。珍、琏、蓉辈不信封建道德固不待言矣，就是宝钗、袭人这样的受奖励的道德规范，其实只是遵守了封建道德形式化的那个方面，在外观上更规矩而已，在实质层面宝黛却在坚守着圣人道德的真精神——这种注重道德内在性的精神，是不向封建体制低头的，它要求封建体制来符合它。

林妹妹最能赢得宝玉倾心的就是她不说混账话，不劝宝玉加入现行体制，这在黛玉是自然而然的、并非故意的——故意就成了手段。他们身上的艺术气质、美学化的生存态度，简言之就是追求价值却无法拥有价格的诗性，使他们不想建功立业，只想诗意地栖居。这个基本事实说明了什么呢？说明他俩都是正格的人文知识分子。而封建体制中人看他俩都是不中用的废物。人文知识分子之"聪明废物"的特征也让他俩体现无遗——黛玉的聪明用来自虐，宝玉的聪明用来自放，他们自恃的那高级情智一点儿也不能自我实现，因为封建体制如山，而且逻辑异常清楚：入来，有什么给什么（唯没有自由情志）；不入来，什么也得不到，你就什么也不是——后来被革命烈士概括为：为人进出的门紧锁着，为狗爬出的洞敞开着。加入封建体制，素来被孤高的志士、隐士视为钻狗洞，但这一般是发生在对立的阶级或民族之间，叫气节。宝黛的境遇不存在这个问题，他们本是现行封建体制中的特权人物，只要他们愿意，封建体制的电梯就会运着他们上升。他们拒绝加入封建体制的原因，既没政治矛盾，也无利益冲突，只是文化性情上不相容、精神意志不一致。宝黛所倾心的生活方式、所秉持的文化精神（这方面的具体内容已有大量关于黛玉是诗人、宝玉是多余人等论述）、个性化的生存方式，不符合封建体制的预期，与专制的一元化的形式主义管制格扞难通。他们既是异类又是微弱少数，他们的知识又不能变成权力，所以他们无法自由地坚持下去。所以可以抽象点说：宝黛的悲剧是人文知识分子无路可走的悲剧。

不想当官，在宝玉这里也只是与秉性不合、觉得那种生活在剥夺生命、不能尽情任性、殊无意趣而已，从阶级论找政治意义无异于缘木求鱼。个中包含的矛盾冲突是生命意志与生活体制的矛盾，是个性化的生存姿态与家国一体化的道路管制的冲突，是诗性的文化情调与主流意识形意的抵触，是自然人性与既得利益者的功利观的矛盾，类似舍勒说的本能造逻各斯的反。谁更合理看依据什么标准来判断，人文化的价值标准诚然有尼采所批评的"人性的，太人性了"的毛病——因浪漫而颓废，但为了功名利禄而异化生命也有"物质的，太物质了"的鄙俗。各有各的毛病才是悲剧呢——佛如是说，若黑格尔说则是各有各的合理性才是悲剧呢。反正宝玉不想走、黛玉也不劝他走仕途经济这条钦定的金光大道，是宝玉超越现实的人文精神、黛玉的艺术家气质使然。他俩不说"混账话"，是拒绝封建体制和主流的话语霸权，这种抗拒的姿态的此岸性依据是个性，彼岸性依据是他们形而上的终极关怀，这两样在现实当中既无立足的空间，更无发展的空间，一死一走，只因在人间世无路走。他们的灵魂在体制外，他们的形体在体制内，要么为了皮囊丢了灵魂，要么为了灵魂放弃皮囊。他俩重灵轻欲，与绝大多数人不一样，从而构成一道奇异的人文风景线，只供后人瞻仰观赏，而后人并不真的来学样，人们以不同的声音说："莫效此儿形状！"

三、怨恨心态：如愿以偿的失败

只重目的，没有手段，是宝黛人文品质的必然表现。拼到最后也就一个态度。宝玉能给黛玉的也只是个态度——"你放心"已是宝玉的最高承诺。黛玉最后半句："宝玉！你好……"也是指责他的态度，黛玉能表示的也只是自己的态度。因为人文型的文化落实到人生实存就是个态度。其实他俩的态度对事情进程的作用在使之失败上是充分条件，在使之成功上却只是必要条件，垄断了权力资源的家长才握有充分条件。聪明的黛玉对这一现实看得很清楚，她对宝玉放心以后，转而忧虑无人为她主张。别看她在生活上备受照顾，其真实地位却是个边缘人，她越有自己的诉求，就越是边缘人。家长们对黛玉的个性和由这种个性决定的身体状况（典型的斯人也独有斯疾也）完全失望，对她的基本评价就是：多心、心重、心细。这回王夫人说她是个"有心的"——是说她太"格"、太有我、太别扭、太多事、太麻烦。贾家给家族主要继承人选媳妇一如国家选皇后，是这个家族的头等大事，上到太君下至丫鬟都要积极参与，因为直接关系家族的气运和他们的切身利益。合府上下谁不知道他俩的心意，但只要不符合主子们的意志，他们再有心意也是白有。区区被决定者林黛玉放心不放心的，也就是对自己的身体有作用而已。续书写她最后的处境差不多像是贾家的麻风病人了。只因她不想老老实实地等着家长给她安排，若那样她也就是封建体制中人，从而可以"安富尊荣"了。

黛玉是多疑多忌、自我纠缠的标兵，总处在与他人作对的怨恨心态中。过去常说她的生存状态不佳是由于嫉妒，这不尽准确。宝钗、湘云可以让她嫉妒，但那"一年三百六十日，风刀霜剑严相逼"的感觉却绝不仅由于嫉妒，或不主要由于嫉妒。而是由于价值差异感形成的怨恨。舍勒在《道德建构中的怨恨》中说："怨恨是一种有明确的前因后果的心灵毒害。这种自我毒害有一种持久的心态，它是因强抑某种情绪波动和情绪激动，使其不得发泄而产生的情态。"诚如有点论者所说，怨恨涉及生存性的伤害、生存性的隐忍和生存性的无能感，是一种生存性的伦理情绪。黛玉的尖刻和自虐，都根源于怨恨的心态。但她唯一能做到的就是打趣别人、拿自己的身体出气。这样做的效果只能是事与愿违。她的一贯表现就让宝玉、紫鹃以外的所有人都同意将她悬挂在封建体制之外。她的孤傲、自尊、不随分从时、不重实际的性格使她在自己最感兴趣的事情上也照样"一无所用"。"超人"没有现实的生存空间，她只能生活在"末人"当中，而且注定被末人吞噬。这是真正的人文知识者普遍承受着的命运悲剧的通则，黛玉凸显了其中的"禅机"。这个形象的魅力盖在于她揭示了文人在现实中永远处于失败境遇的性格机制——总以超人自居，却被末人溺没了。

尽管人文知识分子并不必然具有黛玉的小性儿，却必然具有她那不合时宜、与怨恨互生共长的大性儿，尼采说"不合时宜"正是他们纯洁和诚实的表征。黛玉那不入时的心气儿，也正是她拒绝庸俗的性格屏障、不说混账话的心理基础。她不劝宝玉加入封建体制，可能她直觉到若宝玉成为体制中人，则必然会变成另外一类人，既不会再来爱她、她也未必再爱他了——这等于让她死。宝玉挨完打，她历经千回百转挤出来的安慰词却是："你从此可都改了吧！"宝玉的回答古怪得别人听不懂，因他把黛玉也算在"这些人"中才这样说——"你放心，别说这样的话。就便为这些人死了，也是情愿的！"（第三十四回）又一个"你放心"，又被别人打断了——日常性有时是比意识形态更大的梗阻。同在一个园子里却咫尺天涯，脉脉此情终难诉。黛玉是宝玉不走"正路"的支持者，这也是怨恨心态的作用，它从反方向寻求确定价值的行动（尼采在《道德的谱系》中对此作过深刻的解说）。这个基本姿态决定了她加入不了主流体制，最终必被主流体制放逐。如同只有以卫道的姿态出现才能很快得到提拔、重用是一个道理。黛玉岂能不知？只是不想改变自己——这是人文知识分子惯有的任性。是非同门、利害同根、成败一体——黛玉应该谁也别怨，她的结局用得上那句佛门现成话：自作自受。她的失败是一种如愿以偿的失败，孤标傲世的成本从来就是这么高。黛玉的骄傲和任情及因此而沦入边缘的命运及其怨恨心态最能赢得恃才傲物的文人共鸣——没有悲剧性格哪来悲剧命运？少年读者一定怪黛玉不听完宝玉的誓言，至少不应该躲闪宝玉的保证。成人读者知道，即使她听完并与宝玉私订终身也一样无法改变悲剧之定势。如果他们不肯改悔，他们之间越坚定，悲剧越不可避免。

因为宝黛的悲剧的含义实际上并不是一个简单的不能成为眷属的问题，实际生活中有志同道和、不走仕途经济的夫妻（如《浮生六记》），但他们没有体现出人文知识分子无路可走的悲剧，他们想办法活得很好，在释道的文化场中颇觉安然，是在重复古老的生活方式和思绪。那类作品自有其意味。宝玉最后出家是在重复那个"永劫轮回"的套版故事，只因宝玉有新的意向，并非亮相就是老衲，所以他的走老路才是"无路可走"的悲剧。宝黛悲剧是因未成眷属而具有通俗的煽情效果，而其悲剧内核却在于他们不但无法成为他们想成为的，而且他们到底想成为什么自己也搞不清楚——因为他们只有价值感觉、终极关怀而无确实的目的（参看拙文《宝玉心态的哲理内涵》中的无目的悲剧说、消耗性悲剧说），更无操作技能，在现实层面他们最终成为终无所用的聪明的废物。人文知识者最不具备政治能力，尽管他们最有政治欲求，尤其是平民人文知识分子，像宝黛这样的贵族则唯有零余者的难受而已——别人看着他们多余，他们看着别人难受。

黛玉"情情"，所以不放心；宝玉"情不情"，所以放心——放到抽象价值王国去了。黛玉死于不放心：宝玉走于放心。黛玉是不能骄傲地活，就骄傲地去死——最符合尼采的悲剧理论。

沉湎于卑微幸福的人，都觉得黛玉太犯傻：有了禅心的惜春惋惜黛玉"瞧不破"。在固守个性、清洁精神方面黛玉更具有新人文气质，她的怨恨心态也有点市民气质（可与《围城》中的孙柔嘉比较），在"爱我所爱无怨无悔"这一点上则是个最为合格的人文知识者。她即使活下去也不会像惜春那样出家的。她比宝玉更无路可走，这样说还不包括性别劣势。她在现实当中的失败及与宝玉的那份爱的失败都因为她太"尊严精神"了。她像抗拒封建体制的必然力量一样抗拒违反封建体制的爱情这种自由力量，在必然中反必然、有点自由反自由这个两难决定了她的"无路性"。这种无路性当与她的新旧道德水平一体同观。她那种孤苦、自虐、焦虑怨恨的生存状态像维特根斯坦所说的哲学的处境——一只怎么也飞不出玻璃瓶的苍蝇。因为她和哲学都太人文了——太透明，也太无路径。哲学问：人的本质是什么？社会学问：人是依据什么规则存在的？黛玉与宝钗的差别除了别的细节，根本在于黛玉的形而上（哲学）气质、宝钗的形而下（社会学）气质。

四、意淫无结果

意淫一词为《红楼梦》原创词汇，意为对于女性及一切美好事物的关怀体贴，呵护尊敬，以此节制欲望，美化生活，净化心灵。宝玉挨打是这部近乎无事的悲剧中的正格事件，也是这部以抑制高潮为基本叙述策略的大书中的一个高潮了。事件的含义一目了然。大有深意的是诸人对这件事的态度。王夫人认为是在绝她，但又不敢逆老爷的意志，男权社会使得丈夫、儿子在关键问题上都比她重要。第三十四回的重点是揭示袭人、宝钗、黛玉各不相同的"内心"。三个人都劝宝玉改了吧，但袭人和宝钗都是"有我"的，都是形而下的关怀，唯最有我的黛玉在此刻偏偏"尚情无我"。袭人以宝玉为自己的事业和依靠（倘或打出个残疾，可叫人怎么样呢！），又与宝钗同样是正确路线的代表，她们的劝告就是被宝玉视为"混账话"的那些向封建体制靠拢的大道理。袭人还有小家子人的从实际出发的"实用理性"（她自称是"小见识"），正是这种符合大道理的小见识使她冒着自称"死无葬身之地"的风险向"领导"献了保全二爷一生声名品行的平安策。她因此而获得了准姨娘的地位。所有边缘人挤入中心都得这样发挥才有可能成功，袭人的忠诚使她这样做，她的小见识使她能够这样做。相比之下，晴雯给封建体制外的人跑腿（送手帕）便得不到封建体制内的任何奖赏提拔。

宝钗是第三十四回的主角，唯她能带着药丸子来，她嘱咐袭人的话句句实用有效，她体现着日常性中的合理性，她没有高而不切的文学情调，她总能有操作性强的办法，用大字眼说就是具有工具理性，很少有宝黛那种价值理性的追求。她的理性结构严谨得统摄着其感性冲动。本回中她情急之际向宝玉泄露了真心情，这几乎是她唯一出格的刹那，但她很快就恢复了素日那种"堂皇正大"的气象，她绝不会像黛玉那么任情使性，她有与袭人同构的"大见识"，她除了误解封建体制永远有效、不可悖逆外，没有误解过任何事情，她像一篇能让方方面面的人接受的永远恰到好处的得体范文。

她总是深思熟虑地规范自己的一言一行。她的事业情结使她此刻依然能理性地批评宝兄弟素日不正。然后这边为哥哥做了辩解又回到那边去劝哥哥，绝对是个适合当总经理的好材料。最后合府上下的人都赞成她做未来的当家人是理固宜然之事。这回她的一番行事使宝玉感应了她的情，袭人感激她的理，薛姨妈体验到了她的孝，唯她那位傻哥哥说了几句大实话，破坏了贵族的"游戏规则"，得罪了她。否则几乎没有能够得罪她的，她有这种不得罪人也不让人得罪的本事，从而在封建体制内显得德才兼备。她的合理主义最后偏偏被疯狂的理性所吞噬，她最后受到了双重伤害：占中心位置的封建体制和由边缘到出世的丈夫都"坑"了她。

宝玉见宝钗说得"亲切稠密，大有深意"，又"娇羞怯怯"，不觉心中大畅超越了切肤之痛的心理过程，是他那不可定义的意淫的典型表现（后面他在贾母死时居然并不伤心，只是因想到黛玉若穿着孝服更好看而想起黛玉才大哭起来，则是意淫的另一种表现。外国人文知识者常常这样）。而这一点也不妨碍他支走督查员袭人，立即派晴雯去给黛玉送手帕（这是全书唯一的显示定情的信物了），这才是其意淫的全相——能够同时动情地体验并发动方向不同的爱，而且均出自优雅的审美感情而无粗鄙的肉欲。见了宝钗替宝钗着想，见了黛玉替黛玉着想。为了享有宝钗的同情不惜横死、不惜一生事业付之东流——他的事业也就是怡然自得地享受真情的眼泪。林妹妹为他流得最多，他便对林妹妹最为倾心。宝玉是个"不长进"的因求自在而"君子不器"的"情绪体"，是个体悟情感的天才（其"情种"的主要特征在于此），所以才能莫名其妙地送手帕过去。这种超凡的感觉，连黛玉也悟了半天才悟出个中意味，而玲珑剔透的晴雯到最后也"不解何意"。宝玉的意淫使他以"护法裙钗"为己任，却被不少人（如香菱）误解为"肉麻"，宝钗、湘云、袭人劝告他不要在"我们队里搅"，黛玉则只希望他跟自己一个搅，一旦宝黛终成眷属，黛玉便会成为这个意淫的头号敌人，恐怕还会是死敌，如果以前是"活敌"的话。而宝玉的事业之本便是这个意淫，然而这个意淫不但使他没有一个知音也使他无法确立自己，所以无论在谁眼里他都显得细心而迷糊，奇而"不器"，终无所用。

"天上掉下来"的林妹妹想以反媚俗的姿态保持自己的诗性，却须以死为抵押，这种成本极高的人生姿态，概括了张爱玲所倾心的那"最后一个苍凉的手势"。黛玉劝宝玉改了吧，只是由于一时恐惧才真诚而违心地这么说，绝没有宝钗那一套"何不在外头大事上做功夫"的理论计算，宝钗的姿态显然是混账话熏陶的结果，而黛玉没有接受那个意识形态的催眠，所以在众人眼里终是乖僻。她没想去改变宝玉的事业方向，从而适应了宝玉的主观需求，也因此而使他俩只能是心里明白而寸步难行，他俩的感情也终是一场心理体验，而不可能变成日常世界中的事实——所以他俩的感情终是美学话题，而不能成为社会学话题。这既是他们不过是文学青年的证据，也是文学、美学这类人文性的东西说到底也只具有情感体验的意义的证据。在现实社会要成功就必须行动，没有封建体制内的努力怎么会有在封建体制内的成功！当然，他们若能够在封建体制内成功，就不再是这种性质的感情。因此，"泪空垂"便是宿命般的安排了。

宝钗体现了现实对宝玉的客观要求，但因此失去了敢于蔑视现实体制的贾宝玉——在续书中宝玉跟宝钗的"磨叽"是他的意淫的最后遗响。这又不妨碍他最后"撒手悬崖"——意淫就是这么不确定，就像自由人性的本质就是不定型一样。宝玉是反决定论的，而且反到了感性直觉的水平，不具有这种不确定性就人文得不够，就还得被混账话系统吸附了去。若无这种意淫的气质，贾宝玉就变成了甄宝玉——续书写两宝玉最后相见，贾对甄的评价，坚持了原作的立意。半截意淫如甄宝玉者多多，像贾宝玉这样拿全部人生作代价的凤毛麟角——当和尚未必是人文知识分子的唯一出路，却是最后的"林中路"。宝玉不肯加入国贼禄蠹的队伍，不会加入俗人成堆的市场，他愿意在女儿队伍中厮混终生，但女儿们势必要由珍珠变成鱼眼睛，他要不变自己的性子，那还就是除了死就得出家——总而言之要出世间。但一参与政治，人文知识者就须改变其文化本性，与国贼禄蠹构成可以转化的对位关系，还是背叛了超然的人文精神，而事实上这种超然只是无路可走而就地成仙的精神胜利法而已。

本来意志的力度能决定自由的程度，但不能决定自由的方向。宝黛的自由意志只能使他们一个出家一个死，有的外国人不理解他们为什么不能远走高飞。因有别的敢于"偷期密约"的才子佳人而证明封建体制上的原因并非必然有效，有效的原因在宝玉的意淫和黛玉的尊严精神，在于作者要写的不是爱情剧而是心性剧，写人文精神应该成为知识青年安身立命的原则，却无法在世间着陆安身，说到底它是部文化剧，是自由的文化精神无法在现实中存在的文化悲剧，这个悲剧在真信奉文化原则的人身上代代重演。总根源固然在制度，但这也是意淫无结果的结果之一——个体的体验结果无法像社会知识那样可以积累，可以转化为权力。

五、情殇

黛玉感情脆弱，意志坚强，心重脚轻，蹚不出一条路来。怨恨心态本来是可以转化为行动激情的，却被她的学养给束缚得裹足不前了。她何尝不知路在脚下的道理，但就是寸步难行。宝玉的意淫体现了人文知识者因"泛"而无法切入现实的秉性（可以"在"但不能改变存在），黛玉的尊严精神却因反省太重而体现了人文知识者过"窄"而终难有成的特性。

黛玉悟出宝玉送手帕的深意后"不觉神魂驰荡"，她应该"放心"了吧，她却偏又"弯弯绕"起来，从可喜可悲、可笑，到头来落到可惧、可愧。三首赢得无数儿女珍珠泪的"题帕诗"反复申说了一种生存性情绪：有情无奈——还是怨恨，尽管柔和而感伤。黛玉的情商规定了她的情殇结果。智商高可以成为技术型人才，情商高可以成为人文型人才，但高而不切则命定了"伤逝"之"天爵"——到薄命司去工作。在人间抱着这种徒劳的感伤、挥发不去的幽怨，直接而可见的结果就是得病。病由此起，"犹拿着那帕子思索"，这种思想大于行动的人文知识者就是思索出个结果来也不会有实际的结果。就像最后烧手帕是其自我毁灭的象征一样，这拿着帕子思索的"定格"则是她徒然感伤的象征。

她显然没有思索怎样才能不会泪空垂的操作性的办法，不然的话她不会一见宝钗还打趣她。要是续书这样写一定是没找对感觉。事实上这是最见黛玉脾性的好文章：怨恨稍解就带出胜利者的轻狂。她从不会中道而行，更缺乏"应无所往而生其心"的禅心，只是一味地以自我为中心，她说宝钗的眼泪治不了棒疮，本是自我暴露，还想以此打趣对手。这种太"针对他者"的活法和偏狭事实上也使宝玉很难受。所以，完全可以断言，素被话语炒作推到极致的宝黛爱情也是座"围城"。等到无他者可针对时，他俩会在婚姻的日常性中异化掉先前的人文激情。未入"城"是他们的悲剧式的幸运。现在宝玉爱她的大性儿（不说混账话），不得不接受她的小性儿是两害相权取其轻——我从中感到一种大悲剧的绝望：就是两个同构的孤独个体也很难融合同体，尽管可以无怨无悔。

宝玉是有刀无刃，黛玉是刀走偏锋。宝钗先意承旨地服从着"你应如何"的体系，黛玉不顾效果地坚持"我要如何"。性格就是命运——刀走偏锋的人只想在也只能在封建体制外追求自己的"心象"，因为太"有我"注定得不了封建体制内的"正果"。黛玉的情商也使她没得到叛逆的果实和超越的果位。其情殇在读者心中得到了应得的"消费"，人们不敢像她那样真去"享受痛苦"，便来享受这份"痛苦的享受"。就像人同时有生本能、死本能一样，人也有乐本能、苦本能。黛玉的一生应了文学的定性——苦闷的象征。她也当成为体现苦本能的典型。佛说的人生诸苦对她情有独钟，她偏偏不信佛，没个逃避的路。她不是死于生理上的肺病，而是死于精神上的肺病。她太高傲了，不愿承受自杀后的舆论，便采取了隐形自杀的告别方式。其"质本洁来还洁去"，非但指其女儿身，更形容其"宁肯绝望，绝不投降"（尼采的原则）的独立之意志、自由之精神。在这一点上，她是人文知识分子的崇高榜样。她的崇高和失败都由于她体现着反媚俗的情志。她也将因此快被人遗忘了，因为这既不合乎权力规则的要求，又不合乎商业规则的要求。在除了官场就是市场的社会中，她都不能像海德格尔那样说："思考也是门手艺。"她倒是会写爱情诗，但她若指着她那种情诗混饭吃，不待病死早饿死。首先是质量高得不符合市场要求——还不说语言限制，单是情感类型就自绝于日益工商化的人群；其次是产量低得不符合市场要求。她体现的人文精神将历史地永别矣。这当是其情殇的最后的历史命运，一如货币经济从来就是抒情诗人的天敌一样。在工商社会，宝黛会成为反面教员：你看，情比钱还吃人。

在病饿当中坚持写作还相当怡然的曹子在《红楼梦》中曰"逝者如斯夫"，生活之流该怎样还怎样流。世人把玩"我这一段故事"时，省了谋虚逐妄的口舌是非、脚腿奔忙之苦（见第一回，曹子将《红楼梦》定位于最低调的消磨时间）。他追忆逝水年华一点也没有非把谁摁到水里的意思，没有追逐笔尖杀人的快感，只是在自产自销地体悟那可承受的生活之重与不可承受的生命之轻，转来转去地编织心念与物象也只是在意淫而已。作为翻过筋斗的过来人，其怨而不怒的心态（《红楼梦》的这个总体风格来自作者的这种心态）一如宝玉出家后的不喜不悲，已达禅悦之境。宝黛悲剧的含义因人人言殊也便像则禅宗公案了。文虽浅近、其意甚深的《红楼梦》本似一部"生活禅"谈丛长编，读者若只以日常故事看则是一段寻常"说话"，若说有什么，那含义可以"日新日日新"地说不尽——我们凡夫的智商和情商都不能够参透谜底——说悲剧即非悲剧是故为悲剧。反正来参这段公案的，都只是懂了自己能懂的那部分，如鼹鼠饮河不过河腹。"若见诸相非相，即见如来"吧，而《红楼梦》这条河该怎么流还怎么流。

狂来说剑，怨去吹箫
——龚自珍创作的艺术境界

　　剑、箫是龚自珍诗词中频繁出现的一组意象："气寒西北何人剑，声满东南几处箫"（《秋心三首》），"怨去吹箫，狂来说剑，两样销魂味"（《湘月》），"来何汹涌须挥剑，去尚缠绵可付箫"（《又忏心一首》）……"怨去吹箫，狂来说剑"是他一生的形象概括。剑、箫意象的频繁出现充分显现着他心志情感的特征，从而也揭示着他艺术创作的特征。龚自珍自我总结："一箫一剑平生意"，他的朋友洪子骏用"侠骨幽情箫与剑，问箫心剑态谁能画"来概括他的精神个性。剑气、箫心既体现着他的人生态度，也可用来形容他创作的艺术境界。

　　剑气、箫心是积淀了理性的感性情态，由诗人之"小我"与时代之"大我"交融而成。诗人既有发扬蹈厉、狂狷遒豪、追求建功立业的阳刚剑气，又有哀怨凄恻、幽深缠绵、追求个体情感满足的箫心。这种个性心理的形成有着时代的原因，也缩影似的反映着时代特征。兼赋思想家和诗人气质的龚自珍，锐敏而深邃地感应了时代意向内在深层的萌动，倡呼变法。然而，新的事物还那么朦胧。他陷入一种不能自拔的历史性紊乱之中。封建社会的出口，近代史的入口处徘徊着他的灵魂，这是一颗矛盾的、新旧因素杂糅的灵魂。当他抨击衰世、为新时代而歌呼时，他的情思心境处于个体与时代相统一状态，他创作的艺术境界便洋溢着雄奇超拔、郁怒横逸的剑气。这剑气与社会上垂死而未死的力量、氛围发生着根本性对立，在一种四海秋气、一室春心的悬殊对比中，诗人便退避而超越，痛苦消沉，依恋本性，又努力返璞归真，他创作的艺术境界便荡漾出深情哀怨的箫音。前者豪放，后者婉约。这两种境界在他的生命里程和创作道路中主次不断易位，下面仅从横向切面对其特征试作简略勾勒。

一

龚自珍的社会政治思想，是一种初级的改良思想，"只限于提倡一种不必消除旧有统治阶级的主要基础的变更，即是同保存这些基础相容的变更"（列宁论改良主义语，详见《列宁选集》）。然而他的影响是那么深远，既受到旧民主主义者的推崇，也受到五四运动时代革命民主主义者的尊敬。其实他们并没有接受龚自珍多少具体的思想理论，他耀眼的魅力在于他倡呼更图、变法，对所处之"衰世"的丑恶现象进行了使耻辱更加耻辱、使沉重更加沉重的犀利深刻的批判，并以浪漫的笔调朦胧而强烈地展现出对新生活的追求和构想。这是他艺术气质对其理性结构的补救、突破，而他那立象以尽意的形象表达尤其获得了一种开放性——对尔后任何时代批判旧的、展望新的的先醒者都有一种启迪力量，都能与之产生共鸣。

由于时代的统治思想也统治着那些改革家们，现实的变法潮流的意义、实质，绝非他们旧的既成的理性结构所能清晰地认识的。"以往历史的'使命'、'目的'、'萌芽'、'观念'等词表明的东西，无非是从后来的历史中得出的抽象，无非是从先前历史对后来历史发生的积极影响中得出的抽象。"（《马克思恩格斯选集》）在同一感性—理性环节中，感性先于理性、大于理性。普列汉诺夫论述过社会心理先于、大于社会意识（思想体系）的道理。龚自珍倡呼更图、变法，是那个时代的变革要求——深层的时代意向、社会心理在先醒者头脑中的反映和表现。那种历史的要求积淀为心理的，凝结成朦胧而强悍的图变情绪，这情绪催发出诗人"介乎思维的普遍抽象性和感觉的具体物质之间"的艺术想象（黑格尔《美学》），展布出一个"山中之民，有大音声起，天地为之钟鼓，神人为之波涛"（《尊隐》）的崇高炽烈的画面。这是作者运用大起大落的对比手法勾勒出"京师"与"山中"的相互消长的历史发展趋势后水到渠成的结论。"山中之民"是作者也不清晰的改革现实的新生力量，它与"京师"是相对的两极，它在"京师""气泄""如鼠壤"时取而代之是必然的。它得到"天地""神人"的赞助，是横扫腐败京师的风雷波涛。我们今天看来，"九州生气恃风雷"恃的正应是这种风雷，作者"伐鼓撞钟"（见《己亥杂诗》"伐鼓撞钟海内知"）所伐撞的钟鼓（当然是图变的那些内容，不是复古的那些内容）也应是这种钟鼓。无论是作者，还是作者创造的这些形象都闪耀着迫薄云霄的剑气，洋溢着新兴的改革者呼唤新生活的英雄主义，崇高壮阔！

"艺术境界与哲理境界，是诞生于一个最自由最充沛的深心的自我。这充沛的自我，真力弥满，万象在旁，掉臂而行……"（宗白华《美学散步》）"狂来说剑"的龚自珍的狂正是这样一个自我。正是这种狂把"理性引入诗意的狂热"（康德语），诗人的"小我"与时代要求的"大我"喾然统一，吻合了艺术情感把握世界的规律，并且使这种情感一定程度上突破了他陈腐的"可以虑，可以更，不可以骤"（《平均篇》）的理性观点，创作出他剑气的第一境界，也是他的最高的思想境界。这种境界具有"能驶宕百世以下之魂魄"（魏源《定庵文录叙》）的魅力。

他的狂，不是简单的个人气质的问题，而是他"与同志纵谈天下事，风发泉涌，有不可一世之概"（张祖廉《定庵先生年谱外纪》）的积极干预生活的人生态度。它有一个鲜明的特征，就是"虽天地之久定位，亦心审而后许其然"（《文体箴》）的重新审定历史的启蒙意识，对"我""心力"的大胆强调，表现出对人的主体价值的执着的探求（龚自珍有一个大体完整的主体性哲学体系，容当另文详述）。这种狂来自他"心史纵横自一家"的高蹈自任的信心，保证了他"大言不畏、细言不畏、浮言不畏、挟言不畏"（《平均篇》）的批判锋芒。这种狂是他叛逆精神的表现，是他追求个性解放的形式和结果。这种个性解放的萌动，在批判"范围乎我之生"的现存事物，"百不才"对人才、人心的桎梏杀戮中（详见《乙丙之际著议第九》）尤能显出他犀利的光辉。

从人的角度来掊击封建专制是后期进步的古典文学作品对封建专制批判深入发展的表现，也是龚自珍作为启蒙思想家和诗人的必然通路。《明良论》《乙丙之际著议》等篇的价值不在于呼吁明君良臣，而在于犀利地刻画了那些"谄""偷""畏葸"之士的卑鄙嘴脸，揭示出伯乐、庖丁等有神技之士在腐朽的专制社会里被控制的可悲境遇。当诗人把个人的悲愤与社会的弊病结合起来，以庄严的激情付之笔端时，便产生了有强大狙击力量的遒劲的篇章。《咏史》（"金粉东南十五州"）既是个人的愤懑，又是历史的沉思，无情地鞭挞了沉闷龌龊的现实和无志节操守的文人的卑鄙庸俗，深刻地揭露了封建专制对人的灵魂、才能的侵蚀。既揭示了个人壮志难伸、怀才不遇的原因，也揭示出老大民族万马齐喑的根源。著名的"九州生气恃风雷"，也是以自己一生被"限以资格"的用人制度所困、郁积而成的人生经验为基础，传达出呼唤"生气"的时代音符。如果在勾画社会理想的蓝图时更多地暴露了他封建士子的庸俗气息的话，那么，他从个性解放角度，要求天公重抖擞就成了他思想中富有价值的内容。这里有"白日青天奋臂行"的昂扬进取的人生态度，有沉郁遒劲的艺术力量，是他剑气境界的光辉层次。

剑气艺术境界的第三层次是他狂放孤绝的内心世界和人格理想的艺术展现。若从官场升陟来说，狂是他的不幸，作为一个启蒙思想家和诗人，他的不幸在于狂得不够。尽管在我们看来很不够，然而在当时他已深深地感到了自己的"孤绝"。但诗人自豪："侧身天地本孤绝，刿乃气悍心肝淳！敧斜谑浪震四座，即此难免群公瞋。"他在《臣里》《纵难送曹生》等文章中对自己的"孤"给予了历史的解释。的确，任何时代的先醒者都是孤独的。在他的诗文中充溢着时而悲壮、时而哀怨的孤独之感。悲壮的孤独感有一种剑气的阳刚美："不然冥冥鸿，天象在中路，恝哉心无瑕，千古孤飞去"；"云梯关外茫茫路，一夜吟魂万里愁"；"何年秘客搜诗史，输与山东客话长"；"经济文章磨自画，幽光狂慧复中宵。来何汹汹须挥剑，去尚缠绵可付箫"；"挑灯人海外，拔剑梦魂中"……这样的诗句在龚集中触目皆是。这是一种"四海变秋气，一室难为春"的孤，是以史家自任的诗人有社会责任感的孤愤。当一室春心难改四海秋气时，他努力加强"内美"的修炼："上下无所泊于天渊兮，结灵光而内回"。《招魂》招且读"，他与"上下求索"的屈子神遇了。这种心境审视下的陶潜是"二分梁甫一分骚""想见《停云》发浩歌"的"金刚怒目式"的陶潜。龚自珍还从周围的人中寻找人格的砥砺，不是用崇高、美反衬滑稽和丑，而是对崇高和美直接赞颂：有"童心一车"的姚祖同，"力力持朝纲，阅世虽深有血性"的王鼎，纯朴率真的段金沙，"关山试剑行"的侠客刘三，"亦狂亦侠亦温文""照人胆是秦时月"的黄蓉石……都得到诗人由衷的礼赞。有剑气的人和其礼赞的诗人，构成一个有人格光辉、人格力量的世界。这是烂透了的嘉道两朝的别一世界。已不再是情景交融，不再是韵美恬静，而是直接对人本身的审视和歌颂。"文变染乎世情"，龚自珍这种境界的创作体现了时代的审美意识的转移。它的思想基础是启蒙思想对人自身的关注、觉察和意识。儒家思想压制个体，强调社会总体和人事，道家倡导"齐物""道法自然"，虽然也强调个体的绝对自由和遗世独立的人格，但并不是真正的对于人的主观能动性和人主体价值的强调。社会大变革前夕，具有强烈启蒙意识的龚自珍的审美兴奋点，不再是花鸟虫鱼，在他心头跃动的是人、人的社会。

剑气艺术境界的构成，不仅由于诗人的人生态度赋有剑气，还由于诗人采用了"直捷""沉俊"的艺术手段。他倡导力行诗史合一，他倡导的治史的"出入说"是他创作精神的概括（他说的史是广义的人文科学）。他主张"善入""善出"，"不善入者，非实录，垣外之耳，乌能治堂中之优也耶？则史之言，必有余吒。不善出者，必无高情至论，优人哀乐万千，手口沸羹，彼岂复能自言其哀乐也耶？则史之言，必有余喘"（《尊史》）。追求"善入"使他"当嘉道间，举国醉梦于承平，而……忧之，僝然若不可终日，其察微之识，举世莫能及也"（梁启超《论中国学术变迁之大势》）。及情赴乎词便构成他创作的现实主义底色。追求"善出"，使他"变化从心，倏忽万匠，光景在目，欲捉已逝，无所不有，所过如扫，物之至也无方，而与之为无方，此其妙明在心，世乌从知之？"（程金凤评龚语），形成他那瑰丽多彩的浪漫主义特色。又主要以议论化的语言直诉读者，情与理一起跳荡、奔腾，很少绵密的比兴，很少空灵的意境。他们获得的诗意是一种"沉着明快"（严羽语）的河汉之气。

议论是对现实持"著议"态度的直接体现，是他构造剑气境界的主要手段之一。议论是他的风格，议论化在他手里基本上是成功的。然而他有些议论，脱离深沉的情感，也脱离形象，没有把素材凝练成一种情绪、一种意念，再付之情感表现。失去艺术节制的感慨，现实性太突出，永久性便黯淡，他的尖刻妨碍了诗的美感和真正的深刻，失之于"发露指陈""叫嚣怒张"，并不是一种高级的"诗意的裁判"。这不是由于龚自珍形象思维能力贫弱，而是由于批判得匆忙。议论化不单是龚自珍一人的特色，与他基本同时期的姚燮、贝青乔等人都程度不同地染有这个特征，这也是近代诗歌史上共同的特征。这是国势危急、社会剧变的社会生活对诗人的影响。从中国古典诗歌发展史看，这个特征到了这时期突出出来也是必然的。黑格尔对古典艺术解体的论述，可启发我们从史的角度来考察龚自珍的议论和他开创的议论风气。黑格尔说得很复杂，简括他的意思：解体的实质在于独立自在的精神与外在事物之间的分裂。解体前精神个性是与自然和人类生活中的真正实体和谐一致的，现在主体的内心生活和外在现实矛盾对立了。它否定和仇视外在世界，目的在于对外在世界进行改造。现实变成了"无神性的现实"，"就是在这种情况下，艺术带来一种从事思维的精神，一种单凭主体自身的主体，在带有善与道德的认识与意志的抽象智慧中，对当前现实的腐朽持着敌对的态度"（《美学》）。

不是我们机械地比附也不是偶然巧合，而是中、西方文化进程有着共同的规律。中国古典正统文学在中唐以前，个体基本上与总体和谐一致，比如歌颂事功的汉大赋，个人利益与民族利益契合的边塞豪吟，盛唐之音……中晚唐之后韩愈诗的散文化，刘禹锡的怨刺诗，苏轼人生态度的社会性退避及他开启被人扩大的诗的议论特色，实在是对"无神性现实"的一种敌对态度。这种审美意识，由隐秘朦胧随着封建政体的日益腐朽而日益明朗昌盛，处于代变转折点的启蒙思想家兼诗人的龚自珍，由历史结构的安排而扮演了这一角色。不再回护皇帝、不再掩饰疮痍，开创了近代史上的以诗议政的新阶段。我们不仅从为现实服务的角度来肯定它，而且认为，艺术的理性化是对旧的艺术境界的一种建设性的破坏。艺术理性化是一种世界性的趋势。

今天，社会生活发生了翻天覆地的变化，神性又回到了现实中，新的情理和谐的境界经过大幅度的正反消长达到更高阶段的"合"。龚自珍的议论和讽刺诗是过渡时期的文学。过渡时期最容易产生席勒式的时代精神的传声筒了。但我们在康有为、柳亚子、鲁迅的诗中看见了它的余韵，它"意沉着，格高古"，有一种剑气的阳刚美。

二

雨果说："诗人是唯一既赋有雷鸣也赋有细语的人。"（高尔基《论文学》）"狂来说剑"的龚自珍吐霓虹之气，发时代风雷之声，"著议"的积极进取态度、启蒙思想家的特质，以及批判得匆忙，产生的更多的是思精之品，明显地体现出一种近代气质。然而，在"避席畏闻文字狱，著书都为稻粱谋"的漫漫黑夜里，他感到义孤、情孑、窒闷，便"怨去吹箫"了。在退避而执着的精神历程中，给我们留下的是细语箫音。箫音主要是性灵之响、韵高之作。其艺术境界是古典型的空灵优美。

像写过《西风颂》《致云雀》等充满天才预言诗篇的雪莱，屡蒙挫难之后，慨叹生之劳顿、寻求解脱一样，龚自珍在苦闷压抑之时，不够深沉勇毅，匆忙地寻求解脱，在行为上表现为要求归隐，还有他自己概括的"选色谈空"。

《寒月吟》是他抒发归隐情怀的典型篇章。此诗写于丙戌年，作者三十五岁，第六次参加会试不第。在京师经历了八年多追求与等待，所见的是"人事日龌龊"，所感的是"欢颜独自少"。因此，唯有在风清月白之时，数点山川，在双双飞去的幻想中求得"心迹如此清，容光如此新"的自我安慰。

他的这种归隐情怀由来已久。他二十八岁时怀着澄清天下之志，"落花风里别江南"。到京师后，同年又写出"花有家乡依替管，五湖添个泛舟人"的求归诗句。这当然是由于"大药不疗膏肓顽，鼻涕一息何其潺"的衰世，不重视这个"挟策赴长安"的青年所致。然而，他又并没有真正去泛舟五湖，而就在这一年他告别了专事考订的古文经学，师事刘逢禄，走上了研治"经世致用"的今文经学的道路，开启了康有为等后人的法门。其实终他一生都贯穿着入世与出世的矛盾。我们可以轻易地从他的集子中找出"且买青山且醉睡，料无富贵逼人来"之类的诗句。丙戌以后几乎成了他衷曲的主旋律。正是这种思想支配着他终于在己亥年以养父为名辞官南归。然而，他就是这样矛盾：在宫阙而羡山林，赴山林而恋宫阙。在《己亥杂诗》中又念念不忘皇家事了，龚自珍没有超越怀才不遇封建士子的传统格局：少怀天下之志，中撞仕宦之门，不被见容，便寄情山水，诗酒自娱，辞官归隐。然而，"相逢尽道休官去，林下何曾见一人"。他们即使身赴林下，也依然"心存魏阙"，不管是六朝人的朝隐、肥遁，唐朝人的仕隐，还是清人的市隐都只是、也只能是追求心隐，给自己的精神找出路而已。于是又与谈禅悟道结下了不解之缘，也同样是"身不出家心出家"（白居易）。龚自珍的心灵同样徘徊在参与现实与追求内心生活的分界上。"禅心辟初地，小幸集清班"是他的实况和自嘲。他说得坦率："嘉遁苦太清，行乐苦太浊。""归实阻我，求佛其可"，他把求佛当成心隐的道路，作为不能真正实现的归隐的补充。他研译佛经，用力颇勤，然而没有留下一首破除了"我执""法执"的物我两忘的诗篇。只有些"空王开觉路，网尽伤心民"的喟叹，什么"赴莲帮"之类，也都只是一种不满现实、向往自己的天地的变相反映。"征文考献陈礼容，饮酒结客横才锋，逃禅一意皈宗风，惜哉幽情丽想销难空"（《能令公少年行》）大体概括了他思想轨迹的全程及其意绪的特征。

龚自珍是个极外向的人，他在现实世界中获得真实的花朵时——"可以把爱情看作荣誉所已包含的东西的实现"（《美学》）——那虚幻的花朵便自然不在话下了。

过分夸大感情对龚自珍的消极作用是失实的。这不仅因为他亢奋地呼吁改革时就有这种感情，更主要的是"温柔不住住何乡"是他消沉后的结果，而不是原因。值得我们注意的是弥漫于他感情诗词中的不是缠绵之情，而是悲凉之感：

"月明花满天如愿，也终有酒阑灯散。"（《端正好》）"好梦如云不自由，……忆从头，诉从头，银汉茫茫入夜流，人间无尽愁。"（《长相思》）"点银钩，记清愁。待把琴心，寄予西洲，休休。"（《惜分钗》）"醒时如醉，醉时如梦，梦也何曾作？"（《青玉案》）

在他抒写恋情的作品中，为什么多写不遇的凄迷的思忆？又何故在欢会中有那么多愁、寒呢？这里就有作者的身世之感了！当诗人小我与大我相统一、批判社会时，当他以"涧底孤松一例"自况、充满狂孤豪气时，他看到社会的破败、王运的衰微，他也悲，但那是悲世，愤激而不哀伤。当他生活在个人情感天地里，依据个人的失意和挫折（事业上、感情上的）来逼视这没有曙色的生活时，呼吸领会的遍被京华的悲凉之雾便成了悲己的哀歌。它辉映了整个清朝文坛上的感伤主义情渊（如《桃花扇》、纳兰性德的词、《红楼梦》）。这类词作是因爱情而生人生感慨，还是人生感慨借爱情来表现呢？都有点，又都不是。不是被动的生，不是自觉的错，是积孕深厚的悲世、悲己的悲凉之感在个人情感为主宰时自然而又浑然的奔涌。

归隐、选色谈空，是剑态诗人排遣苦闷的精神避难所。这，是退避。然而是"虽天地之久定位，亦心审而后许其然"的启蒙思想家、浪漫诗人的退避。他期待的"大变忽开"没有君临，而处于"戮心"的围剿之中。否定旧的，又没有新的体系，不能依附新的力量，必然出现这种悲剧性的局面。时代、阶级属性、他本人的软弱秉性都有责任。但他毕竟是剑态诗人。他的"心病"——志在改革的情怀，劫火难销、"千年怒若潮"。它"来"时，诗人便"挥剑"，它"去"时，诗人便"付箫"。在专制社会里，"心隐"退避，往往是为了保全个体贞素，是对本性的珍视，对个体价值的强调。剑态诗人的"付箫"，是退避性的超越，退避中有执着。龚自珍进不能见容于朝，退又不肯独善于野。剑态、箫心并存是儒道互补这种封建士子常规心理在龚自珍身上的特殊表现。而龚自珍作为封建社会最后一个诗人，更多几分近代气质的执着。这种执着在他对童心的追觅中获得充分的表现。

他对童心的追觅，实质是在异化的天地里对自己本性的追觅，就是追还真气。"先生仕宦谈锋减""狂言重起廿年暗"，与"既壮周旋杂疵点""觅我童心廿六年"同时出现在写于告别仕宦生涯返回故里期间的《己亥杂诗》中不是偶然的巧合。童心沦丧，狂喉喑哑，是作者对自己宦海沉浮的二十年的反思：认为它们之间有必然联系。"客气渐多真气少，汩没心灵而已！千古声名，百年担负，事事违初意，心头搁住，儿时那般情味。"（《百字令》）这明晰地向我们揭示出："儿时那般情味"中有他的"心灵"。于是，他逼问自己"岂不知归，为梦中儿"。又担心"索归去依依梦儿寻，怕不是儿时，那般庭宇"。他追求归隐的积极内容，也就是为了让心灵复归到那

"歌哭无端字字真""当喜我必喜，当忧我辄忧""春声满秋空，不受秋束缚"的真气弥漫、心灵自由的境界。

他对童年的执迷不同于华兹华斯的那种神秘的向往，把返归童年作为时间一维性带给人必死和一切都一去不复返的苦恼的补偿。他是在那里找真气、找力量。"丱角春明入塾年，丈人摩我道崭然""少作精严故不磨，诗渐凡庸人可想""猛忆儿时心力异，一灯红接混茫前"……童年少年的卓异，不仅是他欣慰的回忆，使他自豪，而且似乎给了他展望混茫前途的情绪上的力量。少作精严、近作凡庸，用自己的过去批评自己的现在，所以，他要归。可见，这种追求复归不是享乐主义的（与诺瓦利斯等德国浪漫派是大不相同的），而是坚毅地修炼自身。用他自己的话说，就是"自尊其心"。"心尊，则其官尊矣，心尊，则其言尊矣。官尊言尊，则其人亦尊矣，尊之所归宿如何？曰：乃又有所大出入焉。何者大出入？曰：出乎史，入乎道。"（《尊史》）作者是追求"闻道以自任"、志在作卓越的批判的史家的。他的箫心不仅是他剑气的变相，也是剑气积孕挥发的土壤："黄金华发两飘摇，六九童心尚未消。叱起海红帘底月，四厢花影怒于潮。"（《梦中作四截句》）童心与叱怒的关系宛然可见。

人是一个整体，各种因素都在进行着潜在的综合。童心是他剑气箫心相互转化生成的中介，也是时代大我与小我联系的中介。正如一些大家的童心是真心，是对世界、生活有较高的要求，有严格的标准，并执着地去追求一样，龚自珍的童心也表现在他对"鼠壤"的"觇耻（批判）"及对未来的追求、坚执的狂、孤的人生态度中。他所创造的健康的剑气、箫心的艺术境界中都有他美好的童心。童心使他具有了叛逆的光芒，童心保证了他的真力。无童心真力，诗人的主观世界必然贫弱，沦为庸凡的只有感觉没有美感，没有深刻的发微洞隐的批判能力的人。童心性灵理论从李贽开启以来，作为封建正统理论的对立面，不断发展。它源于新兴的资本主义萌芽开启的个性解放的启蒙思想的蠕动。龚自珍的童心超过袁宏道、袁枚等的性灵之处在于它与对封建社会的批判直接而全面地结合起来。

这种结合不仅使他从人才角度批判专制主义，创作出礼赞人格理想的剑气境界，而且给箫心境界带来一种主体独立自主的气韵。

谈禅、求隐使他相对地摆脱了急迫的功利意识，易于与客体形成审美关系的观察和表现，产生了这位以意胜的诗人罕见的以境胜的佳篇佳句（当然学禅也使他创造出缥缈恣肆的境界。他自己曾说"自矜辨慧能通禅，遂挟奇心恣缥缈"）。有了"相思在空谷"的幽深超脱的情调，让我们略胪数句，以窥一斑：

> "青山有隐处，白日无还期。"（《才尽》）"圃泽输鱼跃，峰峦羡马过。"（《暮春以事诣圆明园……》）"茶香砭骨后，花影上身时，终古天西月，亭亭怅望谁。"（《有所思》）"春小兰气淳，湖空月华出。"（《纪游》）"破晓霜气清，明湖敛寒碧。"（《后游》）"远山当树看，云行入抱空。"（《世上光阴好》）"西山有时渺然隔云外，有时苍然堕几榻前，不关风雨晴晦也。"（《语录》）

尽管这些句子写于不同的时间，其语意环境大不相同，但它们都是作者相对宁静心境的流露。如刘禹锡所说："虑静境亦随。"不是他的"任东华人笑，大隐狂名"（《凤凰台上忆吹箫》），"我欲收狂渐向禅"（《驿鼓》其三），而是这些表现出他的逸韵禅风。这优美和谐的意境，是正宗的中国古典意境，洋溢着"不涉理路，不落言筌""羚羊挂角，无迹可求"的空灵淡远的诗韵。不是直陈发露而是含蓄凝练，超脱的心境与现实有了心理距离，能够把意绪凝练成诗的意象，化景物为情思，因实而生虚，意味幽远。诗人似乎达到了一种"澄怀观道"的境界。刘禹锡曾点破过这种创作的奥秘："因定而得境，故儵以清。"然而，这是"欲求缥缈反幽深"，这是心灵动荡后的平静。这"思与境偕"（司空图）的潺潺细语，有着"语不涉难，已不堪忧"的含蓄而深广的忧愤。这是作者"东华飞辩""伐鼓撞钟"之后的心境。它们不是粉饰现实的模山范水，也不是"百年心事归平淡"的消沉。愧对"跃""过"的鱼鸟，是自我被环境所桎梏的深悲，是比"我身不我有，周旋折旋奉"更有诗味的表达。这淡定情调里面是一种诗人自己所说的"哲人之心，孤而足恃"的独立自主。这种孤是作者追求的"升之九天勿喜，沉之九渊勿恤"的镇静和坚强。"只有镇静和坚强的人才能把他的痛苦和哀伤转化成对象，拿自己和其他事物进行比较，从而在异己的对象里观照自己，认识自己"，"超然飘浮于使它动荡的激情之上，保持一种优美沉默的静穆"（《美学》）。这种境界不是导源于对外部权威的屈服，而是更深层地返归本性的沉着严静，是一种作者追求的"其心郎郎乎无滓，可以逸尘埃而登青天"的童心境界，与作者的狂、孤同里异表，都是那个王朝的不和谐音。

童心：龚自珍心理结构的拱心石

文学史、思想史研究界都公认龚自珍为界碑式的人物，都把他看作古代文学、古代哲学的光辉殿军和近代文学、近代哲学的开拓者。他的思想精华、文学成就的客体性依据是时代孕育着新变，这里毋庸再议。探讨他的承启地位的主体性依据是本文的目的。

他能够感应时代的深层意向，萌生了体现历史方向的新的感性冲动，这是他全部积极性建树的始基。他把自己这种新的感性冲动叫作"狂""心力"，最经常的说法是"童心"。

他对童心的自我感受就是"当喜我必喜，当忧我必忧"的自由，是性灵解放的春之境界，既不受外在的"闻见道理"的桎梏，也没有这种桎梏转化成的"内桎梏"的压抑。但童心必然与异化现实发生对立，也就必然产生了"莽莽忧患伏"的深深的忧患意识。而且只有"精微恍惚"才是"所乐"。因为既无法在现实中对象化自己，又不能用旧观念来说明、条理自己的"幽想杂奇悟"（如果能纳入旧的信息系统也就没有了这种忧患），从而只能在"精微恍惚"这种自由感受中才能满足自己的意念心态。（详见《戒诗五章》《丙戌秋日……惘然赋》《铭座诗》诸诗）同时也表明了这种"忧患"与"恍惚"是追求新生活的萌动与意向。这也就是他童心的情感形式。

童心的突出特征是有"真力""豪素":"当我少年时，盛气何跋扈？妄思兼得之，咄咄托豪素。"这种真力、豪素是一种性情解放，又在追求着解放和自由。这潜在地包含着一种价值选择，使龚自珍对正统的已成为一种集体无意识的既成的理性结构，产生了一种感性的偏离，奠定了他个性结构的方向，而且童心成为他心理结构建构过程的内驱力和主体信息源。他一生都在自觉地固持着自己的童心，把它当成自己的本质，本能地予以护持。在"事事违初意"的本质与存在矛盾的现实中，总是苛责自己"既壮周旋杂疵点"，没有了儿时那般情味。"不似怀人不似禅，梦回清泪一潸然，瓶花帖妥炉香定，觅我童心廿六年。"（《午梦初觉，怅然诗成》）龚自珍对于"不似怀人不似禅"的"精微恍惚"的感受中的自由境界，钟爱如生命，要静坐焚香迎接童心的来临。中国古代文学史上还没有一个人像他那样对童心表现出那么强烈的钟爱、自觉而执着的表现与追觅。他对童心的追觅，是追还真气，寻找力量。在"少作精严故不磨，诗渐凡庸人可想"的对比中，在对自己失望的自责中，童心给了他展望前途的情绪上的力量："猛忆儿时心力异，一灯红接混茫前。"童心成了他的精神支柱，成了他确立、肯定自己的价值标准，成了他人生道路的灯塔。当他"童心来复梦魂中"后，他就坚定地要"狂言重起廿年暗"了。

其实，并没有"廿年暗"，只是他对自己有更高的要求而已。在少作中大发狂言却是事实。他的最晚不会晚于二十五岁时所作的《伫泣亭文》（已佚），"涉目皆是""伤时之语，骂坐之言"（王芑孙给自珍的复信，见《定庵先生年谱外纪》）。"口不择言，动与世迕"的狂态是他童心的必然发展，也是他追觅童心、自觉调节而成的个性倾向。他以"狂客"自许(《过扬州》"谁信寻春此狂客"),以"狂生"自任(《己亥杂诗》"时流不阻狂生议""九泉肯受狂生誉")。对狂的钟爱,不是徒自标榜,而是从感性到理性一以贯之的心理定式。他批判专制色相,呼唤改革风雷的"狂生议"已载入史册。他也自信"著书在人间,高名亦难毁"。狂生议来自狂生的感受、狂的性格。没有感性的狂也就没有理性的狂。他不但留下了狂言,也留下了狂举。尽管有"谁信寻春此狂客"的愤懑,他依然呼唤人生的春天,热爱自然的春天:"先生探春人不觉,先生送春人又嗤。"(《西郊落花歌》)他不是不被理解,就是被嘲笑指责。他的卓异之处在于,他有自己的价值标准,不因世人俯仰,而我行我素。

《羽琌山民遗事》载有龚自珍的狂态:"所著白狐裘,下截皆泥污而上半甚新。询之,山民曰:'吾金陵渡江,天大雪加寒雨,生(谓汤贞愍)脱裘相赠。'盖汤公身修削,山民故短下,不知付匠修改,虽半入泥涂弗觉耳。"与知音一谈"必馨日","谈笑极惬,手舞足蹈,无意之际,不觉靴之飞去"。"不喜治生""挥金如土",面讥王孙,辱骂考官,素性"简傲,于俗人多侧目"。而"交游多山僧畸士,下逮闺秀优倡"。"出门则日夜不归,到家则宾朋满座。星伯先生目之为无事忙。又曰以定庵之才,潜心读书当不在竹垞、西河之下。"(上海国粹学报社《古学汇刊》)

正是因为旧的治学道路、运思趋向无法满足他的追求,无法对象化他的感性冲动,狂放保证了他的自由直观与自由感受,保证了他独特的心理结构的存在与发展,从而使他告别家学,告别旧的致思模式,走上"其道常主逆"(魏源《定庵文录叙》)的"天步其艰哉"的思想探索的路途,走上叛逆的道路。

因为，首先，这种基于感性冲动、作为感受自由的一种形式的狂放与变态，正是"前夜"人物从情感上对正统规范束缚的冲击。龚自珍的这种狂放与蒲松龄的"狂固难辞，痴且不讳"（《聊斋自志》），与吴敬梓的"二三同人日过从，科跣箕踞互长啸"（金渠《泰然斋诗集·寄怀吴半园外弟》），与贾宝玉的"行为乖僻性编张""无事忙"是一种大体相同的情感形式。只是龚自珍在这个方向上走得更深更远，走到了哲学探索的高度，走向了直接呼唤"天公重抖擞"的现实努力，结出了理性和现实的果实，由个人心理变成了一种历史的事业。

"诗人是人类的感觉，哲学家是人类的知性。"（维柯语，见克罗齐《美学的历史》）龚自珍既是那个时代的感觉也是那个时代的知性。龚自珍"童心—狂"的情态直接规定了"精神的直接视觉"的审美意识，审美意识物态化为"太行一臂怒趋东""高吟肺腑走风雷"这类奔放的意象和那些显示着"霸才"的长篇歌行的横逸旁出、奔涌迅疾的情绪张力。这类意象、情感形式稠密、突出地存在于龚集中，标志着他对个性、自由、解放的憧憬和追求的深入。它们的客体指向性正揭示着那个时代的潜意识的情绪。这种心理结构与意象也标志着历史的进程。

其次，这种狂使他成为时代的知性，使他具有了为时代立言、究天人之际的信心与责任："自珍于大道不敢承，幸而生其世，则愿为其人欤！愿为其人欤！"（《古史钩沉论二》）使他具有了"大言不畏，细言不畏，浮言不畏，挟言不畏"的魄力与锋芒。更有美学理论意味的是，正是这种狂，使他保持着一种有意识与高度无意识统一的西方人说的那种天才迷狂的灵感状态。即自由直观、自由感受起主导作用，而不是旧的观念系统起主导作用的状态，也就是魏源评论龚自珍的"忽然得之者，地不能囿，天不能嬗，父兄师友不能佑。其道常主于逆，小者逆谣俗，逆风土，大者逆运会"的那个"忽然"状态。无数个具体的"忽然得之"构成了他的"常主于逆"的"道"。

　　他初步自成系统，执笔议政，就见地卓绝，扫空凡猥，踏上了启蒙思想家的道路。《尊隐》高文、《明良》四论、《著议》十一章、《平均篇》等，素为论者所重，也的确是标志着龚的最高思想水准的宏文，都完稿于二十五岁之前，即在中举（二十七岁）仕宦之前。与二十年的仕宦生活期间的论著相比，确是"吾之始猖狂"，而后难为继。他责备自己"廿年暗"也有些根据。他固然与浑浑噩噩的经生、儒生迥然不同，但进入了收罗掌故、究心舆地、哲学探索等比较具体的阶段，不再一味呐喊鼓吹了。这既是一种必然发展，像一些作家从青年浪漫主义到晚年现实主义，像鲁迅后来觉得"救救孩子"空洞、四平八稳而转入具体批判一样；也与他纳入了官僚体系，"为一姓劝豫"（《乙丙之际著议第七》）的目的明确有关。龚自珍心理结构建构过程中不可能不与还占主导地位的封建制度与正统观念发生顺应性的运演。那种制度和观念已变成一种集体无意识积淀在每个个体心理结构之中。正因如此，他的童心——狂才弥足珍贵。因为如前所述，它是自由直观、自由感受的主体心理基础，而他论著的新颖与精华全赖于此。《明良》《著议》不是用什么注六经，而是六经注"我"，注"我"的感受观念。《尊隐》完全是情感感受驱使着想象的构图，是意象思维的结晶。狂，发展了他的童心，保持了他自由的主体性的坚持与发扬，是他克服旧的理性结构、遵循着感性冲动的方向而运演的内在驱动力量。

童心—狂本是通过自由感受（审美）对感性冲动的组织而成的自由意志。自由意志表现为一种主体目的，表现出超越现实因果性的"知其不可而为之"的主动选择的特征。如果这个主体目的合规律，那么，他就会成为一代歌手，一种思潮的代表。如果能深刻到人生一般问题，他就可以衣被百代。平心而论，龚自珍深度有限，但历史证明他在思想、文学领域开了一代新风。并不是神秘的"天假善鸣者而鸣之"，而是他童心—狂的心理结构以其主体性的高扬，以其"风雷老将心"，不为丹铅所误，开一代宗风。童心—狂之所以具有这种功能，是因为它在追求自由解放。它本身是自由的形式。这种自由意志不是以往的伦理学读本雕塑而成的，而是他的内心的感性图式凝结成的理性图式，是通过美感——对已成为一种集体无意识的正统观念的超越——将感性情感的组织凝结而成的主体性。它正是诗人的第一生命——审美理想的灵魂。

审美理想属于美感结构中的理解因素。这是一种溶化在感知、想象和情感中的理解，它不同于一般的理性认识和逻辑思维，它不是通过概念、推理、说教，而是在艺术的传达中，表达出的主体的某种本质性的领悟。它与认识结构、意志结构直接沟通，将主体的认识成果、意志方向像盐溶于水一样，溶化在感知、想象、情感之中。

如前所述，童心在龚自珍伦理结构即行为原则中表现为追求个性解放的感性冲动、自由意志，使他走向叛逆之路，在他的认识结构即思维法则中表现为以自由直观为框架的"六经注我"的运思特征和对人的价值从历史到现实的珍视。这种自由意志、自由直观正是由于美感的滋哺，使浸透了正统观念和旧的理性结构的日常意识中断，相对地摆脱了现实存在条件的局限与束缚，使特定历史条件下的自我的本质力量得到全面的自由的伸展，从而积淀为一种"新感性"（李泽厚同志提出的概念，详见《丑小鸭》杂志 1984 年第 11 期《美感杂谈》一文），并形成主体的自由意志和自由直观的方向。它们转而以理解因素对美感结构形成反馈，以审美理想的理性图式的稳定性恒长地发挥作用，从而对伦理结构、认识结构发挥作用。这是龚自珍的美感何以能启真导善，成为他自由直观、自由意志的钥匙的原因之所在。

"人类的天性可以分作认识、行为和情感，或是理智、意志和感受三种功能，与这三种功能相对应的是真、善、美的观念。……真是思想的最终目的；善是行为的最终目的；美则是感受的最终目的。"（《新亚美利加百科全书》美学条目。转引自《美学》）在个体心理结构中它们又是一个整体。"美的本质是人的本质最完满的展现"（李泽厚《批判哲学的批判》），龚自珍的审美理想是他真、善、美观念的最充分的体现，它聚集在童心这个焦点上，它体现在他创造的意象之中，使他创造出以表现自我为核心的意象世界，它也体现在他的批判工作中，甚至可以说支撑着他的全部批判工作。

首先，正是因为他具有这种审美意识（审美理想只是审美意识的偏重理解的那一方面），不是醉生梦死之徒、僵化保守之辈，才能在"举国醉梦于承平"时，有"弹丸累到十枚时"的危机感，有那种"举世莫能及"的"察微之识"（梁启超《论中国学术思想变迁之大势》），有"一祖之法无不敝，千夫之议无不靡，与其赠来者以勃改革，孰若自改革"（《乙丙之际著议第七》）的改革呼唤。"夕阳忽下中原去""忽忽中原暮霭生"的意象，都以其情绪张力显示着历史结构的特征：王运衰微、日暮途穷。因为这种主体性的自由性质、审美理想的自由性质是指向未来的，因而龚自珍并不随王朝的没落而绝望，没有那种感伤的挽歌情调，而是生气勃勃地究心改革："法无不改，势无不积，事例无不变，风气无不移易"（《上大学士书》），"奋之！奋之！将败则豫师来姓，又将败则豫师来姓。《易》曰：'穷则变，变则通，通则久'"（《著议第七》），"奈之何不思更法"（《明良论四》）……这种冲动、魄力既不可能完全来源于"为一姓劝豫"的目的，也不可能来自那已届坍塌的"一姓"，它包含、反映着那还潜在的个性解放的历史冲动。总体的积淀为个体的，龚自珍的童心—狂正是那个需要风雷、需要改个样的时代的表征符号。其中的重要中介是他的审美理想。

其次，正是因为基于这种审美理想的批判，才使他在对封建专制的批判中，具有了宏扬主体价值的启蒙思想的光辉。他对封建专制对人的"约束之，羁縻之""戕其能忧心、能愤心、能思虑心，能作为心，能有廉耻心、能无渣滓心"（《著议第九》）的"震荡摧锄"具有最深切的体味（"耳怒杀我矣"）。他并不像一些人一样到此为止，而是把个人的愤慨与不平升发为一种历史的沉思、政治的批判："去人之廉以快号令，去人之耻以嵩高其身，一人为刚，万夫为柔……"（《古史钩沉论一》）触着了君主专制的痛处，对后来的思想家颇有启迪。一旦现代的政治社会现实本身受到批判，即批判一旦提高到真正的人的问题，批判就超出了德国现状。（《马克思恩格斯选集》）龚自珍的这种批判以其痛烈和深刻标志着对人的价值的重视终于在漫长的封建社会里提到了政治高度。这种追求个性自由与解放的觉醒超出了"为一姓劝豫"的有限立意，并与之从根本点上发生了对立。其启蒙光辉正在这里。

　　龚自珍以童心为核心的审美理想，使他的哲学探索充分强调主体的价值，强调"自我"创造一切的战斗精神（过去常讲哲学指导文学，其实美感生成哲学更为根本），使他把拯救人心，重视伦理作为改革社会的重要渠道和内容。不仅是因为"颓波难挽挽颓心"，更主要的是他认为"人心者，世俗之本也；世俗者，王运之本也。人心亡，则世俗坏，世俗坏，则王运中易。王者欲自为计，盍为人心世俗计矣"（《平均篇》）。因此，他主张通过整顿道德人心来挽救危机、振起社会。希望士大夫知耻自励，希望君主对臣下以师友处，从而劝臣节，全臣耻，从而改变"主上之遇大臣如遇犬马，彼将犬马自为也"，人臣成了"伺主人喜怒之狎客"的状况，使他们成为"建大猷，白大事"的能臣，扭转吏治日益窳败的岌岌可危之局（《明良论》）。这不但与以"君为臣纲"为原则的"一夫为纲"的封建专制有矛盾，而且包含着重视人的尊严和人格独立的思想。他的人才标准是"有胸肝""有是非"，而这只有童心不泯——有自己的独立自由的感受才可能。这些和他哲学上强调"心力"血脉贯通构成整体，与经济上的"平均""农宗"，政治上的反对科举和"限以资格"、重视人才等人学思想鼎足而三，构成他的改革方案。

　　而且，由于童心价值标准的范导，使他憎恶"著书都为稻粱谋""只知陈迹不知今务"的空谈心性或皓首穷经，勇毅地走上经世致用、改革现实的一途；使他在文学创作方面，倡导诗史合一，以文学议政，以"字字真""工感慨"为批评标准，以因人之所因为耻，以创新为务。

　　审美理想的这种贯穿作用，不仅是他文学家与启蒙思想家一身二任的必然结果，而且根源于这样一条规律：凡是人学的都是美学的，凡是美学的都是人学的；凡是追求未来的都是美学的，凡是美学的都是追求未来的。

童心，是基于感性冲动经由美感组织的与"闻见道理"相对立的个性自由精神。龚自珍依于童心，追求个性自由，便狂，便批判封建专制。并且由于童心的强悍力量，使他在对封建专制正统观念的批判中产生出离正统、与封建制度根本利益相反的启蒙思想。人类意识的发展，正是因为代代都有一定程度的出离，走向新生，走向未来。龚自珍的童心之所以具有这种功能是因为它是种争自由的精神，是自由自觉活动这种人的本性在龚自珍身上的具体体现，是他为自己开辟道路的主体目的、自由意志。

恩格斯说过，个体的人的一生有如人类社会的缩影。早期经验养育培植的龚自珍的童心，是一种朴素的自由境界，有如原始人的真纯。他在艰难困苦之中"觅我童心"，本质上就是在追求对约束羁绊的挣脱，就是在争取自由，就是在努力从异化现实中复归自己的本性，为了占有自己的目的、固持自己的自由意志。童心在龚自珍这里，是所有这些的一个"不可名，勉强名"的象征性概念，是他对自由精神境界的一种深心信仰，是他心理结构内三个子结构的综合样态，是这个心理整体的拱心石。如果将它抽掉，龚自珍这个"七宝楼台"便会坍塌支离，不成片段了。

龚自珍美学天地中的自我

龚自珍之所以能开一代新风，根因于他有着不能纳入旧的理性结构的新的感性冲动，感性的更新使他的哲学思想、文学创作具有了近代特征。他的审美感觉脱离了传统的正宗美学规范，摆脱了以往创作主体缺乏内在自由而呈现出的对外在客体的依附，冲破了立象尽意、意象契合这样一种审美主体与客体完全同一的和谐美学原则。龚自珍开创的"新体"诗歌，不再意象契合、情景交融，而呈现出将主体情理合成之意团不假物象地直抒这样一种主体独立自主的崇高美学原则。在这种美学原则更新的背后是传统文化在第一次质的裂变前夕，先醒者"于无声处"感应了时代深层意向的萌动，感性上与正统观念发生了倾斜和叛离，具有了近代意义的自我意识。这种自我意识积淀在审美感觉中便产生了上述形式特征，它也规定了龚自珍的审美兴奋点是直接对人、人的价值的审视和歌颂，其实也就是表现自我，表现自己的人格理想。

首先，我们看到，"高吟肺腑""直将阅历写成吟"成为他创造的意象世界的突出内容。追觅童心，表现狂态的意象，在龚集中，可谓多矣。《杂诗，己卯自春徂夏，在京师作，得十有四首》《驿鼓》《观心》《又忏心一首》《才尽》《戒诗五章》《能令公少年行》《寥落》

《漫感》《寒月吟》《自春徂秋，偶有所触，拉杂书之，漫不诠次，得十五首》……都是在直接表现着自我的喜怒哀乐、情态心曲。创诗史新纪录的大型组诗《己亥杂诗》可视为作者的心传年谱。这方面，久被研究界关注，不再引申细论。

其次，在直写阅历、悲怨的篇章之外，占相当数量的，是柬呈、别送、题哀的赠答诗。这固然是以文会友的诗坛老例，但自珍所交多为"天才盘郁，英爽特达"（《寄心庵诗话》评汤海秋语）、"有心肝"之士。赠答内容不是"逢君苦誉君"的曲誉、客套和干谒，而是充满品格的砥砺、才学的表彰，表现着诗人的人格理想。任东阁大学士、军机大臣、吏部左侍郎的王鼎，清廉正直，怜才爱国，礼贤下士，与龚自珍常相过从。林则徐被贬，曾助他共治黄河。他认为林奇才难得，竭力保举而终不果。林不得不远戍。王送之于河干，老泪纵横。林赋诗二首相赠，其二曰："元老忧时鬓已霜，吾衰亦感发苍苍。余生岂惜投豺虎，群策当思制犬羊！人事如棋浑不定，君恩每饭必难忘。公身幸保千钧重，宝剑还期赐上方！"（《云左山房诗钞》）可见王之为人和正直、爱国之士对他的期望。而龚自珍早在1819年春（此诗写作时间从郭延礼说，见《龚自珍诗选》附录）就有感于"迩来士气少凌替，毋乃大官表师空趑趄！委蛇貌托养元气，所惜内少肝与肠。杀人何必尽砒附？庸医至矣精消亡"。希望王鼎"公其整顿焕精采""力力持朝纲"，来刷新吏治。因为王鼎不但博学渊雅，而且"阅世虽深有血性，不使人世一物磨锋芒"（《饮少宰王定九丈鼎宅，少宰命赋诗》），是龚自珍理想的"有胸肝""有是非"（《上大学士书》）之士。如果说，王鼎"感慨激奋而居上位"，龚自珍劝他"所是者依，所去者非"，那么，他更多的朋友是"感慨激奋而居下位"的。他们和诗人自己一样，处于被排挤、被压抑的地位。这时，他们更多的是互相肯定胸肝才智，获得一种人格上的胜利。这不仅是补偿性地平衡着被压抑的苦闷，而且显示着作者的人格追求。龚自珍与能言"天人消息"的端木鹤田以"鸾鹤相逢"为喻，而且"各悔高名动寥廓"。而且，他嘱咐朋友："君书若成愿秘之，不屑三山置五岳。"（《送端木鹤田出都》）这里包孕着诗人多么深切悲凉的情意！他盛赞程同文的舆地学精深博大："英文巨武郁浩汹，天图地碣森巍穆。"龚自珍虽亦深于舆地之学，一时程龚齐名，但他自愧"不文"，也悲愤于社会给予他的"不达"，然而他依然表示要"仰窥"程之"元气""光芒"（《祭程大理同文于城西古寺而哭之》）。还有许多和诗人相濡以沫、同忧共戚的真诚朋友，或给诗人感情慰藉，或给诗人信心和力量，或互相切磋学问诗艺。朋友们"各搦著书一支笔，各有洞天石屋春"（《己亥杂诗》），独铸风格、自成一家的诗文创作更能使诗人感到慰安和鼓舞："诗人瓶水（舒位）与谟觞（彭兆荪），郁怒清深两擅场。如此高才胜高第，头衔追赠薄三唐"（《己亥杂诗》）。龚自珍对师友感情极为深挚，常常"夜思师友泪滂沱"，并"撰平生《师友小记》百六十一则"，由诗人的审美理想规定，这《师友小记》也是"言行较详官阀略"，侧重表彰的是言行。诗人歌颂他们其实就是在肯定自己，对他们之卓异的赞美，是诗人自我情感的延伸。他们是诗人情感生成变化的部分"典型环境"。诗人与他们可谓："目既往还，心亦吐纳，情往以赠，兴来如答"，"相喻以所怀，相勗以所尚"，构成了丹纳说的那个"和音"。这是一个"影形各各照秋水，渣滓全空一世无"（《赵晋斋魏、顾千里广圻……同集虎丘秋宴作》）的长大了的童心的世界，是一个有人格光辉、人格力量的世界，是烂透了的嘉道两朝的另一世界。龚自珍不是用崇高和美反衬滑稽和丑，而是直接称颂崇高和美，直接讴歌人的价值，它的思想基础是启蒙思想对人自身的关注、觉察和意识，是以童心为核心的审美理想的意象成果。

如果说上面还只是从外延上巡视龚自珍的表现自我，那么这个自我的内涵倒是更应该能说明问题。

谢冕说，在郭沫若的《女神》之前，"中国古典诗中并非没有自我，但是它们总难摆脱封建知识分子孤高清逸的情趣。这些情趣在更多的场合表现为程式化的，亦即缺少了真实的血肉的苍白形象——其主要特征仍然是真实的自我的消失与隐蔽。"（《从发展获得生命》，见《春风》）这种程式化的情趣，实质是自我消融在一种既成的理性结构之中。李泽厚反复说："中国的艺术中，浪漫主义始终没有脱离古典主义"（《关于中国美学史的几个问题》，见《美学与艺术讲演录》）。诚然，古代诗人总是在真实的自我骚乱之后，以理化情。这个理可以是儒，可以是佛，可以是道，总之是非自我的东西。"一生几许伤心事，不向空门何处销"（王维），"味无味处有真乐，材不材间过此生"（辛弃疾），总能找到一个终点。

当然，人必须建筑一个理性结构，找一个终点。康德在科学上打倒一个上帝，在伦理信仰里又抬出一个上帝。李贽大骂理学，但他自己也得树立一个"理"。他认为这个理应该是童心，"绝假存真，最初一念之本心"的童心。龚自珍虽然在理性上表示要超越童心："惧伤其神髓"，实则在他真实的自我、真实的情感运行中正是这种"伤其神髓"的幼志、童心在起着支配作用。他的理，从人生哲学到审美理想都是童心。他的起点与始点同一，循环推演。然而，这种童心不再是老庄的"为婴儿"的混沌，也不是孟轲的"大人赤子"的简单再版，而是个性的自由与解放，是为了实现一个完整的自我。

龚自珍的自我也未尝不想纳入一种理性之中，他曾尝试过古已有之的任何角度，然而都不能满足这个焦灼的灵魂。任何旧的理性都不能消融这个自我，这个自我不能完全纳入任何旧的程式。只有改革这种外在目的、社会性的理才能使他满足，由此可以判断，事实上他是在呼唤一种新理。这个理，历史逻辑上应是资产阶级的理论体系。终其一生，他并没有找到这个理。但他童心的感性冲动却使他努力挣脱旧的理性结构。

居于正统地位的儒家，他怀疑了："兰台序九流，儒家但居一。诸师自有真，未肯附儒术。后代儒益尊，儒者颜益厚。洋洋朝野间，流亦不止九。不知古九流，存亡今孰多？或言儒先亡，此语又如何？"（《自春徂秋，……得十五首》）摧残人性的封建社会除了专制制度本身外，后儒从哲学上、价值观念上起了极为恶劣的助桀为虐的作用。他大倡童心、真情、个性，与"后儒以理杀人"的那个"理"是相水火的。

佛家思想以其超越意识，成为许多先醒者的精神避难所。龚前是如此，龚后谭嗣同、章太炎也是如此。龚自珍校订、整理、抄写佛经，现存四十九篇宣阐佛学思想的论文，他自起法名佛号，在最痛苦时常常表示要"重礼天台"。然而，这些还只是他认识结构的对象，还是一种外在的理性，还没有积淀内化到他的感性情感之中。他的诗歌中，佛学术语频频出现，也点缀些佛学故事："百年慕辙低徊遍，忍作空桑三宿看"（《己亥杂诗》），用"浮屠不三宿空桑下"以免久生恩爱的佛典来表达自己对京师的眷恋；或者借佛理来抒发点人生感慨："小别湖山劫外天，生还如证第三禅。台宗悟后无来去，人道苍茫十四年。""空观假观第一观，佛言世谛不可乱。人生宛有去来今，卧听檐花落秋半。"（《己亥杂诗》）然而，他从来没有破除过"法执""我执"，没有"松风吹解带，山月照弹琴""行到水穷处，坐看云起时"（王维）的禅风意象，没有"兰生幽谷中，倒影还自照。无人作妍媛，春风发微笑"（倪云林）的华严境界。事实上，他那自我情感深处正与佛理法相抵牾着。"我欲收狂渐向禅"，是在用佛法匡削自己的那个情感自我。然而"逃禅一意皈宗风，惜哉幽情丽想销难空"（《能令公少年行》）。他自己也承认用佛法解脱苦闷的失败："禅战愁心无气力，自家料理回肠直"（《凤栖梧》）。他与佛学真正亲近之处倒是童心—狂的"幽光"与"慧而无定"的"狂慧"颇为契合。"参活句"的努力也滋补着他思维的自由。事实表明，他在哲学思维上从佛学处受益很多。他曾用佛性解释人性，以"自心清净心"为最高境界。但他所强调的"自心清净心"本质上与童心的"其心郎郎乎无渣，可以逸尘埃而登青天"（《宥情》）是一致的。他对佛学采取的是唯我所用的态度。

与道家超脱意识一致的归隐情怀，几乎伴其一生。他在二十八岁时说"我有箫心吹不得，落花风里别江南"；奔赴京师的同时，又写道："花有家乡侬替管，五湖添个泛舟人。"一生都在想着"羽琌安稳贮云英"，喊着"任东华人笑，大隐狂名"。但是，这种呼吁只是一种愤懑，是"金门献赋不见收"的牢骚。他创造的意象之林，没有像李白《山中问答》那样的境界："问余何事栖碧山，笑而不答心自闲。桃花流水杳然去，别有天地非人间。"李白的狂情豪气可以与自然同化，心灵变得这么清净，笔致变得这么秀逸。而龚自珍在表达归隐情怀时，总是一种理性的图演，没有与自然同化的无我境界。那个无法安抚的自我总是那么突出，充满着"青山青史两蹉跎"的不甘与愤激。这种不甘、愤激正与诗人踏上南归之途的"狂言重起廿年暗"的最深心的冲动相一致，一直盘梗在他心中。尽管庄子也一直盘梗在他心中，但他主要是爱庄子文章的汪洋恣肆。有人评自珍就说："说《居庸》者秋水文。"他喜读老子，也说"为而不争"（《语录》），然而这只是"才流百辈无餐饭，忽动慈悲不与争"的"不争"，是他对对手的"连眼珠也不转过去"的鄙夷，而其心理结构的主导方向力则是"折梅不畏蛇龙夺"的进取精神、阳刚剑气。

他说自己"选色谈空结习存"。但正如谈空不能使他空一样，在情爱天地里，他也不能陶醉和满足。细检龚诗词，恋情篇章几乎近半。《己亥杂诗》中仅写灵箫的"瓃词"即占组诗十分之一。然而，他口称"风云才略已消磨，甘隶妆台伺眼波"，却能会心灵箫"卷帘梳洗望黄河"的"为恐刘郎才气尽"的鼓励。也正因如此，他才可能对"某生"的"不为花月冶游，即访僧耳"，"非复有网罗文献、搜辑人才之盛心"的谴责，报以"江淮狂生知我者"的理解和宽容（《己亥杂诗》）。他的"温柔不住住何乡"，如同辛弃疾的"红巾翠袖，揾英雄泪"一样，是一种解脱痛苦的方式，一种病态的排遣。然而，他没有也不可能消融在"温柔乡"中，刚说"剑气箫心一例消"，又立即进出"万千哀乐"了（《己亥杂诗》）。

这种"万千哀乐"是"莽莽忧患伏"的早年"心疾"一直得不到满足的必然结果；真正能满足那个动荡的自我的只有"东华飞

辩""伐鼓撞钟"。他最得意的是"眼前二万里风雷，飞出胸中不费才"(《己亥杂诗》)。他那个自己也把握不住的自我其实就是那种时代的变革要求凝结而成的朦胧而强悍的图变情绪。没有抽象空洞的自我，任何心理都是一种历史的积淀。当他不想承担这种历史责任时，才会有"选色谈空"的病态排遣。中国当时正需要这种气魄，也只有这种气魄才是龚自珍的童心—狂的感性情态最合适的表现形式。除了这个形式，别的都无法适合他那个自我。他那"怒如潮""怒趋东""走风雷"一类"恣意横溢"的飞动意象、节奏急促的气势成为他意象创造的赫目特征，正深刻地显示着"呼唤风雷"的解放冲动已积淀为一种协同知觉，已成了他的感性本能。他的童心—狂只有转化成这种历史变革的呼喊、具有了这种社会理性内容，才能获得自我满足。因为只有社会变革才能保证他童心—狂的存在和发展。他的自我之所以在任何既成的理性结构中都不能被容纳，原因也正在这里。他在旧的迷宫中有所觉醒："渐渐疑百家，中无要道津"，"我生爱前辈，非尽获我心"。他要探索现实问题，这是他立文以经世致用为旨归的心理、思想基础。他的痛苦，不是个人性的，很难用"士不遇"的悲愤全部概括得了。他在沿着个性解放的冲动寻求新理性的确立。他的自我是种"新感性"。他在代替时代痛苦，他也在沉思历史。这个心理结构产生的意象，成了那个时代最有价值的心理画卷。

这种自我的诞生不是偶然的、个人的，而是植根于历史发展之中的人的自我意识发展的必然结果。以李贽鼓吹童心为中介，伴随资本主义萌芽而勃兴，市民意识使封建士子从密封的正统天理禁锢中降到真实的人生实处。人的要求得到了正视。李贽不讳言私言利，汤显祖歌颂真情，袁宏道赞美"率性"，石涛强调"有我"，"袁枚倡性灵，重情欲，斥宋儒，嘲道学，反束缚，背传统，时时闪耀出某种思想解放的光彩……他们共同体现出、反射出封建末世的声响，映出了封建时代已经外强中干，对自由、个性、解放的近代憧憬必将出现在地平线上。这种憧憬到鸦片战争前后，从龚自珍到苏曼殊，果然就逐渐明确出现了"（李泽厚《美的历程》）。

虽然出现了，却无路可走。不但没有现实的路，他心中也没有路。"一翠扑人冷，空蒙溯却遥"（《暮春……退直诗六首》），这种知觉印象最忠实地揭示着他的感性情感亦即他最真实的思想的情绪张力：正是一种"不可捉搦，倏即逝而"（《四言六章》）的状态。他也不知道自我到底是怎么回事："我所思兮在何处？胸中灵气欲成云"（《秋心》），"佛言劫火遇皆销，何物千年怒若潮？"他只感到：它来时，豪情满怀、心潮澎湃"须挥剑"；它去时，便迷茫彷徨，不知何之所依，唯有"付箫"。然而"按剑因谁怒？寻箫思不堪"（《纪梦七首》），即使在"挥剑""付箫"中也依然找不到明确的目的。

他的自我在做着漂泊无依的精神漫游："飘摇猗，悲风飚猗。惨怛猗，阴气戕猗。凄心魂猗，郁猗，块猗，……春不得抽蕤，夏殒妍猗，塞以盘猗。毒霾霾猗，蛇虺所蟠猗。心苦猗，不可以传猗！"（《哀忍之华》）"义何孤而非繁兮？情何孑之非俦？"（《戒将归文》）

这是一个凄苦的悲惨世界。诗人用象征手法传达出他对现实世界的深切感受。谲诡连犿的笔触，驰骛的想象，多方面地烘托渲染了蛇虺毒龙天下中"狂慧"才人的境遇。他曾说："我有灵均泪，将毋各样红。"（《纪梦七首》）然而，这里没有了屈赋的瑰丽天地，因为这里没有了"兴君存国"的历史基础。他自己虽然表白"终是落花心绪好，平生默感玉皇恩"，虽然有明确的"为一姓劝豫"的目的，然而，他在感性情感上已与那个社会发生了离异。他像出于道德感维持着一个没有爱情的婚姻一样，出于理性的强制和引导维持着与王朝的联系。谋求变革，希望王朝振兴，是为了不再靠道德理性，而以感性爱情来生活在这个"婚姻家庭"中。然而，封建王朝还是赐予了他一个"弃妇"的命运。他尽管依然"弃妇叮咛嘱小姑"（《己亥杂诗》），但是毕竟没有了屈原那种耿耿忠心。同样，屈原也没有像他那样对王朝展开过认真的批判，怨恨的主要是不如自己忠心的小人。龚自珍痴情于《离骚》的，主要的倒是其对理想的执着精神和浪漫情怀。屈原的哀伤有种甜蜜和温馨，他虽绝望而死，但那是因为他对王朝希望太过，碰壁而不灭绝。龚自珍的哀伤却凄厉而悲凉，因为他确确实实在希望"天公重抖擞"了。

他这种并不自觉的与王朝离异的感性情感，除了改革之外任何东西都不能安顿他的灵魂这一方面，却正是他真实的自我的最有价值的方面。它是龚自珍身上的人类创造世界、选择进步方向的感性动力的表现。这种感性动力是人"自由自觉活动"这一本质的一个方面。它永远是开放的和进取的，在个体心理结构中作为动力与未来相联系。它在追求建立与自我一致的理性结构，然而却在承受着旧的理性结构的轭羁与荡锄。这种人生一般问题的情与理的冲突，因其所处时代的特殊性而显得分外深邃与富饶。

龚自珍的美学目的论

龚自珍的美学目的论，是我们对他一系列思想的总结。它由三条线索组成：哲学上对"我"的图腾崇拜般的强调；美学上对情的价值和作用的尊崇；政治历史学上对人才的重视——对戕杀人才从而盛产"百不才"的专制制度的批判，把人才作为实现改革的力量等。三者都体现着一个主题：对人的价值的弘扬。它们有一个共同特征：以主体为本体、为目的。这是一种主体哲学的草创。

简括地说，他在本体论、认识论领域确立了"我"的本体地位，从而在伦理领域确立人性为"无善无不善"的本体。又通过"自尊共心"的修养而复归自己的本体，最后在自由的美感境界里完成、实现"完人"的目的。童心是这个目的论体系的起点和终点。

庄子的"为婴儿"（《人世间》）、李贽的"最初一念之本心"的童心，都是把童心作为一种道德本体。但庄子的"为婴儿"是弃圣绝智的混沌状态，是一种"虚己"的可悲的"收缩性自我"。龚自珍的童心的逻辑延续是狂，是"幽情丽想"，是一种强调心力的战斗的扩张性的自我。庄子"为婴儿"的"达之入于无疵"（《人世间》）的境界，是他"入水不濡，入火不热"的"真人"（《大宗师》）的最高人格理想的一种状态。它包含着对制约人性的宗法社会、异化现实的否定和抗议。但这种超世精神与"安时而处顺"(《养生主》)的顺世主义两极相通，同为一体。李贽虽把童心提到"最初一念之本心"的地位，却没有将之措置在宇宙本体上，没有哲学深度，不够彻底、坚实。而龚自珍不但从童心出发提出了胚胎状的资产阶级个性理论——"自尊其心"的个性论，而且通过自我创世说，将童心从道德本体引申到宇宙本体。

"天地，人所造，众人自造，非圣人所造。圣人也者，与众人对立，与众人为无尽。众人之宰，非道非极，自名曰我。我光造日月，我力造山川，我变造毛羽肖翘，我理造文字言语，我气造天地，我天地又造人，我分别造伦纪。"(《壬癸之际胎观第一》)颇有点费希特"自我设定非我"的意思。"我"先天地而生，变造天地，是"第一动力"，有如基督教的上帝。这是"语而不论"的纯想象之词，其实是一种近乎图腾崇拜的信仰。然而，这种唯心主义的创世谬说，恰恰导源于追求个性解放的社会心理。在"我"崇拜的背后，包含着对人的价值的朦胧发现，是对天经地义的"道""极"的反叛和冲击。马克思说："任何一种解放都是把人的世界和人的关系还给人自己。"(《马克思恩格斯全集》)龚自珍把自我抬高到创世第一动力、宇宙本体的高度，虽然在哲学上是错误的，但确实是一种"把人的世界和人的关系还给人自己"的解放呼声。

龚自珍在《胎观第二》中继续发挥自我创世思想："既有世已，于是乎有世法。民我性不齐，是智愚、强弱、美丑之始。民我性能记，立强记之法，是书之始。……民我性能类，故以书书其所生。……是谱牒世系之始。……民我性不齐，夫以倮人食毛羽人，及男女不相部，名之为恶矣；其不然者，名为善矣，是名善恶之始。""我"的"性"是一种先验定在，确立了"性"的独立性，奠定了他美学目的论的理论基础。

沿着探讨主体价值的方向，他在认识论上提出人（尽管说是圣人，综观他的思想没有神化圣人的特点，在此无非是说少数人、天才而已）具有一种可"兼天事言"的"觉"的功能："知，就事而言也；觉，就心而言也。知，有形者也；觉，无形者也。知者，人事也；觉，兼天事言矣。知者，圣人可与凡民共之；觉，则先圣必俟后圣矣。"（《辩知觉》）知，是对具体事物的认识，具有直观性。觉，则能不分析不综合，不依靠材料而能获得普遍规律性的认识："孔子不恃杞而知夏，不恃宋而知殷，不乞灵文献而心通禹、汤。"（《辩知觉》）这实际上是一种创造性的理解、想象性的觉悟，是在极力论证人有一种"自由直观"的能力。这是唯心先验论，但猜着了认识过程中主体的作用。现代心理学表明，认识不是简单机械地刺激→反应，主体不是被动的。"认识既不是起因于一个有自我意识的主体，也不是起因于业已形成的（从主体的角度来看）、会把自己烙印在主体之上的客体；认识起因于主客观之间的相互作用，这种作用发生在主体和客体之间的中途，因而同时既包含着主体又包含着客体。"（皮亚杰《发生认识论原理》）龚自珍并不理会个中意义，他只是在竭尽全力地为确立人的主体性的价值功能而努力。肯定人有"觉"的功能也是为证明自己"贩古时丹"的"以复古为解放"（梁启超语）的改革理想的可信性。因为三代之事，"文献不足征"，他也无从"知"，只能靠"觉"。他表示愿承"大道"为探世变竭忠尽智，他曾说："探世变也，圣之至也。"（《乙丙之际著议第九》）他是窃以"后圣"自居的。就抽象理论意义而言，肯定了人有"觉"这种功能，就指明人自身有实现自己的目的的精神向导。

自我创世、人自有"觉"，它们的价值并不在本体论、认识论的哲学建树上，而在于对人的价值、主体功能的强调，是一种启蒙思想。是在思考"我从哪里来，我向何处去"，不再相信天赋神授，不再相信"道"与"极"。而是我从我处来，我是主宰，我不必也不应该皈依别的什么东西。这样，我必然要向我处去。而且，我有"觉"，我一定能去。我是起点，我是目的。"如果一个事物同时是原因而又是它自己的结果，它就是作为一种自然目的的。"（康德《判断力批判》）"我从我处来，我向我处去"，是龚自珍的目的论的根本特征。

我向何处去？是目的论的核心问题，又是个正格的人性论问题。

基于肯定主体价值的意图，基于本体论、认识论的观点，他把人性确立为"无善无不善"的永恒不变的精神本体："善恶皆后起"，"攻瑕彼为不善者耳，曾不能攻瑕性；崇为善者耳，曾不能崇性；治人耳，曾不治人之性；有功于教耳，无功于性。"（《阐告子》）性是体，善恶皆是体之用。而"体常静，用常动"，"善非固有，恶非固有"（《胎观第七》），是性之用而非性本身。这就有了一个可以复归的不变的本性。这个"性"是独立的本体，没有任何外物能够决定它、改变它。龚自珍以割裂体用关系为代价，强调体的绝对独立。这与他对人生目的的追寻、对独立不羁的人格的追求，产生于同一心理结构，又相互作用完成其建构过程。这种确立自我本体地位的哲学探索，正是为了肯定自己精神个性的合理性，是在为确立自己的价值观念建构哲学的地基。

所以，在如何复归本性上，不是以道心胜人心，而是"自尊其心"。"心尊，则其言尊矣。官尊言尊，则其人亦尊矣。"（《尊史》）

应该特别提出的是，抱有极大的经世致用热情的龚自珍，并不以"人尊"为终点，而以为"人尊"的归宿乃在于发挥更大的社会作用："尊之之所归宿如何？曰：乃又有所大出入焉。何者大出入？曰：出乎史，入乎道。"（《尊史》）这是一条通过"自尊其心"而获得"心力"的道路，也就是成为龚自珍理想的人才的道路。不"自尊其心"，则心无力。"心无力者，谓之庸人。报大仇，医大病，解大难，谋大事，学大道，皆以心之力。"（《胎观第四》）有了这种心力，便有了胸肝、见识、是非，便是"内韫韬略，外示纡馀，蓄孟门、积石于方寸，可以谈笑生风雷"的"立奇功、勘大变之臣"（《鸿雪因缘图记序》）。鼓吹心力的作用，某些论者说"是弱者的幻想"，与呼唤现实的"风雷"相矛盾（肖萐父、李锦全《中国哲学史》）。其实，"心力"恰恰是他能够呼唤"风雷"的基础。

龚自珍以人才为变革现实的社会力量："自古及今，法无不改，势无不积，事例无不变迁，风气无不移易，所恃者，人才必不绝于世而已。"（《上大学士书》）以人才状况为治、乱、衰三世的标准："书契以降，世有三等。三等之世，皆观其才。才之差，治世为一等，乱世为一等，衰世别为一等。"（《著议第九》）然而三世说不能使他明了社会变革前景的性质。同时，不明晰社会变革的真正前途才使他陷入三世说的历史循环中。

然而，个性解放冲动在继续寻找个体的目的和归宿。"作为历史，总体高于个体，理性优于感性；但作为历史成果，总体、理性都必须积淀、保存在感性个体中。"（李泽厚《批判哲学的批判》）重视个体价值是启蒙主义的一般规律。龚自珍不懂得这个道理,但贴近了这个规律。

改革人才是他的理想人格之一。他称赞王鼎童心不泯、"有血性",希望他"整顿焕精彩","力力持朝纲"。但《鸿雪因缘图记序》中赞美的"谈笑生风雷"之士,是又"汪洋淡涵,冲乎夷易,使人不见驶疾惊骇之迹"的。他景仰麟庆"无亢厉之言,有回翔之态",希望他"焕发士大夫之耳目,以振厉一世"。他理想的人才必须"出乎史,入乎道",他尊史尊到了老聃那里(《尊史》)。他在《平均篇》中把"统之以至淡之心"作为治理国家的一个原则。所有这些,都体现出一种新的儒道互补:把儒家的用世热情、政治哲学作为"手段"工具理论用于进取改革,把道家的人格——心灵哲学作为目的理论用于精神超越、人性复归。这些思想统一于挽颓波、挽颓心、改革现实的努力中,又在进取中有一种超越精神,有一种目标感,不但逼近自己的理想社会,也逼近于自己的理想人格。正是这种一贯的思想,使他在《尊隐》中从社会改革的想象跳到人格理想上,提出了"无待"的绝对自由的"纵之隐"的最高人格理想。它胜过"犹有待"的"横之隐"(治世人才)。我们前面勾勒的龚自珍的本体论、认识论、人性论中对人的价值、主体性的功能的过分强调,对"性"的独立的多方论证,都成了"纵之隐"可以"无待"的理论基础。"我向何处去"的问题得到了最后回答:复归到绝对独立自由、"无待"的"我"的本性中去,从而获得无条件的精神自由,臻达"其心郎郎乎无滓,可以逸尘埃而登青天"的童心境界,获得一个完整的自我。自由依然是目的,而且最绝对的自由是最终的目的。尽管因要求绝对而荒谬,但荒谬下面的个性、自由的感性冲动体现着历史的必然要求，并不荒谬。

如何达到"无待"的"纵之隐"境界？龚自珍并没有具体明确的回答。然而，依据他心理结构的稳定的追求个性、自由、解放的指向，实现这个目的，完成这个目的论体系的中介，既不是历史（历史的发展前景已在他的视野中中断），也不是正统道德（"余生疾周礼"）。他正在反叛着桎梏人欲的以周礼为典则的封建道德，又没有也不可能有新的道德体系，而是在美感的自由境界中、美的创造中实现完整的自我。通过个性的自由解放，而不是个性的消泯（不同于庄周的"坐忘""心斋"的"吾丧我"），我回到我中去。这是我在他的目的论前面冠以"美学"二字的原因。

所谓在美感中、美的创造中实现自我复归的目的，就是在这个过程中超越了现实束缚，达到"其面目也完"的境界。它是通过情感宣泄达到的塑造新感情的"完"，是通过情感升华达到的境界。

王元化研析了龚自珍有关情的论述后，说龚自珍的"'情'就是反封建束缚要求个性解放的'自我'"（《龚自珍思想笔谈》，详见《文学沉思录》）。这也是因为龚自珍一系列尊情言论，都是由于那个自我的发动。"宥情"是"尊心"的必然逻辑延续。情又是唯一在现实（历史）与目的联系的中断处可以将自我引渡到目的的彼岸的力量。

"情孰为尊？无住为尊，无寄为尊，无境而有境为尊，无指而有指为尊，无哀乐而有哀乐为尊。"（《长短言自序》）这是对审美情感的精湛把握。"无境""无指"是没有明确具体目的，无功利；"有境""有指"是合乎目的。因其无目的、无功利而超越现实的有限性而自由；因其有功利、合目的而可以合规律。龚自珍认为，这种无目的而又合目的，超功利而又有功利的情感为"尊"。然而，又有"道"与"非道"的区别，"凡声音之性（指情），引而上者为道，引而下者非道，引而之旦阳者为道，引而之于暮夜者非道；道则有出离之乐，非道则有沉沦陷溺之患。"（《长短言自序》）这个"引"是在"情畅"过程中的自我超越，是从个人的沉重的自我中解放出来，扬弃自身的异化，从狭隘的一己之我中走到自由解放的美的境界，复归人的本性目的。"引而上"就能合目的合规律。这个"道"的实质内涵是与社会总体统一。"旦阳"意象，是阳刚剑气、进取精神的象征，与"沉沦陷溺"相反对。这个"旦阳"境界，不是他"疾之甚深"的衰世，而是他"伐鼓撞钟"、呼唤风雷的改革行动。他本人，于此境界"住也大矣""寄也将不出矣"！正因此，他宥情不是为退避逍遥，而是为了个性、自由、解放这一历史必然要求的实现。

缘此，他在表现情感、塑造情感的诗歌创作——美的创造中强调"诗与人为一，人外无诗，诗外无人，其面目也完"，就不仅仅是在强调真诚、人品与文品、一般意义上的创作个性。"心迹尽在是，所欲言者在是，所不欲言而卒不能不言在是，所不欲言而竟不言，于所不言求其言亦在是"（《书汤海秋诗集后》），是强调诗人在表现情感时要投入一个完全的我。在美的创造中全面地张开自己的个性，从而实现一个完整的自我。这倒与黑格尔的"艺术对人的目的是让他在外界寻回自我"的观念相一致。今道友信也说过类似的意思："艺术是把确立完整的人格这个科学无法完成的任务，作为目的的。"（《关于美》）龚自珍这种把艺术创作与确立主体性联系起来的美学思想是正确而深刻的。这个"完"与"无待"的"纵之隐"是一致的，其思想实质与"纵之隐"的要求个性绝对自由的深层含意是相同的。"纵之隐"飘浮在抽象思辨的高空，个性全面伸展的完人则是充满血肉的现实要求。其实，"纵之隐"也不是绝对空洞的抽象，不是无知无欲的混沌体，不是"致虚极，守静笃"（《老子》第十六章）的清净、虚寂。相反，充满了大忧、大患的淑世悲怨。只是因其"无待"，绝对独立而到了头，到了目的论的终点。

我们前面突出龚自珍美学目的论的追求个性解放这个最本质的内在主线，因为它确实是最根本的，而且也是最有价值的。

这个美学目的论不仅是他心理结构的理性图式，而且也与他感性情感的波动的轨迹实质相当。"岂不知归，为梦中儿"（《黄犊谣……》），他的超脱归隐中有复归童心的动机，又在追觅童心中激发了"狂言重起"的力量。童心是终点又是起点，而且童心的实质决定了他一生的追求，也决定了这个目的论体系的行程。

龚自珍的心理结构和美学目的论的卓异之处在于：处在现实与理想断裂的状态，既追求个性解放，又自觉地要与社会总体相联系。不是狭隘片面地以自己的性灵为中心，又不窒息个性、归于载道，而是在复归本性目的时与社会发展的总体规律保持一致。

龚自珍悲剧心态的成因

构成龚自珍悲剧心态的一个根本"事素"（爱因斯坦常用的表达"主客观综合而成的因素"的概念）就是过渡性。这当然太笼统，历史上任何文化人物的悲剧几乎都导源于过渡性：新旧嬗变、文化断裂、进退失据，历史的必然要求又不可能实现等。几乎可以说，过渡性是人这个"类"的宿命的悲剧。那么具体地说，龚自珍的过渡性首先是来自他生活在一个旧"时代中心"失去了"中心"威力，而新"时代中心"又还未能作为一种"中心"出现的时代。

时代中心的思想是列宁在《打着别人的旗帜》一文中提出的，对于认识大转折时代的历史极有指导意义："这里谈的是历史上的大时代，无论过去或将来，每个时代都有个别的、局部的、时而前进时而后退的运动，都有脱离一般运动和运动的一般速度的各种倾向。我们无法知道，这个时代的某些历史运动的发展会有多么快，有多么顺利；但是我们能够知道，而且确实知道哪一个阶级是这个或那个时代的中心，决定着时代的主要内容、时代发展的主要方向、时代的历史背景的主要特点等。"（《列宁全集》）我认为列宁是用有时代中心作"区别不同'时代'的基本特征"的标志的含义。

龚自珍生活的时代，中华民族进入了痛苦而庄严的蝉蜕期。

萌芽状的资本主义生产方式、社会心理与腐朽的封建专制制度在历史深层进行着斗争。尽管封建王朝依然摆出肃穆堂皇的排场，仪制、圣谕、进贡皆按祖宗旧例，然而其根基已松动，其上层已腐败，这个大结构中的经济、政治、意识形态三个子结构已经失调。经济、意识形态领域都在发生着新变。唯有政治依然以封建专制的面孔自信地蔑视着这种新变。然而，它无力扭转乾坤。它的统治机能不以人的意志为转移地松弛软弱了。梁启超说："嘉道以还，积威日弛，人心已渐获解放。"（《清代学术概论》）封建专制已趋于解体，它不能照旧统治下去了。它即使自动变法，也很难统治下去了。因为已进入世界资本主义时代，封建专制的自身机能已经彻底腐烂了，除非进行彻底的革命，才能继续充当决定"时代发展的主要方向"的时代中心。当然，它不可能进行这种革命，它如果进行了这种革命，也就不再是地主阶级，而是民族资产阶级了。根源在于尽管封建制度的母体内产生了资本主义萌芽，从而在意识形态中出现了微弱的思想解放的呼声，但这萌芽由于封建社会宗法一体化结构的强控制特点，不能使资本主义萌芽由分散结合为一个整体。本来可以使资本主义因素结合成整体的城市却是封建国家政治、经济、文化的中心（与西欧不同），它不能结合成一个整体就更不可能在原有政治结构、意识形态结构中产生自己的代表。反过来，没有这个有力的反馈，资本主义萌芽越发难形成一个整体，不能产生真正的资本主义的原始积累，也就产生不出资产阶级。

时代没有中心，却使龚自珍意识到了自我，我们今天看来，这个自我是近代史的时代中心——民族资产阶级的精神上的胚胎。而他根本不可能理解这点，而且由于"外桎梏""内桎梏"的扭曲匡削，他还时时克制压抑着这个自我。但他在内心的情与理的矛盾中，感应到"前面的声音叫我走"，感到"还是走好"（鲁迅《野草·过客》），"返听如有声，消息鞭愈聋。死我信道笃，生我行神空"，勇毅地朝前探索。他以其自我的情感方向、力量和对衰世的批判成为封建社会终结、近代史开端之际的第一个"过客"。踏出了一条"似路非路的痕迹"（《过客》）来。是一种"艰难的美"，有一种英雄主义的崇高感。

然而，先醒的他却处在"东，是几株杂树和瓦砾；西，是荒凉破败的丛葬"（《过客》）中，"适野无党，入城无相，津无导，朝无诏"（《纵难送曹生》）。"按剑因谁怒，寻箫思不堪"是揭示他心态的典型意象，他总感到："幽绪不可食，新诗乱如云。鲁阳戈纵挽，万虑亦纷纷。"（《观心》）在这种"为之，且左右顾视，践践而独往"的境况中，难免"其愀然悲也夫！其颓然退飞也夫"（《纵难送曹生》）。但他又坚定地表示："寄言后世艰难子，白日青天奋臂行"（《呜呜硜硜》），他本人却又常常"中夜起，弹琴对烛神踟蹰"。这种探索中的彷徨与呐喊相间的迷惘，又有一种深刻的悲剧意蕴。

这都是导源于那个时代需要新的中心，又没有这个中心。没有时代中心，他即使"引而上"也感受不到和"道"的统一，确立不了新的理性、新的价值标准。他也便感觉不到探索追求的价值："纵使文章惊海内，纸上苍生而已。"让他从政，三十八岁由内阁中书派知县，四十六岁选湖北同知，却"厌其俗吏生涯"并不赴任。以史家自命，却又"网罗文献我倦矣"，认为"此是借琐耗奇法"。如此等等，不一而足。"种花总是种愁根，没个花枝又断魂"（《昨夜》），追求什么总有什么的苦恼，不去追求心灵更无着落。在迷惘中自豪，在自豪中迷惘，难耐前驱的孤单与荒凉；狂放叛逆产生了新的追求，在旧体系中产生了离心力又无所适从："天步其艰哉！""出门何茫茫！"

如果说彷徨是探索的顺方向的必然现象，那么以旧的理性结构匡削自我的感性冲动则是逆向的，也是必然的。二者虽都根源于没有新的时代中心，都有悲剧意蕴，实质却有差异。

任何悲剧都以一种觉醒为前提，都意识到与"外桎梏"的敌对和摩擦。如果有"心力""中实有主"，便会在侮辱面前高大起来。龚自珍有时就能高大起来，表现出一种"有质的高贵感"的幽默："守默守雌宜努力，勿劳上相损宵眠。"（《释言四首》）龚自珍在《伫泣亭文》中认为"今人误指中行为狂狷"（见《定庵先生年谱外纪》），并不认为有"守默守雌"的必要，只是那些乡愿之徒，把"中行"指为"狂狷"而已。

然而，当那旧的既成的理性转化为一种内桎梏，积淀为一种无意识时，便使他丧失了判断是非的正确标准，作了旧理性的俘虏，与他真实的有价值的自我形成"心灵的差异面"，使他陷入"冲突与消耗的精神分裂之中"（朱光潜《悲剧心理学》）。这种内桎梏的内涵是已成为集体无意识的封建正统思想，其外延极为广漠，包括所有的旧理性结构的价值观念，它们在龚自珍心理结构的伦理、认识结构中顽强地潜存着，限制他进行新的信息选择，与美感培植起来的自由意志、自由感受、自由直观构成潜在的对峙，割裂了叛逆的自我与呼唤改革的联系。自我脱离了与社会总体发展方向的联系，便陷入目的述乱，陷入苦闷与彷徨，放浪形骸便成为自然而然的归趋。《射鹰楼诗话》载：他"中年以后，博弈好饮酒，诸事俱废"。内桎梏使他脱离叛逆轨道、放弃社会历史责任，从而使他颓废靡弱，这带给他的精神的斫伤与侵蚀是无法估计的。这种由内桎梏造成的背离时代方向的东西与那顺应时代的自我构成悲剧性的消耗，使他像米开朗琪罗画的《创造亚当》：人虽然觉醒了，却还不能站起来。也像米开朗琪罗的《被缚的奴隶》：一个雄健的壮汉被束缚，在期待着解放，进行着挣扎。

最为致命的内桎梏是他那根基于阶级本性的自觉地"为一姓劝像"的观念。这一点严重限制了他的思想高度，使他在政治、经济，甚至伦理道德诸多方面还是个"补天"派。与他感性情感的叛逆冲动及源此而产生的"主干逆"的思想构成不包容的两极。他对新的时代中心的追寻与贴近，主要依靠感性动力。一旦内桎梏匡削了这种感性动力，他的思维就与旧的信息系统发生顺应性的运演。这形成了他扭曲的心灵、扭曲的思想体系。这突出地表现在他建设性的构想中，即他自称的"只贩古时丹"的药方中。宗法、限田只是陈旧的复古空想，越级升擢、整治贪污、废除跪拜、大学士到堂看本等只是相当枝节的补救改良措施，没有什么重要的内容，仅有极可怜的积极意义。没有了他批判时政、揭露弊端、嘲讽官僚体系中体现出的人文价值了，只剩下一个封建廷臣的苦口良言和封建主子也不会满意的空想。

他的心理结构的建构不是单向度的。他的早期经验，不仅培植了他的童心，也培植了他的宗法和基于此的各种封建观念。我们突出他的童心，是因为正是这点使他与封建经生、儒生相区别，使他有了新质，构成他最有价值的方面。其实，如果从量上看，他更多地与那个宗法大一统社会血肉相连。"八岁，得旧《登科录》读之，是搜辑二百年科名掌故之始"（《己亥杂诗》自注），这种早期经验使他"年华心力九分殚"于科名功令，固然社会结构的规定是个重要方面，他本人热情极高却也是事实。他一方面抨击科举，痛骂考官，另一方面又确确实实地参加乡、会试八次，并曾因屡试不第而痛哭。他一生难忘外祖父段玉裁之"努力为名儒、为名臣，勿愿为名士"的规勉。他二十三岁随父在徽州，参与《徽州府志》的撰写，任"甄综人物，搜辑掌故之役"，主张"立传宜繁不宜简，冀表章忠清文学幽贞郁烈之士女""又创立氏族表，其义例曰：载大宗，次子以下不载，次子之子官至三品则书，其有立言明道名满天下则书"。吴昌绶说："先生平生持论，特重宗法，此其一端也。"（《定庵先生年谱》）

宗法，作为封建制度的基本结构特征，深深嵌入龚自珍心中，内化为一种稳固的理性图式。在他不是无法突破的问题，而是力求其稳固的问题，呼唤风雷的力作《尊隐》就同时以宗法和人才为衡量治乱兴衰的标准。《尊隐》以三时橐栝三世，"早时"："天下法宗礼族归心""大川归道"；"午时"："天下法宗礼族修心"，把"法宗礼族归心"作为治世、升平世的突出特征。他认为宗法是社会结构和伦理关系的起始和基础。"礼莫初于宗，惟农为初有宗。""农之始，仁孝悌义之极，礼之备，智之所自出，宗之为也。"（《农宗》）礼乐刑法都是以农宗为起始的宗法产生的，宗法是国家组织的核心。他想通过强化宗法的组织力量控制土地兼并，"试之一州，州蓬跣之子，言必称祖宗。学必世谱牒。宗能收族，族能敬宗"，犯上作乱者便"鲜矣"，"农宗与是州长久"；试之于国，则大局稳定，封建制度长存了。他自称"龚子渊渊夜思，思所以撙简经术，通古近，定民生，而未达其目"，拈出"农宗"便"达其目"了（《农宗》）。其实，这是从孔子到张载的《西铭》的一贯思想。时至十九世纪上半叶，这套"古时丹"，没有了"民胞物与"（《西铭》）的民本主义的温情，倒充分暴露出龚自珍"为一姓劝豫"的耿耿愚忠。无论其目的还是其措施，都无足取。这与他的自我的情感方向、美学目的论所渲染的人生相去不以道里计，但它却是龚自珍建设性改革方案的核心。

"引起种种痛苦的是古旧的老朽的生产方式的残存，及由此引起种种反时代的社会关系和政治关系。我们不仅为生者所苦，且也为死者所苦，死者拉住活者。"（马克思《资本论》初版序）这是对任何过渡时期都适用的思想，"放之四海而皆准"。旧有的一切以巨大的惯性桎梏着龚自珍。龚自珍难能可贵的是没有被彻底扭曲湮灭。他的童心——自由的感性动力，他的"自尊其心"、强化"心力"的狂放的主观战斗精神，使他感应时代意向，呼唤新的时代中心，走上叛逆之路。挥动批判之斧砍封建社会这株老树，然而他又历史必然地坐在老树之上，使他不可能也不愿意砍倒这株老树。

这是自由与必然的冲突，又是以自由没有克服必然为结局的悲剧。这悲剧充分揭示了现存制度已完全丧失了合理性，它的现存性就是"向全世界表明旧制度毫不中用"，它腐烂到连"自改革"的魄力和自信都丧失殆尽。"只是想象自己具有自信，并且要求世界也这样想象"，以王朝的尊大掩饰其崩溃的恐惧，以扼杀改革要求显示自己的强大、威严。其实它已完全进入了"世界历史形式的最后一个阶段"，是"真正的主角已经死去的那种世界制度的丑角"，是幕现存性与现实性彻底背离的喜剧。进入喜剧阶段的历史却可以轻而易举地制造无数个龚自珍式的悲剧。这是个"历史谬误"

（引文见《马克思恩格斯选集》），是以个人悲剧形式展示的历史的喜剧。

复杂而有意味的是，龚自珍悲剧的深度不在于"长安献策不见收"、终生沉落下僚这一境遇事实上，而在于封建制度的现存性成为他主体结构的必然性，外在的历史结构转换成内在的心理图式。龚自珍以其呼唤风雷的意象，活在今天。

桑塔亚纳说："悲剧所具有的主要魅力之一，就是暗示如果不是悲剧的话这些将是什么样的人物。"（乔治·桑塔亚那《美感》）龚自珍因其悲剧确立了在人类精神史上的地位。

转变美学传统的崇高风格
——论龚自珍的新体诗

  我认为中国的诗歌在龚自珍之前是"原始意象派"为正宗的时期，即以"立象尽意"为标准。龚后直到五四运动前为浪漫主义初期，激情加议论是其总的特征。从郭沫若到"新时期"前是激情加想象的成熟浪漫主义阶段。新时期以后新诗的美学原则基本上是创作主体自由地表现感觉、直觉的"新意象派"。这里体现出一个正反合的过程（当然有交叉和重叠），每个过程的出现都是必然的。我不是根据社会学的分期来硬套，而是从意象组合原则这一形式结构的变迁来作如斯判断。

  文学艺术的形式结构根因于创作主体的心理结构，而创作主体的心理结构又根因于一定的历史结构。在漫长的封建专制的社会里，政教合一的官僚体制、文化体系限制了士子们思维模式的开拓，匡削着他们内在感性情感的个性和自由，使他们的审美感觉也一元化起来。仅有的诗风的嬗变、诗派的标立是与那么漫长的历史不相称的，而且其美学原则基本上都是"立象尽意"，不管是由心及物的"比"，还是由物及心的"兴"，都是一种审美主体没有获得内在自由的原始的意象契合，从理论到实践都在追求这个标准，是没有真正的主体性的。在这种审美规范占统治地位的几千年的诗史中，除了历代评点者盛赞的"无我之境"的意象诗外，就是以"隶事"为特征的古典现实主义（如白居易）和还在封建体系内没有根本冲突的不追求新理性的"无抗争的崇高"的古典浪漫主义（如李白）。总的特征都是审美主体消融在客体中的和谐原则，没有真正意义的高扬主体性的崇高美。

崇高的表现必须依靠浪漫主义，而真正的浪漫主义是世界史进入近代时期的产物，它的基础是近代意义的人格独立。龚自珍所处的时代，一切都孕育着新变。在传统文化将发生第一次质的裂变的前夕，先醒的龚自珍"于无声处"感应了时代深层意向的萌动，首先在感性上与正统观念发生了倾斜和叛离。这新感性一方面积结升华为具有近代意义的哲学思想，另一方面积淀到审美感觉中，与旧的审美规范发生了明显的断裂，以其崇高的美学特征打破了传统的以和谐为标准的古典美学原则，带来了中国诗歌的新变。

这种新体在形式上的突出而根本的特征，简言之，以意取胜、直接抒情。直呈情理合成之意团，感性知觉表象只成为背景或触媒，不再化情为景、立象尽意，而以意超越象的明锐抒吐为胜。

> "绝域从军计惘然，东南幽恨满词笺。一箫一剑平生意，负尽狂名十五年。"（《漫感》）"沉沉心事北南东，一睨人才海内空。壮岁始参周史席，髫年惜堕晋贤风。功高拜将成仙外，才尽回肠荡气中。万一禅关砉然破，美人如玉剑如虹。"（《夜坐》之二）

不但没有情景交融，而且独体意象也是一种象征（如"一箫一剑"）。没有反映现实实有具象的感性知觉表象，而是一种无表象情感形式。直呈报国热情无由实现的满怀幽恨，从西北到东南的大跨度的想象，表现着幽恨的强度。从自己一剑一箫的情感倾向到大半生的经历、感慨，不是靠表现细节感受来传达，而是把它抽象直陈。既不"隶事"，也不推理，是用情的动荡及其延伸了的"浮想联翩"交织成一种情绪张力，构成一个整体的情绪意象，也就是说，直到意象中力的强度与情感的力的强度大体相当为止。

龚自珍绝大部分诗作都是这种意象组合原则：主体高扬，意胜于象。虽不情景交融，依然气韵生动，以整体的情绪张力获致审美效应。他的词作，凡主体不高扬的几乎都在古典和谐标准范围内，如一些凄迷的恋情辞章。而激情凌厉时，就不假物象，以内在情感的直抒为快："客气渐多真气少，泪没心灵何已？千古声名，百年担负，事事违初意"（《百字令·投袁大琴南》）；"屠狗功名，雕龙文卷，岂是平生意……怨去吹箫，狂来说剑，两样销魂味"（《湘月》）；"纵使文章惊海内，纸上苍生而已"，等等。

他的以意取胜不但不同于以往的"无我之境"，也不同于以往的"有我之境"，实际是走上了一种以自我为支柱的抽象化道路。但不是概念的排比，而是在情感表现中将美感、人生经验化为有哲理意味的吟咏："廉锷非关上帝才，百年淬厉电光开"；"情多处处有悲欢，何必沧桑始浩叹"。常常直接传达自己的人生哲学："多识前贤蓄其德，莫抛心力贸才名"；"勇于自信故英绝，胜彼优孟俯仰为"；"寄言后世艰难子，白日青天奋臂行"。这虽然是一种人生哲理，但因其有着强烈的情感力度，而仍然是一种情感的表现性形式。尽管它作用于我们的理解胜于感受。

这与内容尽在形式中，内形式（意的内在联系）被外形式（知觉表象）所取代，二者合而为一的古典和谐美学原则的意象组合，有了根本不同。"香稻啄余鹦鹉粒，梧桐栖老凤凰枝"（杜甫），"沧海月明珠有泪，蓝田日暖玉生烟"（李商隐），岂止意在象中，且以其象的绝对优势，使意极为飘忽，引起注说的纷纭和"无人作郑笺"的感叹。

龚自珍的意象创造，以对表象系统的舍弃、忽视，以意向信息的力度的直接表现为特征。形式的象处在明显的被超越的地位。"一箫一剑平生意"的箫、剑，不是鹦鹉低啄似的感知表象，而是一种忧国叹己的哀怨幽情和更图变法的雄心壮志。对杜、李诗句的欣赏停留于象的玩味，对龚的诗句的赏析必须深入为一种理解，"因此，用来表现的形象就被所表现的内容消灭掉了，内容的表现同时也就是对表现的否定，这就是崇高的特征。"（《美学》）

成为新体的突出特征的还有格律方面的自由化。龚自珍在意象创造中表现出对格律的明最为忽视："登乙科则亡姓氏，官七品则亡姓氏。夜奠三十九布衣，秋灯忽吐苍虹气"，"癸秋以前为一天，癸秋以后为一天；天亦无母之日月，地亦无母之山川。孰赢孰绌孰付予？如奔如雷如流泉。从兹若到岁七十，是别慈亲卅九年"，还有什么"一客高谈有转轮，一客高谈无转轮"等，完全从格律的束缚中摆脱出来，完全是随兴之所至。他因此受到讥评，李慈铭说"其诗以霸才行之，而不能当家"，谭献说"诗侘傺旷邈，而豪不就律，终非当家"。但都承认这是才霸情豪所致。的确，他的创作完全随着情感的变化而"如奔如雷如流泉"、变化恣肆、不拘一格。这是追求"横放杰出"的自由精神所派生的自由化的形式。虽然是琐碎的细节，但体现着摆脱定性的崇高特征，而且是"诗界革命"形式变化的一种准备。

崇高的风格产生于需要崇高的时代精神。在那没有决定历史发展方向的时代中心的时代，龚自珍在呼唤着新的力量。龚自珍的审美感觉已发生了质的更新，已经从传统的程式化的审美规范中脱离出来，摆脱了过去创作主体缺乏内在自由而呈现出的对外在客体的依附，忽视知觉表象，放弃对物象的耐心地"熔裁"，追求超越感觉的内容，意向直陈，理性的观念和热烈的情感起着主导作用，突破了审美主体与客体完全同一、意象契合的古典和谐美学原则。在这意象组合原则变迁的背后是感性的更新，是伴随着启蒙思潮的理性倾向而必然产生的。审美理想的直接表现占优势的浪漫主义美学原则的诞生，是资产阶级诞生前的时代精神的一种凝结，具有严格意义的崇高特征。正因为它具有这种内容和品格才形成对清王朝诗坛上种种复古主义和所谓形式主义的反拨和扫荡，而且是对一直作为正宗的古典和谐美学原则的挑战。

古典和谐美学原则基于和解意识。这除了没有新的经济因素、专制政治否弃个人权利、科举制度吸引知识分子加入宗法一统化的官僚体制、森严的礼法对人的扭曲桎梏外，作为中国哲学基本精神的既不舍弃感性生命，又要将它引向一个外在目的，超乎感性的，强调人与人、人与自然和谐统一的天人合一思想，起了精神上的疏导引渡作用。儒家的美善系统、道家的美真系统都是在追求主体的人与外在的实体目的的合一（天人合一），或把伦理的善作为实体目的，或把自然之真作为实体目的。总是把主体意识引向外在的最高境界，这个特点浸透在意象创造上就表现为黑格尔准确概括的那种"不可分割的内外统一的情境"。就是审美主体——情与审美客体——景的交融统一。总是在知觉表象中浸透着创作主体的情感，如果舍象呈意，便是"直露"，强调的是表现与再现同体、抽象与具象的合一，意与象的契合无痕，含蓄成了正宗审美规范。正如天人合一是朴素的人化自然思想，其逻辑结构的理论意义对探索今天和未来的哲学发展具有极大的启发意义一样，"情景交融"的美学原则，不仅启发了庞德意象派的创立，而且对中国新诗的发展依然具有指导意义。但这却是经历了"反"之后的"合"，经历了否定之后的肯定。庞德之前的"反"是西方制度、心理、美学品格对中国古典美学原则的天然的"反"，而中国，历史安排龚自珍以崇高浪漫风格充当了"反"阶段的开风气的大师。

首先，他那个与现实无法和解、追求新理性的自我，那个充满斗争、冲突的心理结构松动了古典和谐意识的根基。而且，追求新理性必须靠心力高扬自我，而不是消泯自我，并且只有在美文学的创造中才能彻底实现这种高扬，创造一个"其面目也完"的自我。这就使他必然开创新风格，确立意象组合的新原则。

其次，这也就必然形成了与立象尽意的含蓄规范的对立。所谓含蓄是在利用语言的表象性、半透义性，造成更丰富的暗示性与启发性。在诗中往往是化情思为景物表象，在有意味的表现中具有了一种朦胧而又开放的审美益处，是靠言外之意、象外之象的设置建立一种多一对应关系：言不尽意，建立一种审美诱导性。归宿仍在对意的感受、把握。因为真正的审美打动，不在朦胧含蓄，而在朦胧含蓄中的情意对接受者审美心理结构的作用。而优秀的以意胜的意象，却是对言外之意、象外之意的直接逼近，意超越象而直接形成情绪张力，意更突出，而且突出是强悍而不是裸露，依然有种言不尽意的感觉，依然具有审美诱导性。龚自珍的诗文因其朦胧而难懂，这似乎是公认的，但那是意中理的不明确，其意——情感形式是强悍的，以尖锐磅礴的情感气势直接撼动读者，有强烈的审美效果，也是公认的。龚自珍的诗文在晚清、五四运动时期获得普遍的喜好与共鸣便是证明。鲁迅的诗作也属于这种美学品格。事实上，龚自珍之后，意胜象的组合原则已成为占主导地位的美学规范。今人的一些格律诗词几乎都失去了唐诗宋词之风味，而属于这种美学原则的范围之内。

固然，从意象组合技法讲，舍象陈意并不从自珍始，几乎是每一觉醒时代诗的特征。《诗经》不乏以意胜的佳篇佳句，成为先秦理性精神的一种见证。魏晋时期出现了社会性的对人自身的反思，出现了空前的思辨风尚，出现了"人的主题""文的自觉"的盛况。《古诗十九首》，阮籍、嵇康的诗，都是优秀的以意胜的佳构。刘勰说的"秀"就是对这类意象组合原则的概括。唐代被西方人誉称为意象的世界，以意胜也是意象构成的一格，表现出情感外露、强烈、激动的特色。但它始终没有成为主导倾向，没有变成社会性的风尚，没有成为正宗。而正宗的意象契合，情景交融、内容尽在形式中的和谐，已在唐朝发展到极致，并孕育着新变。韩愈开启了宋诗的先声。叶燮说："韩愈为唐诗之一大变。其力大、其思雄、崛起特为鼻祖，宋之苏、梅、欧、苏、王、黄，皆愈为之发其端，可谓极盛。"（《原诗·内篇》）李泽厚在《美的历程》中将韩文列属盛唐之音，把"孤僻的、冷峭的、艰涩的韩诗"作为中唐开始出现的具有"时代、阶级的特定深刻意义"的"兼济"与"独善"内在矛盾的表征。而苏轼把"中晚唐开其端的进取与退隐的矛盾双重心理发展到一个新的质变点"。我认为这种矛盾是封建社会中个体与社会总体开始分离这样一种初步的精神解放,包含着长期囿于封建统治思想的士子们回归自己本体的觉醒因素。这是苏轼议论并影响形成宋诗"主议论"特征的内在原因。也是宋诗得到公安派鼓吹提倡、在清朝影响深入的原因,因为宋诗符合了日益深化的那种"内在矛盾"的心理结构。尽管宋人或清人并不都像黄庭坚、陈师道那么狂狷孤傲、反对流俗,也许很正统,但这种深入感性的审美趣味,往往在不自觉中显示着它真正的逻辑进程。提倡童心的李贽,强调"独抒性灵"的公安派的创作都没有主动归趋于正宗古典和谐标准,都是"信腕信口""不拘格套"的。他们是龚自珍的前驱。惜乎其不以意胜,很少情韵。没有情绪张力,未达意象水平,由于个性解放的感性冲动微弱,意不强悍、内容狭小、风格轻俏,几等于宋诗的以理胜了。人们都谈宋诗的"理趣美",所谓"理趣美"就是以其表达理性的机巧吸引人。当然其中也有情,只是被理所掩而已。宋诗其病不在议论,杜甫也议论;也不在散文化,庄周、韩愈的文章本身就是议论散文,而依然以其"浩荡""峻峭"之特定的情绪张力具有不朽的艺术性能;而在于它们说理直白、情不胜理。诚如《沧浪诗话》所云:"本朝人尚理而病于意兴。"沈德潜也指出"宋诗发露","发露则意尽言中"(《清诗别裁集·凡例》),没有龚诗那种审美诱导性。关键在于龚诗是以情理交融的意胜,而宋诗是以理胜。这里除了艺术在进化这个必然规律外,除了宋人与明人没有龚自珍这种感性冲动和与之相生的强悍的朦胧意绪这个历史必然外,还有个人才华的偶然。

简括的史的主线的回顾（有偶然、有细枝末节的例外）表明，以意胜的形式植根于觉醒意识，植根于一定的主体精神的独立自由。如果说，龚自珍之前，它闪闪烁烁，由于种种原因未成正宗规范，那么伴随着龚自珍的光辉建树（他自然吸收积淀了以前的成果），它终于成为正宗，并成为一种稳定的审美机制范导着后人。

这里，意象结构与历史结构之间的中介依然是心理结构。中唐以来的那种内在矛盾，随着社会矛盾的变化，到龚自珍时期已由心理性格显现为一种政治上的分化，出现了抱残守缺与"思乾坤之变"的两派。龚自珍虽率先突起，"一虫独警"（程秉钏语），但因其不是个人的偶然而是一种历史必然运动而拥有同路人。一时间群星灿烂，出现了林则徐、黄爵滋、姚莹、魏源、汤鹏、包世臣、张际亮等"思乾坤之变"的政治家、思想家和文学家。他们是龚自珍的师友和同志，他们同气相投，情谊甚深。他们下笔为诗，一反"模范山水，觞咏花月"的"才人之诗"和"其心归于和平""其性笃于忠爱"的"学人之诗"，而以其爱国热情，"幽忧隐忍，慷慨颓印"，谱写出"志士之诗"（张际亮《答潘彦辅书》）。在追求个性解放上，他们根本不能与自珍比，他们几乎没有这种自觉追求。不过在感性情感形式的表现中，他们依然共同体现着以意胜的原则。魏源发出"何不借风雷，一壮天地颜"（《北上杂诗》）的呐喊。与龚自珍颇有交谊、很有爱国热情的张维屏也朦胧地意识到除旧布新的时代要求："造物无言却有情，每于寒尽觉春生。千红万紫安排着，只待新雷新一声。"（《新雷》）这里的"风雷""新雷""千红万紫"固然是"象"，但不同于"两个黄鹂""一行白鹭"的对客体的审美的知觉表象，而是一般表象，如同龚自珍并不真挥剑、吹箫一样，而是种主体情绪的对应形式、情绪意象。主体之意，溢出这一表象，让我们直接把握到其呐喊的明锐与力度。依然是一种以意取胜，它之所以成为一代之音，是因为那个时代志士的心理结构具有共同的特征、共同的意趣。而成就高下，又是由于个体心理结构的差异。龚魏齐名是政史见解、学识方向上的齐名。由于魏更是清醒型的，理智居帅位，使他在文史研究上超出自珍，他的哲学论文逻辑严密，而没有龚那股奇气（奇气来自情感）；他在政见上比自珍更深刻，尤其是"师夷之长技以制夷"的思想影响甚巨。我认为，他极可能受龚"以外夷和外夷"（《与人笺》）的启发，尽管龚说的是青海事。但魏源毕竟是个正统改革派，没有龚自珍那种个性解放的追求和朦胧意绪，魏源的诗几乎都质木枯淡、抽象沉闷，以史入诗，以诗为史疏，殊不足观，史料价值大于艺术魅力。

以意胜的崇高美学原则取代意在象中的古典和谐美原则成为正宗的普遍的规范是一种变革。龚自珍以其独特的心理结构成为这一变革的领袖。这一变革以运动的形式出现是"诗界革命"。而龚自珍是他们的天然导师和鼻祖。他们在字、词、句甚至标题上对龚作的袭用，既表明了这一点，又是显见和次要的，最主要的是他们在意象组合的法则以至于具体角度上完全模仿着自珍。整个近代文学的诗作都前进在龚自珍开辟的道路上，用最简率的语言说，就是他们用情理交融代替了古代的情景交融。

龚自珍新体的意义就在于它揭开了全社会的审美感觉更新的序幕，全面打破了已被神圣化的审美规范，基本上改变了审美主体与客体关系的总趋势，从审美感觉这个层次上带来了主体的解放。

鲁迅对中庸艺术的剖析

　　鲁迅先生是"人的伟大灵魂的审问者"，他毕生致力于刻画"中国向来的魂灵"。他那犀利的剖刀常常切在中国传统文化精神向人生落实时形成的一系列价值观念、秩序制度、风俗习惯、文化心理上，以其常取类型的杂感，穿掘出诸多社会相，那诸色相有一个共同特征便是"做戏"——一种冠冕堂皇的欺骗，如流氓们欺人，又都无不合乎圣贤经传。当然，这种合乎也要靠做戏，而形形色色的做戏能够存在，戏法能够花样翻新地变下去，也证明着圣经贤传确实起着某种土壤和基因的作用。儒家的中庸与道家的混沌被那些"虽挂孔孟门徒招牌，却是庄周私淑弟子"的劳心者流"互补"出一个不偏不倚与唯无是非相混合的"两面光"的开放体系，这个体系以"时中"为目的，这也便规定了以"权"与"无可无不可"为基本法则。于是使得"国人的事业，大抵是专谋时式的成功的经营，以及对于一切的冷笑"（《鲁迅全集》。本文中以下引文均出自此书，不再标注）。这冷笑是渊源于"持中""中立"的，而那经营便为达"时中"之目的，而"随时制宜，折中至当"地扮出需要的脸谱，一会儿是"玩笑旦"，一会儿是"二丑"。鲁迅撮其精神概括为"男人扮女人"，男人看见"扮女人"，女人看见"男人扮"，两面光滑深得中庸真谛。而中庸也就这样由哲学变成艺术了，成为"我们中国最伟大最永久，而且最普遍的艺术"。孔子始料未及的是这中庸哲学化育出了各种政治流氓、文痞的活学活用的做戏。

两面光滑的主义和各种扮相的"二丑"，一体一用地构成了"瞒和骗的大泽"，造成了"无声的中国"，它又"像鬼打墙一般使你随时能碰"，又不能确定这墙到底在什么地方。《野草》中有举起投枪而入无人之阵的悲惨的战士，鲁迅也多次直白地感叹没有敌人，没有战线。

这种中庸艺术，护持着各种相反相背的现象都可以"摩背挨肩地存在"："既许信仰自由，却又特别尊孔；既自命胜朝遗老，却又在民国拿钱；既说应该革新，却又主张复古。"然而，只要扮得光滑，又有唯无是非的渲染，则有了充足的理由；"咱们都是一家子！"于是产生出适者生存的逍遥游的"英雄"：要革命去后方，想杀人当刽子手——既稳当又光荣。又必然使是生活的反映的文章由卖"单方"变成卖"复药"了。

复方与二重是为营就三窟，扮相是为了转向。扮的目的是随机应变、永远逍遥。两面光扮相最戏剧化的、最厚颜无耻地转向的就是二丑了，这是特种帮闲者流的典型。在主人得势时是"保护公子的拳师""趋奉公子的清客"。特种或曰"深刻"之处，就在于为虎作伥时为最后喊"费厄泼赖"埋下了伏笔："回过脸来，向台下的看客指出他公子的缺点，摇着脑袋装起鬼脸道：'你看这家伙，这回可要倒霉哩。'""这最末一手，是二丑的特色"，是在遮掩他并不是帮闲。因为他"将来还要到别家帮闲，所以当着豢养，分着威炎的时候，也得装着和贵公子并非一伙。"这也是报应，是主人的不幸吧。

二丑使中庸艺术透了底，鲜明地显示出流氓的本质："无论古今，凡是没有一定的理论，或主张的变化并无线索可寻，而随时拿了各种流派的理论来作武器的人，都可以称之为流氓。"不但旧制度的帮闲是这种流氓，就是那些"非革命的急进革命论者"也会成为"随便捞到一种东西以驳诘相反的东西"，永远觉得自己是"允执厥中"的流氓。

戏法变得太久了，便自然使"愚民"失去了"坚信"，用"不相信"作为"远害的堡垒"，也使说教的大夫既不相信自己也不相信别人，"恰如将他的钱试买各种股票，分存许多银行一样，其实是哪一面都不相信的。"于是"无信仰""无特操"的"巧人"如雨后春笋，茁壮成长，而且还产生了"彷徨的人种""中立的百姓"。

中庸艺术使"尊孔的名儒，一面拜佛，信甲的战士，明天信丁"，使中国人变得"太不认真""只是做戏似的"。"中国的政客，也是今日谈财政，明日谈照相，后天又谈交通，最后又忽然念起佛来了。"连文豪也成了"商定"的了，"商家印好一种稿子后，倘那时封建得势，广告上就说作者是封建文豪，革命行时，便是革命文豪。""无特操"的各取所需的实用主义使他们对人们的要求也有种泛流氓气："蹩脚愿意他主张拿拐杖，癞子希望他赞成戴帽子，涂了脂粉的想让他讽刺黄脸婆。"社会舆论的中心，也一天一换，"今日主张读经，明日又号召当兵"。其实今天经书不必买，明天也未必去当兵。这种"活中庸"使偌大的国家、古老的民族"没准儿"了，一切都变得荒诞、荒谬、滑稽可笑。所以，鲁迅说："在中国要寻找滑稽，不可看所谓滑稽文，倒要看正经事，但必须想一想。"以全部铁血的历史创造出了一点儿可怜的美学上的滑稽，而这滑稽的效果却是造就出了"自己的手也几乎不懂自己的足"的"沉默的国民的魂灵"。

简括地说，中庸艺术的灵魂和实质就是谣言作家（广义的）的欺骗手段，是原形躲闪后的险恶的构陷。把中庸作招牌的语义上的种种新解也只是中国人的"奇想"或"谣言文学"的别致的描写，说到底是流氓、二丑的艺术。

流氓的实绩又是最反中庸的！且不说他们主子的屠夫本性，不说中庸艺术所服务的封建专制，就是这种两面光的扮相，本身就是"吃白相饭"的："见孤愤的就装同情，见倒霉的则装慷慨，但见慷慨的却又会装悲苦，结果是席卷了对手的东西。"

这类流氓的帮闲法是在"打诨"。将要紧的事变为滑稽，使屠夫的凶残化为一笑，"特别张扬不关紧要之点，将人们的注意拉开去"。不说飞机大炮、美棉美麦，却要抵制铅笔、墨水的进口，呼吁改用毛笔！最要命的是"使告警者在大家的眼里也化为丑角"，"而不利于凶手的事情却就在这疑心和笑声中完结了"。

扮来扮去，"表面上是中性，骨子里当然还是男的"变幻戏法意在谋求长治久安。需要用屠刀和枪炮的时候，就要"除恶务尽""食肉寝皮"，男性的本质是毫不含糊的，而且也同样无往不合乎圣道："皇帝所诛者'逆也'，官军所剿者'匪也'，刽子手所杀者'犯也'。""自命爱中庸、行中庸"，其实恰恰是最反中庸的，"女人的脚尤其是一个铁证，不小则已，小则必求三寸，宁可走不成路，摆摆摇摇"。中庸是扮的！

中庸艺术追求的最佳效果便是"混沌"。这种艺术具有上下欺瞒、左右光滑的"含混"的魔力，是那造醉虾的酒，是细腰蜂的毒汁，它麻醉得中国人"像浑水里的鱼，活得糊里糊涂，莫名其妙"，使受苦的民众丧失了痛觉，也丧失了自卫的要求，"即使背上被人刺一尖刀，也将茫然无觉。直到血尽倒地，自己还不明白为什么倒地"。阿Q的"大团圆"便是"含混"的杰出成果、"混沌"的光辉标本。熏陶出麻木的示众的材料和同样麻木的看客正是中庸艺术——各种"扮"的戏法的"美育功能"。这种功能助成了几千年的帝王业绩，因为它不但永久、普遍，而且还深入骨髓，"征服了中国人的心"。不甘于自欺，"就更觉无聊"。"暴露幽暗不但为欺人者所深恶，亦且为被欺者所深恶"。只有"帮同欺人，欺那自甘受欺的人们，无聊的人们，任它无聊的戏法一套一套的、终于反反复复地变下去。周围是总有这些人会看的"，因为中庸艺术教化出来的观斗的人、看戏的人，必然持中、中立地看下去，听老调子反反复复地唱下去！

"老调子将中国唱完，完了好几次"，唱完了宋元明清。晚清之际受到了外国文化的冲击，但不要紧，"中庸太太提起笔来，取精神文明精髓，作明哲保身大吉大利格言二句云：中学为体西学用，不薄今人爱古人"。具体的艺术手段，其一是"认同"：西方"科学不但并不足以补中国文化之不足，却更加证明了中国文化之高深。风水，是合于地理学的。门阀，是合于优生学的。炼丹，是合于化学的。"

将这中庸艺术的各种"扮相"、戏法加以钩稽排比，可以看见统治者愚民术的博大和恶辣，可以推见奴性的由来，也会更深切地体会出今天改革是多么艰难与伟大。这"男人扮女人"、追求两面光滑的中庸艺术确是我们古国的感性本能的世界观之一种吧。尽管它被鲁迅先生永远钉在历史的耻辱柱上，但是"传统"这个概念的最基本的意思就是"传到今天"。

　　鲁迅先生是用历史的标准审判中庸艺术的功能和特征的，在这历史的把握与审视中，不是也刻画出中国"人史"的某一层面的灵魂吗？鲁迅先生见惯了这类把戏，也见多了玩这类把戏的人的下场，所以他的话是可信的："只有中庸的人，固然并无堕入地狱的危险，但也恐怕进不了天国吧。"国家也不能靠他们进天国。

第三章　圣贤人物论

圣贤相传一点真骨血：王阳明

生活在"习惯"这个黏性隧道中的人们，举烛擎灯，也不过弄出点萤火寸光来。只有从隧道中爬出来才能领取那份"天光大开"的境界。这个由传统造就的隧道有地心一样的吸引力，想主动爬出来者少，被打出来的多。

1506年，著名荒唐皇帝朱厚照登大宝成为这个泱泱大国的"圣上"，不但拥有至高无上的权力，还拥有不容置疑的英明，而他刚刚十五岁，却已荒淫得登峰造极了。他自然没有兴趣主持国家日常工作，说了算的是大太监刘瑾。太监是绝户，做事便自然容易往绝里做。说了不算的言官要批评他们，他们便说言官在侮蔑皇帝，而犯上当然是要坐班房、要杀头的！这里面的"为什么"就是因为谁有权谁有理。当然若倒过来：有理才能有权，则朱厚照当不了皇帝，刘瑾也当不了秉国太监。自然皇帝是奉天承运的，太监做皇帝的法人代理又是惯例。于是，留都南京的言官戴铣、薄彦徽等二十余人因上意见书而"忤旨"，刘瑾派吓死人的锦衣卫将他们全伙拿下，打入囚车，押解入京。三十五岁的王阳明，为使"吾皇万岁万万岁"，上了一道《乞宥言官去权奸以章圣德疏》。作为一个兵部武选清吏司的主事，此举纯属狗咬耗子。这且不说，要命的是他哪壶不开提哪壶,权奸正日炙中天,他偏要权奸去位,这不是飞蛾扑火吗?这个问题跟"科学家要不要救火"一样,从事情的效果看,显然是犯傻;但从伦理原则上说,不去救便泯灭了良知良能。王阳明若不是挺身而出的那种人,便不可能开创出影响了一代又一代英雄豪杰的"阳明学"了。

王阳明自知"承乏下僚",越职言事,犯有"僭言"罪,但用以子之矛攻子之盾的办法,说自己看见圣上号召"政事得失,许诸人直言无隐",这才为了"章圣德"而来逆拂龙麟的。他虔诚地希望这位生于深宫、长于妇人的"总统兼教皇"能够明白头脑与耳目手足的关系,君作为"元首",不应该使耳目壅塞,使手足"痿痹"。戴铣等拿着"提意见"的薪水,"以言为责",即使说错了,也不"拿办",这样才能开"忠谠之路"。现在倒好,大小臣子都以为拿办他们是不合适的,但没人敢跟陛下说,他们并非没有"忧国爱君"之心,只是怕重蹈戴铣他们的覆辙,不但于国事无补,反而增添陛下之"过举"。而且从此以后,虽有危及国家的事情,也没人敢跟陛下讲了。所以,王阳明请陛下"追收前旨","扩大公无我之仁,明改过不吝之勇"。

王阳明理所当然地重蹈了戴铣他们的覆辙,勃然大怒的不是朱厚照,而是刘瑾。刘瑾正要给大小臣子立规矩呢。他以皇帝的名义将王阳明打入皇家监狱(诏狱),又以皇帝的名义廷杖王阳明四十大板(一说五十)。所谓廷杖就是在朝廷上当着百官的面打屁股。这种制度始于唐玄宗,但不是常制,明太祖朱元璋将它变成了家常便饭。成化皇帝以前,还不脱衣裤,"用厚绵底衣,重毡迭帊,示辱而已,然犹卧床数月,而后得愈。"脱了裤子打,是从刘瑾开始，王阳明赶上了头一拨儿。不幸而幸的是王阳明没有被打死，只被打得昏死过去。他被打得灵魂出窍，也被打出了那条黏性隧道。

也因为他正想爬出隧道了，只是心力不够，需要助力，正好来了场苦其心志、打其筋骨的磨难，他动心忍性，既见功夫又长功夫，带来了所谓阳明学形成之"三变"的第三变。第一变是由"泛滥于辞章之学"到遍读朱熹之书，这使他在二十八岁那年考了个二甲第七名进士，也取得了可能挨这场板子的资格。第二变则是"出入于佛老"，他想在佛教和道教中寻找生命的根，他在三十一岁那一年告病回余姚老家，建了一个"阳明洞"，练习导引术，久之觉得"此簸弄精神，非道也"。第二年他又重返官场，希望有所作为。三十四岁那一年，他与心学大师陈白沙的高足、传人湛甘泉（若水）成了知音朋友，刚订了共同倡明圣学的条约，就发生了这场入诏狱、受廷杖的事件，这对于他不啻棒喝、猛击一掌，把他打到了成凡成圣的紧要关头。

一、圣人可学而至

给王阳明作行状、年谱的都是他的门生，故有神化教主的倾向。他们说阳明在母腹中待了十四个月才诞生，那是成化八年（1472 年）。这倒也罢了，还有他奶奶岑氏梦见天神抱一赤子乘云而来，在鼓乐奏鸣曲中将赤子交给岑氏，岑氏醒而阳明生，遂起名叫"云"。"云"在古汉语中有"说"的意思，而阳明到了六岁还不会说话，一个和尚摩挲着他的头顶说："有此宁馨儿，却叫坏了。"阳明的祖父王天叙（竹轩先生）恍然大悟，遂改"云"为"守仁"。而一成了"守仁"，他便立即会说话，还能背诵他爷爷读过的书，众人惊讶不已，他说："听爷爷读时已默记在心了。"这恐怕也是神话。

但王阳明的确是个不同凡响的少年，他性情活泼，好动，且矫健异常，蹦奔跳跃，相当欢实，不是循规蹈矩听话的"好孩子"。他父亲王华（龙山先生）常为此发愁，亏得他爷爷王天叙非常欣赏理解这个不同凡俗的孙子，他又主要跟爷爷奶奶在一起生活，他的天性没有受到大家庭惯有的压抑、斫伤，并且受到了良好的开放式教育。

流氓皇帝可以一世暴发而成功，大贤人却非"孕育"不办，常说的"彬彬三代"才称得上世家，指的就是"精神贵族"的养成非一世之力。环境、教育对一个人的早期经验的形成至关重要，而遗传也绝对是性格的大成因。遗传是"看不见的手"，像人种有差别一样，一个家族的特点、徽征如树之年轮，并不能被岁月或风雨琢蚀。王阳明身上的过人之处都有遗传的因素。当然也没必要追溯到那位从琅琊搬到山阴的著名的书法家王羲之那里去，尽管羲之的确是他的远祖，而且在汉代，王家是江左望族。就说淡泊于名利这一条吧，这是他们的"传家宝"。他五世祖王彦达"痛父以忠死"，而朝廷待之薄，遂"终身不仕"，而且立下"家训"，其子王与准（遁石翁）遵守父训，为逃避官府举荐逃至山中，公人追至山中，王竟堕崖伤足，最后不得不让儿子王世杰出去当了个廪生。世杰（槐里子）淡泊至极，潜心学术，"言行一以古圣贤为法"。世杰的儿子便是一手带大王阳明的竹轩先生。竹轩先生是陶渊明一流人物，视纷华势利如白水，唯酷爱竹子，房前屋后到处种着竹子，啸咏其间。因父祖淡泊，环堵萧然，只有大量的藏书，于书无所不读。竹轩先生终身不仕，非常喜欢弹琴，每逢月白风清之际，就焚香弹奏几曲，弹罢，便歌咏诗词，还让子弟们一起吟唱，小阳明自然混入其中，接受"美育"。这是孔子赞赏的"吾与点也"的气象，竹轩先生的父亲就是把"曾点意思"当作人生准则的。这种"洒然无入而不自得，爵禄之无动于衷"的家风，对王阳明的熏陶似乎可以概括为两大端：一是活泼，二是豁达。

小阳明跟爷爷在老家余姚长到十岁。余姚属于古代越国，民风以强项著称。竹轩先生就既有和乐之气、蔼然可掬的一面，又有规范严肃、凛然不可犯的另一面。阳明一生也兼有这两个方面。他十岁的时候，父亲龙山先生考中了成化年间辛丑科状元，授翰林院修撰，朝廷迎父亲进京。阳明十一岁跟着爷爷进京，路过金山寺，竹轩先生与客人喝得来了兴致，想作首诗，小阳明在旁开口吟道：

金山一点大如拳，
打破维扬水底天。
醉依妙高台上月，
玉箫吹彻洞龙眠。

前两句充满剑气，后两句箫音依依。客人惊异，让他再作一首吟蔽月山房的，小阳明又脱口而出：

山近月远觉月小，
便道此山大于月。
若人有眼大于天，
还见山小月更阔。

这已有点"心大则天下小"的心学味道了。

十二岁的王阳明在京城入塾上学，自然带有越人的野气，他又是在竹轩先生的开放式教育中度过童年的，所以显得"豪迈不羁"。状元公觉得不对劲，生怕自己这个长子不能层楼更上，更怕他发展成个不中规矩的人。竹轩先生心中有数，踏实得很，他凭直觉就知道这个孩子不是凡品，而且他相信相面先生美妙的预言："此子他日官至极品，当立异等功名。"

像许多少年人一样，阳明崇拜侠客，曾出游居庸三关。下关、中关、上关各相距十五里，出上关北门又十五里为八达岭，皆依山起势，从八达岭仰视下关，如同窥井，在那个冷兵器时代，居庸关真京城之北向之咽喉。

这时京畿地区有石英、王勇起义，关中地区有石和尚、刘千斤起义，王阳明虽年仅十五岁，便屡屡想上书朝廷，献上自己的"平安策"。他那位状元老子斥责他太狂妄了："你懂什么，治安弭盗要有具体办法，不是说几句现成话就能见效的。还是先敦实你的心性学问，再来建功立业吧。"

此前，他与诸同学在长安街上漫步，一位相面先生追着给他看相，说这种相貌太难得一见了。他让王阳明将来要记住他说的话："当你的胡子长到衣服领子时，你就入了圣境；胡子长到心口窝时，你就结圣胎了；胡子到肚脐时，你就圣果圆满了。"王阳明非常相信这个说法，从此以后每捧起圣贤之书，便静坐凝思，期望与圣贤神遇心契。

他问老师："什么是第一等正经事？"

老师说："就是读书登第呗，像令尊那样成为状元。"

阳明说："登第恐怕不是第一等事，第一等事应该是读书学做圣贤吧。"

他那位状元老子听说后哈哈大笑："你想做圣贤啊！"

他从父亲的笑声中滋生了困惑：我能成为圣贤吗？怎样做才能成为圣贤呢？

他带着这个深深的拷问和年轻人易有的热切和摇摆，十七岁这一年，告别了京城，回到了余姚老家。

老家，有他的"百草园"，有他的"三味书屋"，有凝聚着他顽皮淘气的种种"文化遗址"，唯独没有了他亲爱的母亲。他母亲郑氏四年前就去世，他在京闻噩耗自然哭得痛不欲生，但只有回到家后才能直觉到母亲不在人间！他直觉到生与死之间的距离不过相隔一张纸，生与死之间的过程简略得亦在呼吸之间。生命的真相和根本到底是什么？他陷入了这种情意痴迷式的思考。他的思想不同于亚里士多德、培根等西哲自不待言，令人注意的是与郑玄之经学、朱熹之理学也大不相同。这个契机，奠定了王阳明冲出汉学、宋学樊篱的基点：支撑心学体系的根本情绪，便是这股生命意识。

他太情意痴迷了，新婚合卺之日，他闲行入一道观（南昌的铁柱宫），听道士讲养生之说，竟相与对坐，忘了他那洞房花烛夜！他本是从老家到南昌来亲迎夫人诸氏的，却居然来了这么一出。

他领着妻子回老家时，路过广信，慕名前去拜谒了大儒娄一斋（谅），娄一斋给他讲了朱熹的"格物之学"，并告诉他一个至为紧要的道理："圣人必可学而至！"年轻人只要立大志，学做圣人，就有可能向圣贤归拢，这叫作"道不远人"。这与王阳明内心中那朦胧而强悍的"第一等事"的心念发生了强烈的共振，坚定了他学做圣人的决心。

学分两路，一是知识。他搜取诸经子史，经常读到深夜。尽管他后来反对增长"见闻之知"，其实他在这方面是下过相当功夫的，就像鲁迅告诉青年人不读或少读中国书，而他本人差不多比谁都读得多。这种知识学基础是人能豁然贯通（悟道）的必要条件，就是"天纵之圣"孔子也不例外（孔子是当时一流的文献专家），更何况学为圣人的莘莘学子呢。王阳明在这方面的力道，也使他在八股举业方面突飞猛进，令他弟弟、妹婿们大为叹服，他们后来终于明白了：大哥已游心举业之外，所以我辈不及！

二是修养。王阳明本是个爱开玩笑、滑稽幽默的人，突然变得严谨起来，正襟危坐，不苟言笑，每说一句话都深思熟虑，他的弟弟、妹婿们觉得奇怪，王阳明郑重地跟他们说："我过去太随便了，失之于放逸，以后将收心内视，知过必改。"

学做圣人的历程是艰难的，但对于真诚的人来说，越是艰难越生动。王阳明二十一岁时"发"了，中了举人，就住在京城。龙山先生的官署中多竹（这种爱好来自竹轩先生），王阳明就取竹为对象来体验"格物致知"的道理，他太认真、太投入了，没有体悟出格物之理，反而得了一场病。这对他是个打击，几乎是致命的打击。像贾宝玉看见有的女孩子在为别的男孩子而痴迷，从而悟了自己只能得自己那份情一样，王阳明此刻认定"圣贤有分"，自己不是当圣贤的料了。

动摇了自信也就动摇了信仰，当圣贤没份就争取俗世的荣华吧，他遂与世俯仰，潜心于考八股的辞章之学了。然而，有趣的是，他专心科考却在会试中下第了。宰相李西涯跟他开玩笑说:"你今岁不第,来科必为状元,试作来科状元赋。"王阳明本有的名士气因为放弃了当圣贤的自律要求,遂故态复萌,他拿起笔来就写,一挥而就,诸位大佬异口同声地说:"天才! 天才!"然而都在心中合计:"这个人若取上第,必然会瞧不起我了。"来科会试,王阳明果然被忌者踹了一脚,又落榜了。别人落榜后感到羞愧,王阳明却说:"人们以不得第为耻,我以不得第动心为耻。"这又是圣贤口气了。

当时,边患频仍,朝廷访求将才甚急,王阳明跃跃欲试,凡兵家秘籍,莫不精究。他认为朝廷武举制度,仅选拔骑射搏击之士,网罗张飞式人才而已,而不能选拔出有韬略的统帅,收获不了诸葛亮式的人才。他本人则留情武事,每遇宾宴,则将果核列阵以为戏。他本人也不知道,这方面的积累,日后竟大有用场,使他成为儒学史上罕见的能够立下赫赫军功的儒生。

王阳明并没有去参加武科参试,因为武科出身不算正途,地位偏低,宋朝开始文官管武官以防军人造反,以后成为定制。王阳明也只是有这方面的潜能而已。"乱世喜谈兵"也是文人的传统。王阳明二十八岁时以新中进士的身份写给皇帝的《陈言边务疏》却是相当老到、切实有用的"专家意见"了。难怪不仅专讲道德的儒生批评王阳明"只是霸术",就连康有为这样的政治儒生也说王阳明"纯是霸术"。

王阳明是复杂多变的。他刚研究杀生的学问,转而又去养生,去练什么导引术、长生术;读了朱熹"居敬持志,为读书之本,循序致精,为读书之法"一类的话又悲凉复生,痛心自己当不了圣人,

"旧疾复作,益委圣贤有分",就想"遗世入山"了。然而他又去会试,中了又去当官。当官不久,又想回老家,请病假回到阳明洞中,然后又想出来大干一场。他东奔西突,打一枪换一个地方,就是那个想当圣人的灵魂得不到安顿,多方探索,遍寻不得。如果王阳明不善变,株守一隅,早就定型了,也就成了一个辞章家或什么专门家,难以从祀孔庙成为旷世大儒了。

圣人可学而至,却须学无常师。

二、知行合一"心"路难

最后成功了的人,人们会发现他以前的每一步都是在走向那个光辉的顶点;最后失败了的人,以前的每一步则都是伏笔。王阳明入了诏狱,就他的仕途而言是个重要挫折,就他的思想历程而言却是不可多得的进修机会。他在那锦衣卫监狱里想了些什么呢?他的《狱中诗十四首》披露了若干蛛丝马迹:我辈应该挺身而出,拯救这个堕落的世界,然而自己却身陷囹圄,热面孔贴在冷屁股上,要想全身归田间垄上亦不可能了。牢房大概是人间最要命的栖息地了:"窒如穴处,无秋无冬。"阳光再强也照不进来,晚上还有狡黠的耗子来同床共枕。然而王阳明就是王阳明,他大不了喊一声:"悠悠我思,曷其极矣!"并不心如死灰,也不以头抢地,却感到这个囚室真比得过颜回的陋巷了,而且就像秦汉之间的齐鲁儒生,兵临城下依然书声琅琅、弦歌不绝。王阳明在狱中尤有二三同志,于"累累囹圄间,讲诵未能辍",身遭桎梏时体会到"至遭良足悦"便是真体悟出孔颜乐处了。他有了"洗心见微奥"的心理感应,用他后人的话说就是"心动"了。他是在"努力从前哲"的勖勉中离开狱中同志、踏上"远投"龙场驿之路的。

去龙场驿的路上,他在朝不保夕的情境中依然思考着是沿着陆九渊的路走,还是跟着朱熹走的问题:"鹅湖有前约,鹿洞多遗篇。"但他已有了合而为一的倾向:"器道不可离,二之即非性。"他很快就偏向陆九渊了。他劝朋友:"愿君崇德行,问学勿支离。"

他初到龙场,举目无亲自不待言,他这芥豆大的官,自然也没人搭理。偶有同僚来问讯,但语言与表情均粗鲁不堪,使敏感的王阳明甚至觉得时来造访的家猪、野鹿更亲切一些。且连起码的官舍也没有,他只得自己盖了一个不及肩高的草屋,但他已度过了千难万险,这已经让他安全而舒展了。尽管这草屋迎风飘摇,下雨漏水,他须借酒浇愁来抵挡黄昏残照的悲凉意,但他还是能自家料理回肠直。他后来找到了一个古洞("东洞"),给它起了个颇可慰藉的名字:"阳明小洞天",在这里过起了初民的日子。岩石那天然的窦穴就成了他做饭的灶台,大而平的石块便成了他的床塌。他依然爱好清洁,黎明即起,洒扫庭院;他还是手不释卷,灶前榻上漫无统计地堆着书。他心里想着,这正是锤炼恬淡境界的好时候。这种奉旨隐居的有巢氏式的生活,让他体会了无官一身轻的快乐,远离了尘嚣,摆脱了俗人的聒噪,即使永远告别那显赫的荣耀又何陋之有?

这实在是靠精神胜利法来转败为胜。有时居然吃不上饭,他便用孔子在陈蔡绝粮来自况。用刀耕火种的方式来刨食时,他自然想起了采薇的伯夷、叔齐。不平静时,他便想起了"终为浮云能蔽日,长安不见使人愁"的李白。他用"豹隐文始泽,龙蛰身乃存"的道理来缓解无力回天的悲怆。

精神胜利法不灵光时，他竟泪下如雨，五内如摧。尤其是冬天来了，"阳明小洞天"只是洞而已，不见天日，霜雪凝在洞口，是真正的寒窑。他又没有多少御寒的衣服，他的健康大受摧挫，他日后东征西讨时常病得东倒西歪的，都是此时落下的病根在作怪，他后来屡屡给皇帝上书请病假，请致仕退休，也都提到是这段岁月把他搞成了病夫。

但是，他那一套圣贤气派终于感化了当地的"夷人"，他们渐渐敬爱他，便想办法把他从穴居生活中解放出来，给他盖了一套房子，这便是载诸史册的"龙冈书院"，还有"寅宾堂""何陋轩""君子亭""玩易窝"等听着玄妙其实只是普通房子的住宅。

尽管当时刘瑾的势焰依然嚣张，但王阳明过去的学生们都聚拢而来，给他带来巨大的安慰，像失业人有了一份惬意的工作，像荒村野店中突然找到了伙伴。因为他又营造出了往昔的人变环境，他们可以构成"别一世界"了。恢复了那种问学讲习的生活，给了王阳明深刻的愉悦，因为这是他的本性："讲习性所乐。"有了这些"谈笑无俗流"的学生，他感到实现了孔子所赞同的沂而风、咏而归的曾点志向。

"淡泊生道真"，如十月怀胎，一朝分娩一样，王阳明终于豁然贯通、证悟大道了：经过长久的端居澄默、以求静一的沉思，他觉得诸种杂念都化解了，比心如明镜还要透快，他觉悟到"明镜亦尘埃"了。一天深夜，他在梦中忽然大悟"格物致知"之旨，不觉呼跃而起，把仆人和学生吓了一跳，惊异地看着先生像练气功的人在发动似的抖动，身不由己地前仰后合。一阵激动过后，王阳明对他们说："圣人之道，我性自足。过去从外物求天理是舍本逐末了，由外及里的路子是错的，以后要由里及外，以我心为天渊、主宰了。所谓格物致知不是像朱子说的用镜子去照竹子，而是应该倒过来，以心为本体，下功夫擦亮心镜。而且所谓'格'就是'正'，所谓'物'就是'事'。"他指着窗外的花说："天下无心外之物。你未看此花时，此花与你的心同归于寂；你来看此花时，则此花颜色一时明白起来。便知此花不在你的心外。"

所谓的"龙场驿大悟"，其实是一种灵感状态，信基督教的人说灵感是圣灵附体，信神仙的人说以为是仙人指点，王阳明就觉得是在梦寐中有人告诉他的。这个人当然不是什么神仙，只是他本人的一种积累性的情愫在神经放松的状态中领取到了一份确认，是经过长期含咹，突然产生的理智与直觉相统一的心念（他后来自己说是"良知"出来了）。这当然是一种心理主义的信仰，而非实证主义的论证；是一种美感式的确信，而非学术化的推论；是一种诗化哲学，是诗和思凝成一道青光，照亮了"我心"，照亮了"亲在"（海德格尔语），找到了心灵的家园。

虚的能生出实的来，王阳明"大悟"之后，顿觉过去二十年错用了功夫，他现在终于找着一条新的吻合圣道的路径。三十八岁这一年，他标举出了"知行合一"的口号。他也正好有了讲坛，他受聘主持贵阳书院，这也是他的学说给他带来的好事。贵州的提学副使席元山来问他朱、陆同异之辨，他不讲朱、陆各自的主张，而大讲了一通自己的"大悟"。席元山怀疑而去，第二天又来，王阳明给他讲了一通"知行本体"的思想，并用自己新著的《五经臆说》来佐证，就是用经书上的格言来印证自己所言不谬。席元山越听越有味，连来了四趟，豁然大悟，以为"复睹圣学"，抓紧修整贵阳书院，亲自率领贵阳的秀才们去迎接王阳明先生。王阳明遂告别了处于贵州西北万山丛棘中的龙场驿，告别了那个充斥着"蛇虺魍魉、虫毒瘴疠"的中土人来了就难以生还的地方（可参看他那篇各种古代散文选本都选的《瘗旅文》）。

他的知行合一学说"操作简便，意义深远"。他对学生说："知是行的主意，行实际上就是知的功夫；知是行之始，行实知之成。世上有一种人，糊里糊涂地任意去做，根本不反省对错得失，一派胡为，纯属冥行妄作，必须向他们灌输知而后行的道理。另有一种人，茫茫然悬空去思索，全不肯着实躬行，只是捕风捉影地瞎琢磨，必须跟他们讲行而后知才是真。这都是因病发药，其实知行是一体的，从我心求本体，才能克服支离割裂之病。"

一个学生问他："有人知道应该孝敬父亲、尊敬兄长，可是却做不到，这充分表明知和行是两件事。而且知行歧出不是自古而然的文人病吗？"王阳明说："这只是被私欲隔断成两橛了，这正是应该克服的毛病，去掉私欲就能恢复本体了。知而不行，只是未知。他真去行孝行悌，才能说他知孝知悌，他只说些孝悌的现成话，怎么能承认他知孝悌？这不是小病痛，是要命的大毛病！到处都是这种言行不一的奸巧小人，士风堕落、政事不举，根源就在于这种伪诈不实的风气。我呼吁知行合一就是为了对治这种由来已久的流行病。诚是第一义的，所谓格物就是正行。"

他的一号高徒徐爱说："我总觉得您说的与朱子的格物之训不能相合。"

王阳明说："朱子格物之训未免牵强附会，从外往里用功，今日格一件，明日格一件，天下之物如何格得尽？纵格得草木来，如何反来诚得自家的意？其实天底下无心外之理，无心外之物。身之主宰便是心，心之所发便是意，意之本体便是知，意之所在便是物。《中庸》说'不诚无物'，《大学》'明明德'之功。只是个诚意，诚意之功只是个格物。所谓格物，如孟子'大人格君心'之格，是去其心之不正，以全其本体之正。"

他另外一个不太有出息的学生叫孟源，有好名的毛病。王阳明不断地批评他，一天刚训完他，他的同学来向老师汇报近来的功夫，并请老师指正。那个同学刚说完，孟源便说："这不过刚找着我旧时的家当。"王阳明说："你病又发。"孟源色变，正想辩解，王阳明说："你病又发。这是你一生大病根。譬如方丈地内，种这么一棵大树，雨露、阳光、地力只滋养这个大根，四旁种上再好的作物也长不起来。必须伐去此树，纤根不留，才能种植别的好东西。否则，你再耕耘培植，只是滋养得此根。我常说的格物即正心、正行也是这个道理。"

王阳明对学生们讲："我今说个知行合一，正要人晓得一念发动处，便是知，也便是行了。譬如你知饥，已自饥了，你知寒，已自寒了。发动处有不善，就将这不善克倒了。须要彻根彻底，不使那一念不善潜伏在胸中，此是我立言宗旨。"

王阳明所悟的格物之旨就是把朱子的从外面做功夫变成从内心里做功夫，就是把认识论变成伦理意志。这样做的魅力就在于把做人与做事"简易直截"地等同起来，找着了实现"内圣外王"这个儒学最高理想的通道。如果你真诚的话，每天都可以觉得自己走在成圣的路上。其基本功夫就是"狠斗私心一闪念"，一分钟都不能放松，"如去盗贼，时将好色好货好名等私逐一追逐，搜寻出来，定要拔去病根，永不复起，方始为快。常如猫之捕鼠，一眼看着，一耳听着，才有一念萌动，即与克去。斩钉截铁，不可姑容与他方便，不可窝藏，不可放他出路，方是真实用功。到得无私可克，光光只是心之本体，便是廓然大公！自然感而遂通，自然发而中节，自然物来顺应。"放手行事自然无往而不合乎圣道。

　　当然，王阳明有一套严密的心物合一、心理合一、人我一体的说法来论证知行可以合一、知行能够合一、知行必须合一。他的知行合一学说是极端的唯心主义与极端的实用主义的奇妙的融合，唯心得一尘不染，实用得无所不至，可上九天揽月，可下五洋捉鳖，是专教人在人情事变上做功夫的。他常说："我这一套是无中生有之学。""帝王事业也只从心上来。"他刚说要"外吾心而求物理，则无物理"，马上又跟着说，"遗物理而求吾心，吾心又何物？""心无体，以万物之感应是非为体。"所以，"行是知之成"。他讲"心"的时候像禅宗，有一学生问他："己私难克，奈何？"他说："将汝己私来，替汝克。"颇像各种灯录中都有的那个话头："将心来，替汝安心。"他讲"行"时又像后来的颜习斋。他倡知行合一学说意在缔造"大人"，这种大人是合圣贤英雄为一体的，是既能改造自己更能改造世界的汉子，既会破"心中贼"，又能破"山中贼"。

三、随地指示良知

　　刘瑾的好日子极短，1510 年，他倒了以后，一大批被他迫害过的官员陆续复职。王阳明自诩的"吏隐"生涯也结束了，"却喜官卑得自由"的闲散自在劲儿也要换一种方式了。这年三月，王阳明被派到庐陵当知县，开始了他在政事上"儒者经纶无施不可"的牛刀小试时期。他的执政方针就是"为政不事威刑,唯以开导人心为本"。他上任后先搞调查研究,面对各种诉讼案件、堆满公衙的告状的人,不做任何判断。反而谨慎地从基层选拔出里正、三老,让他们去做听讼、劝导、调解工作,很快,人们的怨气化解了,监狱也清静了。他在位七个月,发布了十六个告示,"开导人心",关键是让"父老"去"教子弟"重伦常、守纪律,破了心中贼就减少了山中贼。

有趣的是牛刀小试时期刚过半年多,他这亲民之官就变成高级闲曹中的散官了。1510年年底,他升为南京刑部四川清吏司主事,次年正月,四十岁的他被调入北京吏部验封清吏司主事,同年十月升为文选清吏司员外郎,他四十一岁那年曼月升考功清吏司郎中,十二月升南京太仆寺少卿,四十二岁时又在滁州"督马政,地僻官闲,旧与门人邀游琅琊、瀼泉间",四十三岁升南京鸿胪寺卿,至四十五岁升都察院左佥都御史,巡抚南、赣、汀漳等处,才大展宏图,平了宁王造反大事变,成就了光宗耀祖、封妻荫子的旷世奇勋,也遭致铺天盖地的毁谤非议,步入万死一生的险境,激发出他那三字真经——"致良知"。

王阳明自己说,龙场驿悟道时良知已出,后来不知何故总也不出来。他的"颜回"徐爱说:"先生居夷三载,处困养静,精一之功固已超火圣域,粹然大中至正矣。"虽然说阳明学形成后亦有三变:从所谓"默坐澄心为学"发展到"专提致良知三字",最后达到了"所操益熟,所得益化",随心所欲不逾矩的化境。但这三变之间是递进关系,不是否定关系,而且是直承前三变之第三变"龙场驿悟道"一脉下来的。王阳明的格物之旨(不是朱熹的)、知行合一、致良知是成龙配套的，贺麟说"方法论、认识论与本体论在'良知'中得到了统一"，梁启超说"阳明主张'身心意知物是一件'"，都是在概括他这种"于一处融彻"、遂一通百通的特征，用他二号大弟子钱德洪的话说则是"致良知之学无间动静"。也就是说阳明学之道是一以贯之的——致良知！王阳明的教学方法则是"随地指示良知"。

王阳明当散官期间偶有"官闲愧俸钱"一类诗句，但差不多是得了便宜卖乖的俏皮话，因为他"性喜讲习"，兼有山水之嗜，视官场为牢笼，当官不误讲学是他的绝活儿。他跟学生说："在官场修炼心体要比在山林多费十倍的功夫，非得有同志朝夕切磋才能洗涤尘浊。"他也视知心学生为眼耳手足。也许因为他的心学是一诉诸文字就要变味、跑调的，所以他除了给学生、学友写信来论学，是从不动手编写专著来立说的，更不为晋升个国子学教授而"漫从故纸费精神"。莫说汉代经师那种注疏传笺的做法，就连朱熹式的义理解经法，也被王阳明视为"学术误人"的犯罪行为，讥之为"一自支离乖学术，竟将雕刻费精神"。他在龙场悟道后，用"五经"中的意思来印证，处处吻合，曾写就《五经臆说》，但从不示人，钱德洪乘他高兴时请求看看，他笑着说："付秦火久矣。"直到他死后，钱氏办丧事时才从废纸篓中捡出十三条。"聊将肤浅窥前圣，敢谓心传启后人。"前一句是他的自谦语，后一句则是实况。

他的心传法门，是一套心心相印的"腹艺"，是一场非常微妙的心理战，只能随地讲授，随机点拨，没有棱角分明的逻辑，只有感应，信之则为神，不信便是"闲说话"。它的入门功夫就是"默坐澄心"，滤尽杂念，擦亮心体这面宝镜。他曾用扫地来譬喻：必须天天打扫（相当于禅宗那个"勤拂拭"，"莫使惹尘埃"），扫除不到，灰尘照例不会跑掉。天天打扫也是个日新日日新的过程。他离开贵州后很快就"悔昔在贵阳举知行合一之教",因为众徒儿"纷纷异同,罔知所入",不知如何下手,他后来便改为"与诸生静坐僧寺,使自悟性体,顾恍惚若有可即者"。但他又很快指出:"静坐事,非欲坐禅入定也。盖因吾辈为事物纷挐,未知为已,欲以此补小学收放心一段功夫耳。"尽管后来初入王门的都需先做一段"默坐澄心"的洗礼功课,但王阳明更强调:"人须在事上磨炼做功夫乃有益,若止好静,遇事便乱,终无长进。那静时功夫,似收敛而实放溺也。"养静是为了收住追逐欲界、色界的心猿意马。把心拉回自己的腔子来就是所谓的为己,同时也是克己的功夫,像淘米一样洗掉私心杂念。这种心传方法跟打仗一样,贵在随机应变,绝对要求《中庸》说的那种"时中"。同样一句话,一分钟前说可能无效,两分钟以后说还可能错了,只有对病发药,"病已则去其药"。他本人也大发感慨:"义理无定在,无穷尽。"这种心法如扶醉汉,左扶右倒,右扶左倒,如打群犬,打跑了西边,东边的又来了。

王阳明的每一次讲论都是一场特殊语境的遭遇战,都是一场悟性的较量,尽管王阳明说每个人都天然具有良知,但有的人的良知被习气包住了,有的人的良知被闻见道理、被意见给遮蔽了。所以,见道有迟速,悟力有深浅,事实上是龙生九子,九子不一。但王阳明觉得所谓"唯上智与下愚不移"不是不能移,只是不肯移。他总是告诫学生不要好易恶难,那样便会流入禅释邪路上,识不得仁体了,"此学利困勉之所由异,事勿以为难而疑之也。"钱德洪说:"先生立教皆经实践,故所言恳笃透快。吾党颖悟承速者,认虚见为真得,往往多无成,甚可忧也。"徐爱之所以给先生记录编辑《传习录》(这是王阳明的第一本著作,还是语录体),就是为了纠正那些"传闻之说,臆断悬度",因为"从游之士,闻先生之教,往往得一而遗二,见其牝牡骊黄而弃其所谓千里者"。徐氏自言:"爱朝夕炙门下,但见先生之道,即之若易而仰之愈高,见之若粗而探之愈精,就之若近而造之愈无穷,十余年来竟未能窥其藩篱。"王阳明明确以颜渊相比的一号传人(这位王门大师兄"德与颜回同,寿与颜回同",还是王阳明的妹夫),入道尚如此艰难,更别提那些不沾边的人了,说心学简易的恐怕不入道的居多,因为义理越简越难准确深入地掌握,它要求接受质量对等的体验,它要求接受者要有"直下承当"的宗教情怀。阳明本人深知个中三昧,曾反复感叹:

> 吾良知三字,自龙场以后,便已不出此意。只是点此二字不出。于学者言,费却多少辞说。今幸见出此意。一语之下,洞见全体,真是痛快,不觉手舞足蹈。学者闻之,亦省却多少寻讨功夫。学问头脑,至此已是说得十分下落。但恐学者不肯直下承当耳。

> 某于良知之说,从百死平难中得来,非是容易见得到此。此本是学者究竟话头,可惜此理论埋已久。学者苦于闻见障蔽,无入头处,不得已与人一口说尽。但恐学者得之容易,只把作一种光景玩弄,辜负此知耳。

> 吾年来欲惩末俗之卑污,引接学者多就高明一路,以救时弊。今见学者渐有流入空虚,为脱落新奇之论,吾已悔之矣。

当然真能"高明"起来，体验到"洞见全体"的透快，那快乐跟"圣灵附体"差不多，徐爱自言："爱因旧说汩没，始闻先生之教，实惊愕不定，无入头处：其后闻之既久，渐知反身实践，然后始信先生之学为孔门嫡传，舍是皆傍蹊小径，断港绝河矣。如说格物是诚意功夫，明善是诚身功夫，穷理是尽性功夫，道问学是尊德性功夫，博文是约礼功夫，唯精是唯一功夫，诸如此类，皆落落难合。其后患之既久，不觉手舞足蹈。""如狂如醒者数日，胸中混沌顿开。"

　　他在龙场教学生时还开示《教条》，"以四事相规：一曰立志，二曰勤学，三曰改过，四曰责善。"后来便"随地指示良知"了，因为他相信"百姓日用即是道"，他认为："狂者便从狂处成就他，狷者便从狷处成就他。人之才气如何同得？""随地指示"也是为了不立"格式"，立定格式，就犯了执一之病。"随地指示"是单兵教练，短兵相接，亲口传授，学生请他著书以传之久远，他却认为"此须诸君口口相传，若笔之予书，使人作一文字看过，无益矣"。这种教育方法要求导师必须达到辨通无碍的化境，作为"直下承当""直造圣域"的活样板出现在任何场合，能够现场发挥解释任何问题，辅导出学生真切的体验来。"日就平易切实，则去道不远矣。"

　　尽管王阳明也借用教材（钱德洪说："吾师接初见之士，必借《大学》《中庸》首章以指示圣学之全功，使知从入之路。"），但对于任何经书，他都要求学生"晓得"而不必"记得"，怕"记得"反而遮蔽了"自家本体"。他说："学问最怕有意见的人。我在龙场时，与夷人和中土亡命之流讲知行之说，他们欣欣相向。及返回内地与士大夫讲说，反而格格不入。不曾读书的人，更容易与他说得。"

钱德洪的弟弟与同学游山十日忘返，钱父担心他们这样会荒废举业，钱父说："我知道心学可以触类旁通，但'朱学'须讲清记明呀。"王阳明说："用心学去通朱子之说，如打蛇打七寸。朱子是借家当请客，心学是自办家当请客，客走了家当还可以长期使用。"次年，游山的心学学子都中举了，钱父笑了，说："打蛇得七寸矣。"

欲会触类而通法须先练就主一之功。有学生问老师："如读书则一心在读书上，接客则一心在接客上，可以为主一乎？"王阳明说："好色则一心在好色上，好货则一心在好货上，可以为主一乎？这只叫逐物，哪里叫什么主一？主一是专主一个天理。若只知主一，不知主一即是理，有事时便是逐物，无事时便是着空。唯其有事无事，一心皆在天理上用功才能知心尽性。"

作为一个以新圣人为己任的大思想家，王阳明要超越的是横亘在他面前的朱熹这座大山。朱子学已成为支配世道人心的定理，已造成了"务外遗内、博而寡要"、迷失本性、找不到家等诸多症候群。王阳明打蛇打七寸，力破朱子的知先行后说与心理二分之弊。他说："心，一而已。以其全体恻怛而言谓之仁，以其得宜而言谓之义，以其条理而言谓之理；不可外心以求仁，不可外心以求义，独可外心以求理乎？外心以求理，此知行之所以二也，两截用功，失却知行本体。求理于吾心，此圣门知行合一之教！"

这是心学的总路线，他天天讲、月月讲、年年讲，"若鄙人所谓致知格物者，致吾心之良知于事事物物也。吾心之良知，即所谓天理也。致吾心良知之天理于事事物物，则事事物物皆得其理矣。"

但是，你若去心上寻个天理，又正是所谓"理障"。他告诉学生一个诀窍：只是致知。学生问："如何致？"他说："你那一点良知，是你自家的准则。你意念着处，它是便知是，非便知非，更瞒它一些不得。你只不要欺它，实实落落地依着它做去，善便存，恶便去。这便是格物的真诀，致知的实功。"

他坚信："天理在人心，亘古亘今，无有终始；天理即是良知，千思万虑，只是要致良知。"他这个诀窍也是天天讲的："良知只是个是非之心，是非只是个好恶，只好恶就尽了是非，只是非就尽了万事万变。"他甚至这样说："能够好善如好好色，恶恶如恶恶臭，便是圣人！"

已官至会稽郡太守的南大吉本是阳明的父母官，却拜阳明为师，这个人个性豪旷，不拘小节，受阳明熏陶后有所悟，便对阳明说："大吉临政多过，先生何无一言？"阳明说："有什么过错？"大吉历数其事。阳明说："我已说过你了。"大吉不解，问："您说过什么？"阳明说："我不言，你怎么就要悔过呢？"大吉说："良知。"阳明说："良知不是最常说的吗？"

王阳明的一个下级常听王长官讲学，对长官说："此学甚好，可惜我忙于繁难的文书工作，还得审理案件，不得为学。"阳明说："我何尝叫你离了簿书讼狱，悬空去讲学？你既有官司之事，便从官司的事上为学，才是真格物。如问一词讼，不可因其应对无状，起个怒心；不可因他言语圆转，生个喜心；不可恶其嘱托，加意治之；不可因其请求，屈意从之；不可因自己事务烦冗，随意苟且断之；不可因旁人谮毁罗织，随人意思处之。这许多意思皆私，只你自知，须精细省察克治，唯恐此心有一毫偏倚，杜人是非，这便是格物致知。簿书论狱之间，无非实学；若离了事物为学，却是著空。"

王阳明的良知差不多相当于人们常说的"良心发现"，所谓的致良知就是"让良心发现"。良心之所以难发现是因为人们被欲望、偏见、恶习给遮蔽住了。良心、良知是肯定有的，因为人性本善，恶乃后起。王阳明给朋友写信说："所谓良知，即孟子所谓'是非之心，知也'。"良知人人具有，就看你真诚不真诚，看你正派不正派，孔子说过："我欲仁斯仁至矣。"王阳明有个六十八岁始入门的学生董萝石从外面回来对先生说："今日见一异事。"问："什么异事？"他说："见满街都是圣人。"王阳明说："此亦常事耳，何足为异？"而且，王阳明坚信百姓日用就是道，若离开事事物物去讲什么玄妙的道，便是知行否隔，正是士大夫的通病。他说："'知行合一'之说，专为近世学者分知行为两事，必欲先用知之功而后行，遂致终身不行，故不得已而为此补偏救弊之言。学者不能著体履，而又牵制缠绕于言语之间，愈失而愈远矣。行之明觉精察处即是知，知之真切笃实处即是行。"孟子说"人人皆可成尧舜"，王阳明说，就看愿意成不愿意成！就像佛教讲"发心"一样，阳明大谈"立志"：立圣人之志，成圣人；立贤人之志，成贤人；立愚人之志，成愚人。上智与下愚不是不能改变，而是不肯改变。这是让他大伤其心的："谁人不有良知在？知得良知却是谁？"他常这样训第一流的学生："汝辈学问不得长进，只是未立志。"

　　像佛陀随缘设法一样，王阳明随地指示良知。他非常机敏、幽默、潇洒。他让王畿他们用扇，学生说"不敢"，他说："圣人之学，不是这等捆缚苦楚的，不是装作道学的模样。"学生请教他怎样致良知，他说："此须你自家求，我亦无别法可道。昔有禅师，人来问法，只把尘尾提起。一日，其徒将尘尾藏过，试他如何设法。禅师寻尘尾不见，又只空手提起。我这个良知就是设法的尘尾。舍了这个，有何可提得？"刚说完，又有一个学生进来请问功夫切要。王阳明转过身来问别人："我尘尾安在？"在座的人都"跃然"。

钱德洪与王畿讨论先生的纲领性口号："无善无恶是心之体，有善有恶是意之动。"王畿说："此恐不是究竟话头。若说心体是无善无恶的，意也就应该是无善无恶的意。若说意有善恶，毕竟心体还有善恶在。"钱德洪说："心体是天命之性，原是无善无恶的。但人有习心，意念上见有善恶在，格致诚正，修此正是复那性体功夫。若原无善恶，功夫亦不消说矣。"晚上二人去请教王阳明，王阳明说："你们俩的说法正好相资为用，不可各执一边。我这里接人原有此二种。利根之人直从本源上悟入。人心本体原是明莹无滞的，原是个未发之中。利根之人一悟本体，即是功夫，人心内外，一齐俱透了。其次不免有习心在，本体受蔽，姑且教他在意念上实落为善去恶。功夫熟后，渣滓去得尽时，本体亦明尽了。汝中之见，是我接利根人的办法；德洪之见，是我这里为次一等者立法的。你们俩相取为用，则中人上下皆可引入于道了。若各持一边，眼前便有失人，便于道体各有未尽。"他沉默了片刻，然后郑重地说："以后与朋友讲学，切不可失了我的宗旨：无善无恶是心之体，有善有恶是意之动，知善知恶是良知，为善去恶是格物。只依我这话头去随人指点，自没病痛。此原是彻上彻下功夫。"

王阳明也不知道他到底有多少学生。他走到哪里都有一批人跟着他，旁听的更不计其数。阳明学越讲越精，听者越附越盛。在贵阳时，阳明学是草创阶段，影响不著，在南京时，学生已多将起来。滁州成为"讲学首地，四方弟子，从游日众"。王阳明"日与门人遨游琅琊、瀼泉间。月夕则环龙潭而坐者数百人，歌声振山谷。诸生随地请正，踊跃歌舞。旧学之士皆日来臻。于是从游之众自滁始"。"盖先生点化同志，多得之登游山水间也。"门生最多的时候是王阳明平了宸濠之叛后辞爵丁忧回老家余姚时，"环先生而居者比屋，如天妃、光相诸刹，每当一室，常合食者数十人，夜无卧处，更相就席，歌声彻昏旦。南镇、禹穴、阳明洞诸山远近寺刹，徙足所到，无非同志游寓所在。先生每临讲座，前后左右环坐而听者，常不下数百人，送往迎来，月无虚日；至有在侍更岁，不能遍记其姓名者。每临别，先生常叹曰：'君等虽别，不出天地间，苟同此志，吾亦可以忘形似矣。'诸生每听讲出门，未尝不跳跃称快……"

讲学，是历代大儒"志于道""弘道"的主要形式，这种传教精神真可以与日月同辉。自孔子开始，"传教士"成了儒的别称。孔子在颠沛流离中讲学，孟子拿着诸侯的钱讲自己的学，汉代的"循吏"们在行政工作中弘扬儒道，隋末的王通在荒村野店为唐初培养了一批宰相，张载、程颢、程颐、朱熹、陆九渊均有可歌可泣的讲学壮举。明末清初的那帮大儒尤为艰苦卓绝，其传教精神真可用感天动地来形容。孙奇逢领乡民抗清，形势如以卵抗石，依然组织义学，教授子弟。清末的章太炎在被监视中讲学能把监视的特务都听哭了。

王阳明讲学、办学都有他特有的难处。身体不好、军旅匆忙都不是难点所在，难在他要超越程朱理学，这几乎是令人难容忍的狂妄悖逆之举，"天下之人，相与非笑，而诋斥之，以为是病狂丧心之入耳。"与内行们进行学理辩论，他觉得是正常的，但受到官方的压制，他能不觉得难吗？王阳明的心学就是在实践中成长、在压制中壮大的。就说良知，它萌生于王阳明在龙场驿孤苦凄绝的漫漫长夜中，"致良知"的口号诞生于他平了宁王宸濠之乱后飞语构陷、毁谤百出的境遇中。钱德洪在《传习录（中）》的按语中说："（先生）平生冒天下之非诋推陷，万死一生，遑遑然不忘讲学，唯恐吾人不闻斯道，流于功利机智，以日堕于夷狄禽兽而不觉；其一体同物之心，浇浇终身，至于毙而后已：此孔孟已来贤圣苦心，虽门人子弟未足以慰其情也。是情也，莫详于《答聂文蔚》之第一书。"在这封信中，王阳明直白无隐、义愤填膺地数落了良知之学所针对的世道人心：

> 后世良知之学不明，天下之人用其私智以相比轧，是以人各有心，而偏琐僻陋之见，狡伪阴邪之术，至于不可胜说；外假仁义之名，而内以行其自私自利之实，诡辞以阿俗，矫行以干誉，掩人之善而袭以为己长，讦人之私而窃以为己直，忿以相胜而犹谓之徇义，险以相倾而犹谓之疾恶，妒贤忌能而犹以为公是非，恣情纵欲而犹以为同好恶，相陵相贼，自其一家骨肉之亲，已不能无尔我胜负之意，彼此藩篱之形，而况于天下之大，民物之众，又何能一体而视之？则无怪于纷纷藉藉，而祸乱相寻于无穷乎。
>
> 仆诚赖天之灵，偶有见于良知之学，以为必由此而后天下可得而治……

阳明以悲壮的"承当精神"说："我此良知二字，实千古圣贤相传一点骨血也。"

四、成败毁誉致良知

单就内在理路而言，心学的确与禅宗同趋，王阳明挣开手脚，别求新路，将孟子的性善论与禅宗的"本心清净"论合而为一，将孟子的"求其放心"论（探求人性中克制力的理论）与禅宗的"即心即佛"论、除欲归本论融为一体，致良知也与禅宗的"直指本心"一样简易真切，活泼有用。但王阳明再三叮嘱学生莫趋禅悦之浅薄境界，他自感良知之学是极高明远大、能够改天换地的。个中微妙的区别在于良知之学不仅要找回心本体，还要发挥心之用，不仅要做个能改造自己的圣贤，更要做个能改造世界的英雄，是以修炼内圣功夫去完成外王事业为"全体大用"的。近百年以来，大政治家、大思想家、大文化史专家都异口同声地承认知行合一最有益于世道！

王阳明本人就是从"二氏（仙、释）之学"中挣脱出来的，反戈一击很有说服力。他极会当主人翁："二氏之用，皆我之用。即吾尽性至命中完养此身，谓之仙；即吾尽性至命中不染世累，谓之佛。但后世儒者不见圣学之全，故与二氏成二见耳。譬之厅堂，三间共为一厅，儒者不知皆我所用，见佛氏则割左边一间与之，见老氏（道教）则割右边一间与之，而己则自处中间，皆举一而废百也。圣人与天地万物同体，儒、佛、老、庄皆吾之用，是谓大道。二氏自私其身，是之谓小道。"他又极善"拿来"、为我所用地"拿来"："虽小道必有可观。如虚无、权谋、术数、技能之学，若能于本体上得所悟入，俱可通入精妙。"这种不同于西方"方以智"的中国特色的

"圆而神"法门，虽古已有之，但到王阳明而自觉化，而出神入化，无所不至。只要立有大志，便能"万物皆备于我"："善者固吾师，不善者亦吾师。且如见人多言，吾便自省亦多言否？见人好高，吾自省亦好高否？此便是相观而善，处处得益。"

一个学生问他："有人说学者以治生为首务，先生以为误人，何也？岂士之贫，可坐守不经营耶？"王阳明说："若只说学者治生上，尽有工夫则可。若以治生为首务，使学者汲汲营利，断不可也。且天下首务，孰有急于讲学耶？虽治生亦是讲学中事。但不可以之为首务，徒启营利之心。果能于此处调停得心体无累，虽终日做买卖，不舍其为圣为贤。何妨于学？学何二于治生？"

王阳明褒举颜回，贬低子贡，以为颜子在性地上下功夫，日见自己的不足遂日日有长进，而子贡在闻见上下功夫，日见长进而封闭起来。王阳明给湛若水写信说："颜子没而圣人之学亡。"似乎他重内圣一路，轻外王一路，其实他正是靠勘大变、平大乱的赫赫事功给儒学挽回了面子，并树立了心学战无不胜的丰碑。用心学语言说，最关键的是王阳明能够"廓然大公"，所以能"随物顺应"，随机应变信如神，又无往不合乎圣道，不是那种"平生无一济安策，临危一死报君王"的无用书生。这也是心学原理——"诚则智"。他有一段不大受人注意却至关重要的语录：

> 诚是实理，只是一个良知。实理之妙用流行就是神，其萌动处就是畿（细微的迹象，隐秘的事端），诚神几曰圣人。圣人不贵前知。祸福之来，虽圣人有所不免。圣人只是知几，遇变而通耳。良知无前后，只知得见在的

几，便是一了百了。若有个前知的心，就是私心，就有趋
避利害的意。

"知几，遇变而通"，是所有英雄成大事的秘诀，相当于今人耳
熟能详的"具体问题具体分析"，机动灵活地去战斗。这是理想主
义的实用主义，不同于那些因循墨守之徒的虚无主义的实用主义，
更不同于机械的教条主义。王阳明之所以能完成平定宁王叛乱那
样艰巨的使命，正是靠这个本领。

他四十五岁时，走上"抚镇南、赣、汀、漳等处"的军旅之路。
这几处"接壤山谷，无非贼巢"。朝廷屡次派的人都束手无策，反而
造成更大的恶果，逼得山民们由小伙变成大聚义，从广东借来"狼
兵"，实属高射炮打蚊子，耗资甚巨且不说，而且狼兵来捕不了什么
"贼"，反而比"贼"还凶虐。大小官员都认为这些"山中贼"无法可
除了。兵部尚书王琼知道王阳明是"学本诚明、才兼文武"的大才，
予以特别推荐，并允许王阳明便宜行事，全权办理。王阳明再三上
疏恳请圣上不要派他这个书生去领兵，皇帝却严厉命令他去上任。
他一旦上任便彻底进入角色，真一副干啥吆喝啥的派头。他先严御
战之法，复行十家牌法，选民兵，明攻暗袭、离间计、反间计、攻心
术一齐招呼，忽用"附背扼喉之策"，忽用出其不意之计。治内则严
行赏罚，彻底改变了"南、赣之兵，皆畏敌不畏我"，"未见敌而亡，
不待战而败"的局面。他这时不讲愚夫愚妇也是圣人了，而是说他
们"犬羊之性，变诈不同；豺狼之心，贪噬无状"。"阳虽听招，阴实
肆毒。"这时，他不讲性善论了，而是"杀贼一，赏银五两；杀贼二，
赏银十两"。这是割下首级来的，按颗算；没割下首级来的，银子便

少一些，给三两。打横水时，铳炮之声撼摇山谷。"兵，不祥之器"，但这位道德家依然要将它玩到极致了。这时的心学，变成了"运用之妙，存乎一心"的兵法："兵无常势，在因敌变化而制胜，贼以为必待狼兵而后敢攻，此所以不必狼兵而可以攻之也。"他收拾池大胡子一案，颇像诸葛亮对付孟获。池大胡子明知"王公（指阳明）素诈"，还是上了王阳明的当。王阳明先撤去进剿之兵，后善待假来投降的池大胡子的弟弟，又当着这伙奸细的面鞭打真来投降的，然后又在底下悄悄地善言抚慰，让他们回去响应官军，最后诱池大胡子下山进城，帐设刀斧手，同时诸路官军问道上山，直捣"贼窟"。他给皇帝的长达万余言的奏折中称："前后两月之间，通共捣过巢穴三十八处；擒斩大贼首二十九名颗，次贼首三十八名颗，从贼二千零六名颗；俘获贼属男妇八百九十名口。"王阳明废弃了原先"三省夹攻"的方案，用他组建的小分队"破山中贼"，用他的道德感化法"破心中贼"，奇迹般地解决了令朝廷头疼的老问题。朝廷高兴是当然的，"百姓沿途顶香迎拜，所经州、县、隘、所，各立生祠"，这也是当然的。他则关心移风易俗的工作，兴立社学，后来则在有条件的地方兴办书院，他认为只要教化民众，民风才可能改善，礼让兴则乱不做矣。他在赣期间，刊刻了古本《大学》《朱子晚年定论》，他的学生薛侃刻印了《传习录》。

他几度辞赏、辞职、请求退休都不被允许，正当他奉命去"勘处福建叛军"，走到丰城时，"闻宸濠反，遂返吉安，起义兵"。他本来可以照章办事，不返吉安，但受良知指引，冒死而来。宁王谋反已经营数年，上结朝廷权贵、幸臣，下养死士二万、军人数万，声大难挡，许多官员已降了宁王。王阳明搭船返吉安，船工不敢开船，他们听说宁王已派千余人来劫，谎称逆流又无风，开不了船。王阳明祷于舟中，誓死报国，北风起，船工还是不肯开船，王阳明拔剑削其耳朵，才开了船。黄昏，王阳明直觉到有危险，便留下一随员穿上他的官服，他微服藏到一条渔船上。果然宁王的兵抓住了他那个替身，他则到了临江府，知府接入。他假造圣旨"行令两广、湖、襄都御史及两京兵部各命将出师"，让若干戏子将假圣旨缝在衣服中故意走到可以被宁王兵捉住的地方，宁王截获了"圣旨"后，果然疑惧，不敢出兵南京，放弃原先出奇制胜、直捣南京的构想，由主动变为被动。其实，这时到京城告发宁王造反的两位下级官员反而被朝廷给扣押了。宁王在京师已买通了诸多权竖，若不撞上王阳明这种"管闲事"的人，他也许能成为第二个永乐皇帝。王阳明并没有接受到任何成命，他只是出于"主人翁"的责任感，自发地来冒险。当时江西的官员或被宁王杀之，或被宁王扣之，或降于宁王，或坐观待变，因为正德皇帝已荒淫无耻到了今古奇观的地步，此前刚因要南巡被廷臣阻谏，杖死十余名臣僚。王阳明连夜赶到吉安，知府伍文定接入。为防被宁王奸党截获，王阳明写了《乞便道省葬疏》和《飞报宁王谋反疏》，用前者掩盖后者，王阳明心思细密大率类此。同时他"传檄四方，暴发逆濠罪状，檄列郡起兵以勤王"。他则声称"奉机密救旨"，调兵遣将，先引蛇出洞，等宁王出师安庆时，阳明会师直攻南昌。宁王惊闻老巢被捣，遂回师救援，阳明率师在黄家渡与之展开决战。宁王重赏将士，又人多势众，其中多惯匪死士，阳明师中有退却者。阳明令斩后退者，伍文定被炮火烧了胡子依然击鼓催战，正好一炮打中了宁王的船，宁王遂退走，结果兵败如山倒。次日，阳明用火攻，宁王的副舟起火，宁王与妃嫔泣别，其中娄妃，乃当年劝阳明圣人必可学而至的娄一谅的女儿，跳水全节。宁王被擒后对王阳明说："王先生，我欲尽削护卫所有，请降为庶民，可乎？"王阳明说："有国法在。"阳明仅用了三十五天时间就平定了这次大叛乱。

这时，皇家大军才走到中途。他们为了夺功，密旨请皇帝亲征，正德皇帝遂封了自己一个镇国公率大军南下巡游，又有廷臣死谏被杖死的。宦官张忠、江彬，安边伯许泰倒像是来捉拿王阳明似的，领着那么多军队一下子填满了南昌城，他们觉得只有将王阳明和朱宸濠一块押送京师才带劲！王阳明又不把宸濠交给他们。他们遂诬陷王阳明早与宁王串通，只是见他们大军到来才捉拿宁王以自保的。而且捉一个宁王有一知县即可，王阳明的功劳一点儿也不大，只是妆点过实的夸张罢了——这其实是毫不新鲜的套版悲剧：奸臣当道，忠臣被害；庸人执政，精英淘汰。前两句可以概括张忠、许泰对王阳明的构陷，后两句则可以形容杨一清、桂萼对王阳明的排斥。

其中有趣的事情多得很。王阳明押解宸濠北上献俘，而张忠、许泰居然想追还，将宸濠放到鄱阳湖，等着正德皇帝亲自与其遇战，而后奏凯论功。把国家大事如此游戏化真让后人和外国人惊疑难信。除了正德皇帝这样的大玩主，谁能养出这种大游戏气象来？王阳明他们誓死保卫的竟是这样的君王和朝廷。正德皇帝曾以威武大将军派锦衣千户追取宸濠，王阳明不肯出迎，属官问给锦衣千户多少钱，王阳明说只给五两，锦衣怒而不要。次日，锦衣来辞行，阳明执其手说："我在锦衣狱甚久，未见轻财重义如公者。我别无所长，只会作文字，他日当为表彰，令人知道锦衣卫中有公这样的人。"锦衣竟不能出他语而别。王阳明只能用这种滑稽的办法与缺德少才却权大无边的小人周旋。张忠、许泰他们的大军在南昌靡费不堪自不待言，他们还制造事端，一旦有了硬性对抗的口实，他们便可以立即矫诏拿办王阳明。王阳明后来回忆说："吾昔在省城，处权竖，祸在目前，吾亦帖然；纵有大变，亦避不得。吾所以不轻动者，亦有深虑焉耳。"他只有巧妙应付。江彬初到江西，让王阳明坐偏座，阳明佯装不懂，径坐上席，他不为一席之尊卑，"恐一受节制，则事机皆将听彼而不可为矣。"王阳明不敢明着撵他们出南昌，便学张良四面楚歌法，在城内祭奠死难者，哀声不绝，北军无不思家，泣下求归。那帮权竖等王阳明在奏捷的帖子写上了他们的"功劳"后，才撤兵北旋。

不知是为了用实际行动回击权竖关于他欲反的谣言，还是他真心灰意冷了，王阳明忽而入西湖净慈寺，忽而入九华山，脱掉官服，穿上野人衣裳，像是在宣布：你们都想争功，我偏要弃官，入山修道。这也许只是一种姿态，一种政治性的举动。但当他五十岁时把门人召集在白鹿洞时，真有"归志，欲同门久聚，共明此学"的意思了。他自言："经宸濠、忠、泰之变，益信良知足以忘患难、出生死。"他对大弟子邹守益说："今自多事以来，只此良知无不具足。譬之操舟得舵，平澜浅濑，无不如意，虽遇颠风逆浪，舵柄在手，可免放溺之患矣。"这只能保证他心态泰然而已，并不保证别人对他也使用泰然原则。

晁错"密于除奸、疏于防身"，韩愈可以感动鳄鱼，却无法感动排挤他的大臣。王阳明除宁王时达到了他推崇的"诚神几"的圣人水平，但在官场上他就不能那么得心应手地"知几通变"了。他给兵部尚书王琼的信谦卑得过分，说明他还是相当世故的，也想从上面找个根子。他将宸濠交给大太监张永，张永后来在正德皇帝面前多次驳斥江彬、张忠对他的诬陷，说明他这一宝也押对了。但他把平宸濠的功劳归功于王尚书的英明领导时，惹恼了宰辅杨一清、桂萼。这两位正派的大臣和张忠、许泰不是一回事，但对待王阳明时却异曲同工，他们视王阳明为怪物，视心学为洪水猛兽。舆论中，有推荐王阳明这样的忠君体国、文武全才的能臣入阁的，而杨一清等"具揭帖"（写大字报）反对说："王守仁才固可用，但好服古衣冠，喜谈心学，人颇以此异之，不宜入阁。"匿大功、责小过本是各级领导的惯技，这也罢了。尤为不可思议的是各种清查与言官、宦官的纠劾此起彼伏，连绵不绝地折腾了两年。要不是正德皇帝及时死了，王阳明很可能活不长。正德皇帝是在正德十六年三月死的，六月新上任的嘉靖皇帝敕旨，以"尔昔能剿平乱贼，安静地方，朝廷新政之初，特兹召用。敕至，尔可驰驿来京，毋或稽迟"。有点求贤若渴的劲头，王阳明自然立即启程，天子呼来即上船。可是宰辅从中作梗，暗示言官建言，以为"朝廷新政，武宗国丧，资费浩繁，不宜行宴赏之事"。这种文不对题的官话就把王阳明泡了汤。王阳明给新皇帝写了《乞归省疏》，说了实心话："臣自两年以来，四上归省奏。虽以暂归为请，而实有终身丘壑之念矣。因为'权奸谗嫉，恐罗暧昧之祸'。今圣上入承大统，使臣'出陷阱而登之春台也，岂不欲朝发夕至，一快其拜舞踊跃之私乎'？"这回朝廷同意他回老家省亲了。然而，他一去就是六年，几乎是"奉旨养良知"去了。

嘉靖六年十二月，嘉靖皇帝方才下达了"王守仁封新建伯"，

"三代并妻一体追封"的圣旨。这迟到的奖赏遭到了王阳明的严词拒绝。"同事诸臣，延颈而待且三年矣！"这倒罢了，关键是当时他"未受巡抚之命，则各官非统属也；未奉讨贼之旨，其事乃义倡也"。当时跟着他干是冒着杀族风险的，现在不但不赏他们，反而"阴行考察"，或不行赏而并削其籍，或赏未及而罚已先行，或虚受升职之名而因使退闲，或冒蒙不忠之号而随以废斥。尤让他痛心的是举人冀元亨奉命入宁王府"探其密计"，最后却以奸党罪被捕，冤死狱中。他们这么做实在是替宁王报仇！他请求朝廷普赏当初报效的诸臣："没有他们，我算得了什么？""愿尽削己官，移报元亨，以赎此痛。"当交章飞劾阳明时，王阳明的学生黄绾、陆澄为他辩诬，他则只为冀元亨申冤而移文六部及湖广两司。

陆澄在《辨忠谗以定国是疏》中说："臣知守仁之心，绝非荣辱死生所能动者。但恐公论不昭，而忠臣义士解体尔。"他大胆质问，宸濠作乱时，"卖国之徒计安出也？""今建不世之功，而遭不明之谤，天理人心安在哉！"黄绾的《明军功以励忠勤疏》则直指当时官场的不成文法："凡饰誉、援党、贿讫、讥谗不及，必获显擢，无不如意。凡尽忠勤职，即讥谗蝟集，黜辱随至，无不失意。"这样下去，"人皆以奸结巧避为贤，孰肯身仕国家事哉？""他日无事则可，万一有事，将谁效用哉？"他着意反驳了不让阳明进京的借口："陛下大官之厨，日用无纪，哪在乎一餐之宴？北京岂无一职，偏派他当南京兵部尚书。""此乃邪比蔽贤嫉功之所为也。守仁后丁父忧，服满遂不起用，反而时造言排论。然虽蒙拜爵升官，铁券未给，禄米未颁，朝事无与，迹比樵渔。"王阳明成了江湖闲人。这便是能干又肯干的下场。

无论如何，王阳明不是只问利害不问是非的"小人儒"，恰恰相反，他只问是非不问利害，用实际行动证明他的良知之学本是知行合一的。他在辞爵的上疏中将自己的选择与流行的做法作了鲜明的暗比："殃莫大于叨天之功，罪莫大于掩人之善，恶莫深于袭下之能，辱莫重于忘己之耻。"像许多奏疏一样，这一篇皇帝也没有读到。

　　他在林下当闲人，朝中却有人为围剿他的学说而忙乎。有御史倡议论劾，禁止他的心学，有给事中说他平宸濠时杀人纵火，宸濠过去曾经夸赞过阳明，他们之间的关系不清不白，等等。阳明告诫学生："这正是我们动心忍性、切磋砥砺的好时机。"为了展开对心学的批判，他甚至在科举考试的策论卷子中"以心学为问"，暗示考生批驳心学。王门有若干弟子拒不答卷，罢考而去，阳明大喜："圣学从此大明矣。"钱德洪说："时事如此昏浊，大明从何谈起？"阳明说："我的学说怎么能遍语天下士？经此番会试，虽穷乡深谷也都知道了。我若错了，天下必有起而求真是者。"

　　面对谤议日炽的局面，他请学生分析个中原因。邹守益说："先生势位隆盛，是以忌嫉谤。"薛侃说："先生学说影响日增，又是陆（九渊）非朱，为宋儒争异同，则以学术谤。"王艮说："天下来问学的太多，您只招生不管分配工作，所以他们也有起而攻击先生的。"阳明说："你们说的都对，但还没说到点子上。关键是我才做得个狂者。"

　　阳明沉思了片刻，接着说了下去："当年孔子在陈，思鲁之狂士。狂者志存古人，一切纷嚣俗染，举不足以累其心，真有凤凰翔于千仞之意，一克念即圣人矣。唯不克念，故阔略事情，行有破绽。

唯其有破绽说明志尚不俗，心尚未坏，尚可造就。乡愿讥议狂狷，貌似中庸，其实是德之贼也。因为他们媚世，他们见君子就表现出忠信廉洁的样子，见小人又与之同流合污，其心已破坏，绝不可能入尧舜之道。如今的士夫则比乡愿还等而下之，他们陷溺于富贵声利之场，如拘如囚，必然视狂者为怪物、为仇敌。当年在南京，我还有乡愿意思，后来便任天下飞语腾口，我只依良知而行。现在我要努力悟入中行圣道。你们也不要止于狂就罢手。"

德洪问："先生二十八岁刚及第时上《边务八事》，务实的都赞扬，也有说您狂傲的。后来先生主试山东，在命题中就抨击乡愿，是否您以反乡愿为一贯之道呢？"王阳明笑了，说："上《边务八事》是少年时事，有许多抗厉之气。此气不除，欲以身任天下，不济事。傲是人生大病，断断要不得。但乡愿又是坏天下心术的顽症，造成重儇狡而轻朴直，议文法而略道义，论形迹而遗心术，尚和同而鄙狷介的阉然媚世的世风，天下之人已相忘于其间而不觉。此风不除，国事无望、人心难起，读书人只要会背朱子注文即可得官及第，士习日偷，谁还料理自家心头的良知！"

他五十四岁时写了一篇《稽山书院尊经阁记》，愤怒地抨击了已成传统的貌似尊经其实是坏经的怪现状：

呜呼！六经之学，其不明于世，非一朝一夕之故矣。尚功利，崇邪说，是谓乱经；习训诂，传记诵，没溺于浅闻小见以涂天下之耳目，是谓侮经；侈淫辞，竞诡辩，饰奸心，盗行遁世，垄断而自以为通经，是谓贼经。

这真是孟子精神在十六世纪的再版了。王阳明几十年如一日地以传道统为己任，他认为圣人之学就是心学，"学以求尽其心而已"。他心中的道统谱系就是孔子、子思、孟子、陆九渊，再往下就是他自己，往下传也靠他了。所以，不管军旅生涯多么繁重，战事多么紧急，身体多么不好，他都讲学不辍，走到哪里都兴县学、修书院。如今，他终于有了自己的书院：嘉靖四年十月，"阳明书院"在越城西郭门内光相桥之东建成。

尽管直到如今，"谗构未息""查勘未息"，但他照旧笑傲江湖，与众多弟子登山游水，"随地指示良知"，他那充满心理暗示性的教学方式越发精警剀切、机趣盎然了。这种在林下自由讲学的活法是他觉得最好的活法。中秋佳节，月白如画，他在碧霞池的天泉桥上设宴与百余学生徜徉在良辰美景之中。"酒半酣，歌声渐动。久之，或投壶聚算，或击鼓，或泛舟。"阳明拈须吟诗："铿然舍瑟春风里，点也虽狂得我情。"

他的丁忧期早已满了，荐举他出山的奏章也此起彼伏，但几乎都被宰辅压下了。这个嘉靖时代比正德时代好不了多少，老例还是那些老例，乡愿还是那样的乡愿。这帮外和中妒、徇私败公的人要起用阳明，除非有了过不去的坎。当时最大的内政是议大礼：嘉靖是正德叔叔的儿子，过继当了皇帝后，其生父的位置怎么摆？儒学的本行就是研究这个的，但古礼与现任皇帝的意图不合，争执不已。不断有人来问王阳明，阳明"竟不答"。他不想涉足这摊浑水。最大的外事便是两广的民族纠纷造成连年战事，几任大员均不能奏凯。不用阳明不行了，遂催命一样，接连敦促阳明为两广总督，命他前去平乱。

王阳明在辞任命的上疏中讲了一通土官仇杀的特点，调停得好，容易成功，但自己"痰疾增剧"，冒疾轻出，身死事小，误了事对不起国家，等等。他给亲近学生的信中吐露了更多的实心话：参与平宸濠的湖、浙及留都之有功者皆已升赏，唯独主要干事的江西的"从义将士，至今查勘未已，往往废业倾家，身死牢狱，言之实为痛心，又何面目见之！""纵使江西之功尽出滥冒，独不可比于留都、湖、浙之赏乎？此事终须一白。已八年矣，尚尔查勘未息。但今日言之，又若有挟而要者，奈何奈何。"他视"东南小蠢，特疮痔之疾"。而"群僚百司各怀谗嫉党比之心，此则腹心之祸，大可忧者"。他跟三百多年后的林则徐一样不怕广东之祸事，只怕朝廷内部的窝里斗。世事难为如此，人情难测如此，他真"百念俱息"了，他认真地揣量了一番之后说："终得养疴林下是幸。"

　　然而朝廷催命依旧，他再三推辞："某迂疏之才，口耳讲说之学，簿书案牍，已非其所，而况军旅之重乎？"他也的确病得很重，本来就潮热痰嗽，又极怕炎暑，偏让他去炎毒之乡，"用我实毙我也"。然而，没有用，你敢抗旨吗？

　　王阳明果然是奇才，不到一个月的时间就和平解决了"思（恩）、田（州）之役"。他不愿意看到生灵涂炭的灾难，不愿再驱人于兵刃之地。他亲自到乱军营寨进行招抚，跟他们讲了一通"尔等逃窜日久，且宜速归，完尔家室，修复生理"等人情味极浓的话，"兵连祸结，两省荼毒，已逾二年"的思田之乱就平定了。他建议朝廷分设土官与流官，既加强中央领导又保证当地少数民族的自治，还建议兴设学校等。班师之际又扫平了八寨、断藤峡之"负固稔恶"的"蛮贼"。"两广父老皆以为数十年来未有此举也。"然而朝廷大臣却诋毁他"征抚两失，赏格不行"。王阳明的学生方献夫上疏争辩："夫忠如守仁，有功如守仁，一屈于江西，再屈于两广。臣恐劳臣灰心，将士解体，后此疆圉有事，谁复为陛下任之？"嘉靖看后，不开心，未置可否。

　　此时的王阳明已病势狼狈，到南宁后就添了水泻，日夜数行不得止，现在两足已不能站立。他只有一个愿望："必得一还阳明洞。"他上疏请假，"疏入，不报。"他举郧阳巡抚林富以自代，没等到朝廷的命令就努力往老家赶。但还是来不及了，他死在了南安府（今江西省大余县）的一条船上，年仅五十七岁。然而，这不叫鞠躬尽瘁，这叫擅离职守。嘉靖皇帝大怒。桂萼先让人压下王阳明的乞养病疏，又来参奏他"擅离职役"的，并且新账旧账一起算，说他"处置广西思、田、八寨恩威倒置"，"擒濠军功冒滥"，并且"密具揭帖"，在皇帝郊游时献上。嘉靖终于决定"命多官会议，削公世袭公爵，并朝廷常行恤典赠谥"。直到隆庆皇帝上台后，才为王阳明平反昭雪，追封王阳明为"新建侯"，谥文成。

　　人们会想当然地以为，王阳明的心学会比王阳明本人的命运好吧，不是帝国后期最大的显学吗？甚至有的教科书还说心学被奉为官方哲学。其实，心学的命运跟王阳明本人的命运一样显赫而倒霉。他生前，心学屡次被当成"伪学"遭弹劾、遭查禁。他死后，张居正这个一度听心学门人讲过学的人，却在秉政之后捣毁天下书院，在全国范围内禁锢心学人士"聚党空谈"的活动。清初诸大儒把明亡的罪责归咎于心学，清修的《明史》为王阳明立传时还特地点出：杨一清、桂萼也许嫉王氏之功，但禁王氏之学是英明的。

　　心学是靠王阳明那遍天下的门生弟子发展起来的，而且是在压制中发展起来的。根据黄宗羲《明儒学案》中的概括有浙中、南中、楚中、北方、粤闽等六大系，还有泰州之左派心学，其实远不止于此。乱世出心学！每逢乱世，特立而出欲拯救天下、想当英雄的中国人，都是心学信徒，哪怕他没认真读过王阳明的书，他也是一肚子心学。不信，你瞧：康有为、梁启超、孙中山、蒋介石……就连并不崇拜王阳明的严复都说："世安得如斯人者出，以当今日之世变乎！"当然诋阳明"猖狂妄行"的也代不乏人。

王阳明离开他的阳明书院去平思田之乱时留下的遗嘱性的文字《客坐私祝》，其中包含着警戒正学末流的箴言："不愿狂躁惰慢之徒，来此博弈饮酒，长傲饰非，导以骄奢淫荡之事，诱以贪财黩货之谋，冥顽无耻，扇惑鼓动，以益我子弟之不肖。"王阳明真是"知几"的圣人，不幸的是就像王阳明的"致良知"没有多少人真信，这遗训也没有阻止心学末流走上酒色财气之路。就像章太炎说子路也难保其末流不为盗，也像鲁迅那被蔡元培称为"最沉痛"的遗言——"不做空头文学家"——并没有挡住空头文学家泛滥成灾。噫嘻！

嘉靖七年十一月二十五日，王阳明翻过梅岭到南安，上船时，门生周积在南安当推官，来见，阳明勉强坐起，喘成一团，问："近来进学如何？"周积略答，然后请安。阳明说："病势危亟，所未死者，元气耳。"周积赶紧去迎医找药。二十八日晚，船停泊，阳明问："何地？"答曰："青龙铺。"二十九日天明，召周积入，良久，开目视曰："他无所念，平生学问方才见得数分，未能与吾党共成之，遗憾！"周积泣下，问："何遗言？"阳明微微一笑："此心光明，亦复何言？"他瞑目而逝时，脸上依然挂着那光明的微笑。

我劝天公重抖擞：龚自珍传

一、入话：箫与剑

乾隆五十七年，本年大事有二：一是乾隆皇帝完成了他那"十全武功"，一是杭州东城之马坡巷出了个龚自珍。

在地球那半边——英国苏塞克斯郡菲尔德庄园，一个长着一对深蓝色眼珠的漂亮小男孩也降临人世，他对人类思想解放产生了深远的影响，他的名字叫雪莱。雪莱是八月四日出生，龚自珍的出生日是夏历七月初五，阳历是八月二十二日。龚自珍小雪莱十八天，多活了二十年。

雪莱长得和他的诗一样漂亮，龚自珍长得和他的诗一样充满矛盾：那个苏格拉底式的大脑门如北魏的佛相作前倾下视状，而下巴颏却尽量向上挺进，欲与饱满的天庭试比高，更高的是两个颧骨，这样便将脸的中心逼成了一个盆地，而头顶又像脸的再版，"四顶中凹""若邱圩"，还是一具五短身材。如果不是两目炯炯，有声震屋瓦的宏音，很难想象他就是那个要劝天公重抖擞的龚自珍。

这副并不优美的躯壳中却装着一个雪莱式的自然主义的浪漫魂灵。与雪莱那天真的理想主义相仿佛，龚自珍始终秉持他那由童心衍化而成的理想主义。雪莱具有顶撞父亲和国王的习惯，这一点是让龚自珍自惭形秽的。这两个人死后才被人们承认为了不起的预言家。

时代因素本为那一代士子所共有，何以龚自珍成为旷代一人、"开风气"的善鸣者？概括地说，就是他兼有了近代个性主义的箫心和近代历史主义的剑气，这两者的双重变奏使他那副灵魂超越了前人，在灵魂的深邃与富饶方面也超越同侪不少。如林则徐的历史功绩、魏源的学术成绩，都比他们的朋友龚自珍大得多，他们总觉得龚自珍孩子气、不稳重，更谈不上老练，但他们知道龚自珍的才抱与情思远远超过他们。事实上也正是那份才抱与情思使龚自珍成为近代文化名人。

龚自珍自言："我生受之天，哀乐恒过人。"我们可以想象这位"风雷老将"的童年是极活泼可爱的："梳双丫髻，椅栏吹笛，歌东坡《洞仙歌词》，观者艳之。"但很难想象这位思想家幼有"怯症"，常有莫名的精神恐怖感，每闻卖汤圆的锡箫声，则心神为痴，其母须立即用棉被把他裹住，百般抚慰，但夜梦犹呻吟，扑入母怀以求庇护。他成年，尚闻锡箫声而情伤。这差不多如同尼采终身不忘童年听到的教堂的晚钟声。龚自珍也就把自己这种超人的感受能力和这感受力上所负载的内容称为"箫心"。这个被史家不屑齿及的细节，正透露着龚自珍心理个性的秘密：他因了这种"微虫入感"的超人的敏锐，才能在举国沉酣升平时，倡言衰世已届，如不更法改图，必末日来临！

这位渴望风雷的志士却有着林妹妹一样爱花、护花的柔细性情。他路见人家砍花木而大痛彻心，救下一株海棠，还写了一篇《救花偈》。他身上有阳明心学的哲学精神，但在这一点上，他与"心中无花，眼中无花"的王阳明先生不同，他一生都爱花，尤喜梅花与海棠。他常作"探梅之游"，他的《病梅馆记》是呼吁解放个性、舒展生命的寓言。不过，他也确实在原配段氏死后，于徽州"手植梅花三十本于郡斋"。后来到了京城，他或拉着朋友去西郊看海棠花落，或一人乘驴车去丰台，卧于芍药深处。在他那"先生探春人不觉，先生送春人笑痴"的自傲自伤中包含的并不只是自然意识。我们真该把龚自珍的诗文看成《红楼梦》的续篇，这不单因为他也会写"落花歌"，他也跟宝玉一样是个"喜聚不喜散"的"无事忙"，更主要的是他能与宝玉一样呼吸领会那遍被华林的悲凉之雾，而且，比起宝玉来，他"长大了"。明清两代对个性解放的情感性追求终于由他升腾为一种改造社会的政治要求。十九岁，宝玉出家了。他出家的意义是提出个巨大的历史性疑问：是社会该改变，还是宝玉这样的有童心的情种该取消？如果以曹雪芹死年为计算起点，则半个世纪后，十九岁的龚自珍开始探索如何改变社会以适应人性的发展。两年后他标举出箫心、剑气的生存姿态，既护持个性生命的舒展，又要致力于改造世界。这确立了一个以个性独立为基础的"通古今、决然否"的近代知识分子形象，其特征用龚自珍的话说即是"虽天地之久定位，亦心审而后许其然"。他二十二岁这一年，天理教首领林清仅率领百余人就袭进皇宫，嘉庆皇帝为此颁发《罪己诏》，龚自珍开始写作《明良论》。他不再作无材补天之浩叹，也不会像林清那样去变天，他认为与其赠来姓，何若"自改革"，他希望天公自己重抖擞一下。龚自珍把自己这种呼吁改革风雷的冲动与努力称为剑气，这当然也映现着他个性中的耿介英气与豪迈的侠气。

他，尽管有怨有悔，却一直以不同的声音吁请着、呼唤着历史性的风雷出现，但直到他死，天公也没重抖擞一下。也正因此我们从这位改革思想家的实际生活中看不见可歌可泣的业绩，他的生平履历是相当乏味、简单、平淡的：二十八岁前是学子、名士，四十八岁后是名士、教师，中间当了二十多年冷署中既闲且小的卑官，到头也只是六品而已。他四十八岁弃官南归时的自我总结是这样的：二十八岁前是"少年击剑更吹箫"，二十九岁后既宦周旋杂疵点，"剑气箫心一例消"。此刻，他表示要"狂言重起廿年暗"。其实，仕宦二十年中，剑气箫心并未一例消，狂言也并未完全暗哑，只是与少年时不同了，学者化了。学佛也用去了他不少生命，近代史上的今文学家差不多都是学佛的，学佛并不就是消极的，谭嗣同的《仁学》借重于佛学的正复不少。有意味的是，龚本人认为这一时期是空白，而官方史志却偏侧重胪举他这一时期的研究经史舆地的成绩。龚自珍始终理不顺和那个世界的关系。残酷而客观地说，那把剑只是插在鞘中的剑，所以只有剑气；那支箫，也是"我有箫心吹不得"的箫，所以唯余箫心。他最终当了个他极不愿意当的诗人、哲学家。这份"不得已"的悲慨，贯穿于他极富有情绪的一生，他写的一草一木差不多都凝聚着悲剧的情味。他那早已成为名著的诗文勾勒了一个世纪的心理曲线，又恰逢他死后中国出现了三千年未有之变局，他那份说不清道不明的剑气箫心赢得了百年四代人情绪上的共鸣。尽管他生前的自我总结是：痛苦一生，失败一生，但死后却应验了自我预期："可能十万珍珠字，买尽千秋儿女心。"

论官阶，他不过六品，既无军功，又无政绩；论学问，他比不过前辈朱竹垞、毛西河、戴震、段玉裁，甚至也不如同辈的魏源、包世臣；论经学造诣，他也没超过老师刘逢禄、朋友宋翔凤；就是在为文作诗这一脉上，他也没有立过什么宗、组过什么派。可是，偏偏是这个在当时找不着感觉的人唤醒了近世无数志士仁人的感觉，改组了近世无数学者诗人的感觉。受过龚自珍影响、明确表示"嗜好"龚自珍的人物，都是一些让人心酸眼亮的人物：如康有为、梁启超、谭嗣同、苏曼殊、鲁迅、陈寅恪、柳亚子为首的南社诸君，等等。这是比乾隆皇帝那"十全武功"更有文化、更有历史意义的事件。据说，这叫作"狮子吼不如雄鸡鸣"。

二、跟着感觉走的叛逆

道光二十一年，五十岁的龚自珍暴卒于丹阳。第二年夏天，龚孝拱抱着先父的遗稿到扬州来找魏源，践履先父与魏源的约言：晚死者为先走者编文集。魏源是龚自珍肝胆相照的朋友，对龚了解得可谓从头发丝到脚后跟都熟谙至极。魏源编定亡友的文集后，在序文中这样概括：

> 其道常主于逆，小者逆谣俗，逆风土，大者逆运会，
> 所逆愈甚，则所复愈大……

这的确是知音之论。龚自珍的一生是"主于逆"的一生，龚自珍文字的精、气、神一言以蔽之：逆而已。他因此而科场屡挫，因此而官运不通，因此而被视为怪物，也因此而"买尽千秋儿女心"。

范缜在《神灭论》中说，人生与树花同发，随风而散，有落于

茵席之上者，有落于溷厕之中者，有落于土墙上者。龚自珍比起那生而为太子的算是落于溷厕之中的，但比生在寻常百姓家的又算落在墙上的。他的祖父、父亲、叔父都是大清国的正经官了。他叔父官至礼部尚书，过生日皇帝还送礼、写家谱皇帝还题词呢。他们龚家也算钱塘江畔的望族了。龚自珍像贾宝玉一样，若依祖宗之训、老老实实地接受当时占主流地位的"学术规范"，凭他那份超人的聪颖，他一定能飞黄腾达、再创辉煌。可是，他偏不，他偏要"顺其性而不拂其能"，他偏要"跟着感觉走，紧抓住梦的手"。

他不是不想走仕途经济之路，而是太想走了，并想大走、走大。若问龚自珍最大的理想是什么？那肯定是当宰相！他的第一学术兴趣就是官制。八岁，他自己认真读的第一本书就是《科名录》，并以此为契机搜辑关于官制的掌故。顺便说一句，龚自珍一生最为自得的学问就是：掌故。他多次在诗中自诩国朝掌故第一大家便是自己！龚氏所究心的掌故是那些关于政治、经济、文化、制度、社会的具体而微的案例，细节是政体真实的脉动。极而言之，掌故乃不成文法，龚自珍议政的论据正是掌故，龚自珍研究掌故正是在做宰相学问。只是由于他下手太早，过早地形成了要"报大仇、医大病、解大难、谋大事、学大道"的"心力"（《胎观第四》），与那个万马齐喑、庸言谨行的官场规则格杆难通、势若水火。他想当官的心情与他瞧不起当官者的心情同样强烈而持久，也因此而总也当不上个正经官。这是"龚自珍现象"的真正起点。

这怪他过早地形成了动与世忤的剑气箫心。首先要怪的是他那位诗人母亲——段驯。段氏在龚自珍刚绕膝而行、牙牙学语时，即向他口授吴梅村的诗歌、方百川的遗文、宋大樽的《学古集》（龚自珍《三别好诗序》），使他过早地养就了诗人的神经、文人的脾性，从而使他终身浩叹："才命相妨！""文章憎命！"他又从他父亲龚丽正那里遗传了"一百个不在乎"的散漫心性，绝不是那种活在"介词结构"中——为了什么而可以违心地去做任何事情的聪明伶俐之人。事实上，他才越高，心越大，越上不了大清帝国的官道。只是此个和合道理他到了科场屡挫之后方晓，那时已积重难返、船到江心了。

蒋光慈《致拜伦》诗第一句便是："天才都是不幸的！"大概是因为天才都要这个社会来适应"我"，而"我"绝对不去适应这个泥淖一样的社会。昆德拉说："天才就是不休歇地背叛。"（《生命中不能承受之轻》）这是天才命定了要难受、要痛苦的原因。因为，这等于送自己入炼狱、送自己下苦海。然而，身不由己，天才注定要"跟着感觉走，紧抓住梦的手"的。

龚自珍率先在"有害于治经史之性情"的诗词文赋方面展露出不可一世的才气。这也是把他引向"多余人"的第一步。他有本已失佚的《少作》（一卷），所收第一篇作品作于他十三岁那一年，他从十五岁那年开始"古今诗编年"。这种早熟既给他带来成名早的幸运，也给他带来再难混沌、再难与衰世诸色同流合污的"不幸"。文学天才，在今天是个难得美誉，在当时却是普遍认为"一为文人便不足观"的。当然，龚自珍还没有放肆到不管不顾地去当"职业作家"的地步，他十二岁时跟他外公段玉裁（戴震的高足，著名文字学家、古文经学家、朴学大师）学习《许氏说文部目》，开始了"以经说字、以字说经"的治经功课，在只有学好儒家经典才能科举成功、由士而仕的年代里，治经，是一个人成功、去"达则兼济天下"的必需的准备。龚自珍跟他外公打下了纯正的学术根基，使得他在这方面的造诣令最蔑视今文经学的章太炎也不敢小觑之。龚自珍十六岁开始治目录学，研读《四库全书提要》。后来也正是靠这种"技术"在官场里混着一口饭吃。这是大违其本心初意的。他那淘气的天性，在他念私塾的时候就使他留恋"放学花前，题诗石上，春水园亭里"之自然嬉戏的生活。他经常逃学，跑到法源寺（当时他随父居北京法源寺南）里去自由读书，害得家人去寺里到处"捉拿"他。他像猴子一样乱窜，段清标老人像瘦高的仙鹤在后面追，和尚们笑他们像"一猿一鹤"。

龚自珍对恢奇瑰怪的人和事比对正经人和正经事感兴趣。北京城藏龙卧虎，精英荟萃。然而，龚自珍却偏偏与一个"畸人"王昙交上了生死相托的朋友。龚已十八岁了，已经成年，到了该做正经事的年龄了，就像薛宝钗劝贾宝玉该与峨冠博带中人谈谈仕途经济了。这个王昙已四十九岁，中举早而终身淹滞，豪放奇肆、悲愤激越。陈文述《王仲瞿墓志》载："幼颖异，读书过目不忘。家素封，以购书耗其赀，读一过即随手散弃。性慷慨，好奇计，每发一论，出人意表，即营一器，制一衣，必别出新意。所为诗文，不循恒蹊。海内识与不识，皆曰奇才。好谈经济，尤喜论兵。"王昙是在毫不知觉中成了牺牲品的。他考中举人时的房师吴省钦倚附和珅，窥和珅将败，吴便想以微罪避位，遂说他的学生王昙能作掌中雷，落万夫胆，可以去平边民叛乱。吴省钦以不经语入奏，如愿以偿地被罢了官。而王昙却蒙上不白之名，从此不齿于士林。"场屋中相戒不录君文。君文奇丽，易识别，君亦自悔改名于礼部，曰良士，不录如故。九上春官不得志，好奇之累也。则有才而不自晦，其才之累也。"龚自珍的《王仲瞿墓表铭》说王昙的确少年从大喇嘛学习了掌心雷，只是游戏而已，却想不到败于此。真是"好奇之累"。他也便一狂到底了，"每会谈，大声叫呼，如百千鬼神，奇禽怪兽，挟风雨、水火、雷电而下上，座客逡巡引去，其一二留者，伪隐几，君犹手足舞不止。"大江之南，大河之北，皆知王昙是"狂士"。王昙也便偏找狂人、奇士相过从。京城虽大，奇人甚少，他在李铁拐斜街访着了一个"矮道人"（据说已四百岁，"色如孩，臂能掉千钧"），矮道人告诉他："京师有奇士……盍求之。"他在门楼胡同见到龚自珍那一天"大风漠漠，多尘沙。时自珍年十有八矣，君忽叹息起自语曰：'师乎，师乎！殆以我托若人乎？'遂与自珍订忘年交"。他把自珍当成矮道人说的那个奇士了。亲不亲，风格分。两人还真"相见便情长"。龚自珍给他作的评价差不多可以视为龚氏的"自传"：

> 其为人也中身，沈沈芳逸，怀思恻悱；其为文也，一往三复，情繁而声长；其为学也，溺于史，人所不经意，累累心口间；其为文也，喜胪史；其为人也，幽如闭如，寒夜屏人语，絮絮如老妪，匪但平易近人而已。其一切奇怪不可迩之状，皆贫病怨恨，不得已诈而遁焉者也。

龚自珍写这篇《王仲瞿墓志铭》时二十六岁，人们已经将龚与王等量齐观，用王之颠沛来告诫龚千万别勿蹈覆辙了（详后）。事实上，龚除了不会掌心雷，是比王更狂放的。"不喜治生，交游多山僧、畸士，下逮闺秀、优倡，挥金如土。囊罄，辄又告贷。"（魏季子

《羽琌山民逸事》）。龚明知故犯，又重演了一遍王昙这种性奇必命奇的悲剧。自然，这种悲剧已是自古而然的老而又老的故事了。但每一代的奇人都得重来一遍，龚自珍后来的朋友，也都是"才命相妨"的，都不可一世又都未尽其才。

龚自珍本来就是一个爱做白日梦的诗人，才能与王昙这种神兮兮邪乎乎的人一见钟情，两人相交往必然发展了龚已具有的这种倾向，越志存高远，越无法在现实中措手足。现存他十九岁时作的一首词，写他做梦到了"光明殿"，这当然是因为他"此生欲问光明殿"的缘故，是他"无情绪，无情绪，寂寞掩重门"心境的主观投射。就是"镇把心魂相守"，也依然"故纸蝇钻不出，陈迹太辛酸"，只有"一掬大招泪，洒向暮云间"了。

用这种心态来面对现实，用美学感觉来过日常生活，那只有活受罪！若是在唐朝，在那个诗人们辐辏京师，以期一诗而达圣听，或蒙宰相青睐，遂龙门得跳的年头，龚这副派头，居京城，即使米贵，也能谋得发展，至少能鼓励他在京城谋发展。而今不同了，所有的进身之阶只归并为一途：去考八股文。还多了一个满汉差别。满族贵族子弟恩荫、袭爵途径尚多些，考试也要求低。龚自珍十九岁时以监生的资格考了一个副榜贡生第二十八名，一肚皮不高兴，深感"飘零也定，清狂也定，莫是前生计左"！直到死前，追忆起来还"终贾年华气不平"呢。他二十一岁时，父亲龚丽正调徽州知府，全家遂出都南下。朋友们本来希望他"万言奏赋，千金结客"，能轰轰烈烈地折腾起来的，他离都之际只有告输："恐万言书，千金剑，一身难。"他的自我总结是："一朵孤花，墙角明如许！莫怨无人来折取，花开不合阳春暮。"说实在的，他太自作多情、太性急、太自期过高、太不认同现实了。君不闻"五十少进士"之语，君不见周进、范进乎!

　　天才大概都是自作多情的，龚自言"我生受之天，哀乐恒过人。"龚自珍就是龚自珍。他在南去的道上舟中，一再声明自己"惟有填词情思好"，"香草美人吟未了"。雪莱写《西风颂》，龚自珍却"劝西风，将就些些，莫便秋深"。中国文人之女人情味于此可见一斑矣。

　　龚自珍四月到外祖父家，段玉裁主持了孙女段美贞与外孙龚自珍的婚礼。随后，龚与表妹变成的新夫人同返杭州，泛舟西湖。龚又有了人生"果然清丽"的飘逸之感，大概又不知道做什么好了："屠狗功名，雕龙文卷，岂是平生意?"然而又做什么都好："狂来说剑，怨去吹箫，两样销魂味。"剑、箫并举，一下子就搔着了无数文人的痒处。当时洪子骏就起而应和："侠骨幽情箫与剑，问箫心剑态谁能画?"洪氏说："怨去吹箫，狂来说剑，二语，是难兼得，未曾有也。"过了十年，另一位性简傲的墨客吴文激还蛮有心思地给龚画了一幅《箫心剑态图》。

　　龚自珍在徽州前后共四个年头，这四年是莎士比亚说的"狂人情人与诗人，想入非非莫比伦"的四年，是他在天高皇帝远的地方隐居放言的四年，是他游山玩水、吟诗作词的四年，是龚自珍的"人生观"定型的四年，也是他在叛逆的路上越跑越远的四年。他在"幽想杂奇悟"的文学天地中徜徉，"梦在半闭的眼前荡漾"。由于他诗的"少作"所存甚少，人们现在能见到的主要是词:《怀人馆词》二卷，《红禅词》又二卷。他二十一岁时编成上述词集，他七十八岁的外公段玉裁为之作序，自然抽象肯定:"造意造言，几如韩、李之于文章，银碗盛雪，明月藏鹭，中有异境，此事东涂西抹者多，到此者少也。自珍以弱冠能之，则其才之绝异，与其性情之沉逸，居可知矣。"接着又具体否定，并现身说法，以自己的经验教训外孙作这些艳词"有害于治经史之性情，为之愈工，去道且愈远"。这是一种温柔的暴力，是以爱的名义施加的一种限制、束缚。段翁的宗旨就是劝接班人"锐意于经史之学"，"虽然余之爱自珍之词也，不如其爱自珍也；余之爱自珍也，不如其自爱也。"此前，段翁在给自珍取"爱吾"一字时，就讲了一通"爱之义，大矣哉！爱亲、爱君、爱民、爱物、皆吾事也"等儒家之爱经。劝龚自珍自爱，绝对是"发乎情止乎礼"的标准的儒门庭训。然而龚自珍不可能像段玉裁一样听了乃翁的教训遂五十年不问辞章，尽管他很敬重外公，他还是不管有损于治经史之性情否，硬朝着"入之愈幽，出之愈工"的路上走。这里面似乎没有对错问题，段有段的理由，他作为龚的长辈，对龚而言，他是传统的化身，他是按着社会的要求来规范龚的，经史乃大道，辞章本末枝。但龚若一味走传统老路也就开不出一代新风了。单说作词一项，龚就在清词史上占有耀眼的一页，而时人和今人一般认为他的词不如诗、诗不如文。这里要说的是龚的脾性：他不会老老实实地接受任何现成的规范！他要跟着感觉走。跟着感觉走，才有了魏源在《定庵文录叙》中所说的那个"非有所受于人也，而忽然得之"。"夫忽然得之者，地不能囿，天不能嬗，父兄师友不能佑。"这才有了"其道常主于逆"！

显然，龚自珍并没有接受外公的劝告，去收拾聪明、专心锐意于经史（他在这方面已有相当的造诣了，段氏在《怀人馆词序》中先肯定了龚的"治经史之作，风发云逝，有不可一世之慨"，正因为他在这方面很有前途，外公才规劝他的）。因为，过了一年，段又专门写信"勉外孙读书":"勿读无益之书,勿作无用之文。呜呼!尽之矣!博闻强记,多识蓄德,努力为名儒,为名臣,勿愿为名士。何谓有用之书?经史是也。"这位七十九岁的过来人,真有大师的慧眼,一针见血地点出了龚有成为名士的危险性。而龚恰恰没有当成道学家式的名儒、中兴国朝的名臣,偏偏当了一个惯好危言耸听的名士,成了一个危险的预言家:别人沉酣升平,他偏说大清国要完了,再不改革,便给别人了——"赠来姓"了。

今天看来,龚在徽州的标志其思想高度的作品是他那堪称传世的《明良论》一组四篇。这组文章标志着一个新型的思想家诞生了,他的名士也当成了。他二十五岁那年春天,到上海父亲龚丽正的苏松太兵备道官署去省侍时,在苏州遇上了被誉为女青莲的词人归佩珊,归女士称赞龚"国士无双","奇气挐云,清淡滚雪,怀抱空今古。"她如果会唱今日的流行歌曲一定会向龚献歌:"跟着感觉走,紧抓住梦的手。"

龚自珍到上海后成了东南一方的名士领袖:"家公领江海,四坐尽宾友。东南骚雅士,十或来八九。家公遍觞之,馆亦翘材有。"龚自珍与钮树玉、何元锡、袁琴南、李锐等,组成了一个中国特色的沙龙,他们谈诗说艺,切磋琢磨,研究学问,探讨时事,批判衰世,提倡变法革新。龚自珍写下《乙丙之际著议》一组十一篇启蒙、救世的宏文,这颗"思想界的彗星"(梁启超语)升起来了。

三、与乡愿宣战,乡愿不战而胜

朱杰勤在民国二十八年所著的《龚自珍研究》一书中以使勇斗狠的语气说:"中华民国革命之告成,龚氏亦颇具一臂之力。"他还引了一则掌故：一个叫"是非闲人"的日本人编写了一本《清季佚闻》，说龚自珍曾经发过这样的怪论："以国授满人，不若剖分之以赠西人为快。"这肯定是借龚之嘴来散布某些人的观点而已。研究掌故的龚自珍是颇世故的，他瞧不起那些"阁于几"（微妙的"度"）的书呆子。他写过一篇广为人知的《杭大宗逸事状》，杭大宗当了龚做梦都想当的翰林后，却跟皇帝说："我朝一统久矣，朝廷用人，宜泯满汉之见。"是日旨交刑部，部议拟死。上博询廷臣，侍郎观保奏曰："是狂生，当其为诸生时，放言高论久矣。上意解，赦归里。"后来乾隆南巡，大宗迎驾，召见，问大宗何以为活，大宗答：买破铜烂铁，摆地摊卖之。乾隆大笑，手书"买卖破铜烂铁"六大字赐之。乾隆再次南巡时，问左右："杭世骏尚未死吗？"大宗返舍，是夕卒。笔端一向常带感情的龚氏，此状却纯用冷笔、秃笔，只像简笔画一样。杭大宗的遭遇本身就告诉了龚氏，不能蹚这个地雷。他何敢赞一言！当然这种写法极其高妙是另一回事。引述此事意在点明龚氏深知"几"，他没有成为文字狱的案例，是因为掌握了文字狱的本质。还有一个机缘就是嘉道以还，积威日弛，严冰乍解，文化气氛稍示宽松。但龚始终以为皇姓"劝豫"、劝当局"自改革"的姿态来放言，而且他是民族主义者。或者说是民粹分子，他是反对对外开放的，他曾建议林则徐连鸦片带其他"海物"一律拒之于国门之外，他没有类似"非三百年殖民地不可"的思想。

综观龚所有的"猖狂大言"，其实就是两路：一是以一个人文知识分子的立场和情怀来批判现实，二是以一个廷臣的口吻给主子提些有利于君囷的建议，都是儒家传统的当代再版。前者像孟子，心怀天下为公的前提，是以"宾"的身份来要求主人像对待朋友一样对待天下士人，这是他三十岁入仕前的基本口吻（他也的确只是个"宾""自由撰稿人"），如《明良论》《乙丙之际著议》等。后者则是仆人对主人在说话，所谈的都是一些具体问题。龚自珍给了康梁一代"若受电然"般刺激的主要是第一路"高论"，朱杰勤说龚有功于民国革命也是指第一路革命言论的历史作用。

龚的革命言论有两个基本点，一是揭批腐败，一是要求"不拘一格降人才"。所谓的"我劝天公重抖擞"就是要解决这两大问题。而最大的腐败是用人上的腐败，而兴政事又必须兴人才，说到底是个用人的问题。这里面包含龚氏的身世之感，他怀抱利器而郁郁不得伸，遂感受到了封建专制摧残人才、不把人当人这个本质性的问题。龚自珍也因此而成为一个极具人文精神的启蒙思想家。

说实话，嘉道以还讥评时事的不自龚氏始，也不自龚氏终，与龚同时更有一批：张维屏、包世臣、汤鹏、魏源、姚莹、张际亮、潘德舆、黄爵滋等，"皆慷慨激厉，其志业才气，欲凌铄一时"的人物，但魅力都不如龚那么大且久。除了思想深度、倾向上的合适度等人所共知的原因外，还有一个重要因素，就是他们的文体都不像龚那么有人情味，不能像龚那样能写出"感性的光芒"来。龚所使用的文体既不是官方指定的八股体，也不是传统研经治史的讲疏体，也不同于韩柳用过的杂说体，而是一种他"忽然得之"的政论杂文体。这种文体非常适合自由论坛的自由撰稿人，所以从龚氏这个"豹头"开始，后有康梁之"猪肚"，最后在五四运动时期有以鲁迅为代表的杂文、随感录之全盛的"獭尾"。康有为在万木草堂给学生讲龚自珍的文章已超越了秦汉，回归到了诸子的境地，就是有感于龚文这种自由挥洒又奥义渊深的特色。令人惋惜的是，龚没赶上有现代传媒的时代（康梁若无《时务报》《强学报》也还是只有"二三同志"而已），也没有福气运用大众化的白话文。但他已尽可能地要把文章写得活泼、有趣了，如他这样来分析"用人论资格"对帝国"老人政治"风格之形成的作用：由士熬到一品最快也得三十年：

> 夫自三十进身，以至于为宰辅，为一品大臣，其齿发固已老矣，精神固已惫矣，虽有耆之德，老成之典型，亦足以示新进；然而因阅历而审顾，因审顾而退葸，因退葸而尸玩，仕久而恋其籍，年高而顾其子孙，傫然终日，不肯自请去。或有故而去矣，而英奇未尽之士，亦卒不得起而相代。此办事者所以日不足之根源也。城东谚曰："新官忙碌石呆子（碾场的碌子），旧官快活石狮子。"……其资浅者曰：我积俸以俟时，安静以守格，虽有迟疾，苟过中寿，亦冀终得尚书、侍郎。奈何资格未至，哓哓然以自丧其官为？其资深者曰：我既积俸以俟之，安静以守之，久久而危致乎是。奈何忘其积累之苦，而哓哓然以自负其岁月为？其始也，犹稍稍感慨激昂，思自表见；一限以资格，此士大夫所以尽奄然而无有生气者也。当今之弊，变或出于此，此不可不为变通者也。
>
> ——《明良论》三

西洋人敢于悍然发动战争，就因为他们认定当时的中国是具老朽的僵尸。这种僵尸习气的养成，据龚自珍分析，最根本的原因是封建专制："一夫为刚，万夫为柔"（《古史钩沉论》一），以一人之势力，括尽天下之势力，以一人之聪明，括尽天下之聪明。论资排辈之用人制度最见"人主"之苦心奇术，"足以牢笼千百种中材"，最能保证稳定政权这个总目标，只要政权稳定，余不问焉。民生如何，经济如何，都无所谓。他们将天下视为自己"一姓"之私产，谁敢提"天下为公"便是要"夺权"。因此，用奴才不用人才是这种制度的不成文法。

即使是人才也得变成奴才，是条龙也得盘起来，还得用个橛子钉在墙上。最聪明的人便是那些貌似认真、循规蹈矩，而骨子里只是在虚应故事的那种官吏，他们最知道上级的心思，他们冷笑着、斜着眼看那些励精图治、扬才露己的人，知道这些人热闹一响，旋即倒霉矣。笑在最后的恰恰是这些因循苟且的巧人。因为封建专制是铲除豪杰、培植乡愿的体制。所以唯乡愿得其正道。龚自珍最恨这些乡愿巧宦，对他们极尽嬉笑怒骂之能事，说他们是"人草菅"，是徒具人形的土坯，是没有血气人心的"人样子"。"委蛇貌托养元气，所惜内少肝与肠"，他们当官就像庸医误诊一样，这种杀人法比投毒的危害性还大。他们对待主子必然"仆妾色以求容，俳优狗马行以求禄"（《古史钩沉论》四）。"内外大小之臣，具思全躯保全家，不复有所作为。"（《明良论》一）这已丧失了士的基本精神，读孔孟之书，达周公之礼的士一旦成为奴才，就像成了亡国奴一样，"小者丧其仪，次者丧其学，大者丧其视。"

　　窃窥今政要之官，知车马、服饰、言辞捷给而已，外此非所知也。清暇之官，知作书法、赓诗而已，外此非所问也。堂陛之言，探喜怒以为之节，蒙色笑，获燕闲之赏，则扬扬然以喜，出夸其门生、妻子。小不霁，则头抢地而出，别求夫可以受眷之法，彼其心岂真敬畏哉？问以大臣应如是乎？则其可耻之言曰：我辈只能如是而已。至其居心又可得而言，务车马、捷给者，不甚读书，曰：我早晚值公所，已贤矣，已劳矣。作书、赋诗者，稍读书，莫知大义，以为苟安其位一日，则一日荣；疾病归田里，又以科名长其子孙，志愿毕矣。且愿其子孙世世以退缩为老成，国事我家何知焉？

——《明良论》二

这不是"奉旨乡愿"吗？谭嗣同说得更加透辟："统政府台谏六都九卿督抚司道之所朝夕孜孜不已者，不过力制四万万人之累，挚其手足，涂其耳目，尽驱以入契乎一是不移之乡愿格式。"比如历任乾、嘉、道三朝编修、学政、大学士、军机大臣，极受清廷重用的曹振镛，门生请教他何以身名俱泰、恩遇益隆，他说："无他，但多叩头，少说话耳。"有门生改官御史者，必戒曰："毋多言，毋恃豪气。"

所以，既多言，又恃豪气的龚自珍只能成为多余人、畸零人、孤独者、怪物。

有人因为智商低而屡试不售，龚自珍则因为智商太高了而同样不合乎要求。八股文取士要你代圣贤立言，要揣摩口气，要你怎么说你就得怎么说，龚自珍偏偏想怎么说就怎么说，永远不会"装孙子"，所以也就永远不"中程"。从他十九岁中副榜贡生算起，他当了十年等外品，终于在三十八岁那一年，在第六次会试中中了个三甲第十九名，赐同进士出身。

此前，他二十七岁中了举，二十八岁首次参加会试，未中。二十九岁又参加会试，落第。同年以举人选为内阁中书，未就职，又回南方兜了一圈，三十岁而立之年就任内阁中书，参加国史馆修订《清一统志》的工作，任校对官。他当诗人，没人管饭，还靠跟从外祖父学的文字、文献学的本事谋得一碗"现成饭"（《儒林外史》中金有余教训周进的术语）。这个有"澄清天下"之志、有宰相欲并自负有宰相才的青年，屈居于这等边缘角色，实在是令人啼笑不得。春天，他入内阁当中书舍人，夏天，他就投考军机章京，但他已狂名彰著，迹近"持不同政见者"了，朝廷怎会让他加入秘书班子？龚曾给一人重言重的正经人上书，动员他提议"改功令，以收真才"。龚说："今世科场之文，万喙相因，词可猎而取，貌可拟而肖，坊间刻本，如山如海。四书文禄士，五百年矣；士禄于四书文，数万辈矣。"这种制度已"既穷既极"，因为它只是利禄之阶，当官后又别是一套，"夫未尝学礼乐之身，使之典礼乐而不恶，以凡典礼乐者，举未尝学礼乐也。未尝学兵之人，使之典兵而不辞，以凡典兵者，皆未尝知兵也。古者学而入政，后世皆学于政。"学与治之术相分，怎能出现高效率的行政管理？任皇帝这个"大老板"要的是稳定而不是效率，要的是奴才而不是人才，即便要人才，要的也是符合他们标准的人才。政治制度决定着人事制度，人事制度决定着教育制度。龚自珍的建议等若轻尘。而康梁下手就废八股，使他们失去了广大八股士的支持，据说，这也是康梁迅速失败的原因之一。

龚自珍还真是礼、乐、刑、兵、经、史都通的全才（详后），而且对清朝忠心耿耿,他之"讥切时政"酷类屈原之"贾府焦大"式。朝廷为长治久安该起用他这种有真才实学的通才,然而,在当时的中国,最大的传统是"传统":乡愿已成"一定之格式",已空气般地天经地义。如天下的考官一致不录取王仲瞿(县),他改了名也照样不被录取。因为那些考官差不多都是龚所抨击的乡愿类型的人物,他们不必按文件就照卡狂生不误。

但是,龚自珍终于在三十八岁考中个"鳖进士",座主就是那位曹振镛。曹氏一生典乡试、会试各四次,衡文唯遵功令,不取淹博才华之士。这次可能因为他官大,年龄也大了(越五年,死矣),没有普查试卷,取中龚的房考是王植。据《龚定庵逸事》载:龚卷落在王植房,王以为怪,笑不可遏。隔房温平叔侍郎闻之,索其卷阅曰:"此浙江卷,必龚定庵也。性喜骂,如不荐,骂必甚,不如荐之。"因怕龚骂才初选上他,已足够可乐。而揭晓日,人问龚房师为谁。"龚大骂曰:'实稀奇,乃无名小卒王植也。'王后闻之,怨温(平叔)曰:'依汝言荐矣,中矣,而仍不免骂奈何?'"他奈何不奈何的暂且不说,龚氏却陷入新的无可奈何之中。

他的殿试文《对策》、朝考文《御试安边绥远疏》写得极堂皇正大、深切漂亮,是尽心力写给皇帝看的,他等待这个机会等了二十年,直到晚年他回忆起来依然自豪不已(《己亥杂诗·霜毫掷罢倚天寒》)。他的《对策》,仿照他读了二十年,"每一读,则浮一大白"的王安石《上仁宗皇帝书》,从政治措施、治理黄河、选举人才、西北边防诸方面,提出革新建议。假若皇帝真能读到这篇宏文,又不是白痴的话,肯定会发现王安石是个宰相之才。据陈元禄《羽琌逸事》载:羽琌山民龚自珍的《安边绥远疏》,"陈南路北路利弊及所以安之之策，娓娓千言，读卷大臣故刑部尚书戴敦元大惊，欲置第一，同官不韪其言，竟摈之。"借口是"楷法不中程"，即书写不符合阁体规范，不列优等，断绝了龚朝思暮想要入翰林院的希望。三甲进士例得委任知县，龚觉得这等俗且小的吏役，对自己的志向和智力都是一种侮辱，遂不就，仍去当那个内阁中书去了。

一种政体僵化彻底的形式主义地步，便差不多要完蛋了。龚自珍对这种竟以"楷法"选拔人才的做法恨入骨髓、大痛彻心。他四十一岁那年，一下子见到自己十三岁在私塾读书时所临摹的帖子，感慨万千，喝得大醉，写了篇《跋某帖后》：

> 余不好学书（法），不得志于今之宦海，蹉跎一生。
> 回忆幼时晴窗弄墨一种光景，何不乞之塾师，早早学此？
> 一生无困厄下僚之叹矣，可胜负负！

第二天，他看见帖子及跋语竟然大哭一场！就像今日人见同学外语好出国发了大财或去外交、外经、外贸当了肥差而恨不得自打耳光一样。

龚氏也深知楷法的重要性，他有时也想练练字，但又"不忍负此一日之光景"，又去翻书写杂文去了。他性情所至喜欢六朝书法，对于当时要求的馆阁体楷法毫无兴趣，他又是个跟着感觉走的人，遂到了特别快车车门前而上不了车，冤透了脚后跟！

四十三岁，他依然怨恨不消，撰了一个《干禄新书》的小册子（已佚），因为楷法直接决定禄阶，所以此书专论如何写好楷书。论选颖之法，论磨墨、膏笔之法，论点、画、波、磔之病，论架构之病，论行间之病，论神势，论气禀，凡八章百九十又八条。这种"放了屁拿手提"的活动能带来什么满足呢？宣泄而已，情急自虐而已，极无奈又极无聊而已，借以诅咒以楷法定优劣的形式主义而已。龚自珍在《干禄新书自序》中，先皮里阳秋地写殿试之隆重，对因"朕将亲览焉"而派生出八重臣"恭遴（选）其颂扬平仄如式，楷法尤光致者"这种虚应故事的做法，投以敢言不敢怒的冷嘲。殿试，"遴楷法如之"；朝考，"遴楷法如之"。这个掌故家接着讲掌故："三试皆高列，乃授翰林官。本朝宰辅，必由翰林官。卿及封疆大臣，由翰林者大半。其非翰林官，以值军机处为荣选（所以龚考军机章京不中大愤恨）。军机处之职，有军事则佐上运筹挟胜，无事则备顾问祖宗掌故（不成文法），以出内命者也。保送军机处，有考试，其遴楷法如之。"龚还历数了当八股考官，当御史，均经考试，均"遴楷法如之"。然后说到自己不入翰林，考军机处不入直，考差不成（当考官不成），都因为这个倒霉的"楷法不中程"！

易宗夔《新世说》载："龚琴人生平不善书，以是不能入翰林，……乃作《干禄新书》，以刺执政。凡其女其媳其姜其宠婢，悉令学馆阁书。客有言及某翰林者，必艴然作色曰：'今日之翰林，犹足道邪！我家妇女，无一不可入翰林者。'以其工书法也。晚岁学佛。平居无事，非访妓，即访僧，遇达官贵人，辄加以白眼。"

还有一则较为可信的逸事：龚自珍在他那位翰林出身已官至二品的叔父家里，忽有一位新翰林来访，自珍避入内室，听新翰林与叔父津津有味地谈论写帖子的格式和楷法，良久，龚自珍实在忍耐不住了，走出来说："翰林学问原来如此啊！"那位新翰林羞得无地自容，龚叔气得说不出话来。

四、以经术议政 开一代新风

当龚自珍还以手稿本的形式向师友请益时，就有好心的长者和朋友劝他"收拾狂名须趁早"，警告他逞豪恃气非触霉头不可。庄存与（龚自珍的"师爷"）的孙子庄绥甲劝龚自珍删去《乙丙之际著议》中的锋芒："常州庄四能怜我，劝我狂删乙丙书。"有的人则说得含蓄一些："大器须晚成，良田足培养。"王芑孙（铁夫）的学问行谊，在乾嘉老辈中崖岸甚高，龚自珍将自己的诗集文集各一册呈王先生指正，王芑孙阅后，写了封很激动的信：

> 昨承枉寄诗文各一册，读之，见地卓绝，扫空凡猥，笔复超迈，信未易之才也。自古异才，皆不求异而自异，非有心立异者也。……至于诗中伤时之语，骂坐之言，涉目皆是，此大不可也。足下文中，以今人误指中行为狂狷，又欲自治其性情，以达于文，其说允是。循是说也，不宜立异自高。凡立异未有能异，自高未有能高于人者。甚至上关朝廷，下及冠盖，口不择言，动与世迕，足下将持是安归乎？足下病一世人乐为乡愿，夫乡愿不可为，怪魁亦不可为也。乡愿犹足以自存，怪魁将何所自处？

这话已庸俗至极。这种经验谈正是龚自珍尤为蔑视又痛心疾首的。但是，又不得不承认王芑孙说得绝对是无可争议的事实。若说现实的就是合理的，则王芑孙对；若说现实的正是应该批判、超越的，则龚自珍对。情有可原的是王氏并非在作得意经验谈，而是在作痛苦经验谈：

> 海内高谈之士，如仲瞿（就是那个王昙）、子居，皆颠沛以死。仆素卑近，未至如仲瞿、子居之惊世骇俗，已不为一世所取，坐老荒江老屋中。足下不可不鉴戒，而又纵其心以驾于仲瞿、子居之上乎。

王芑孙的结论是："唯愿足下循循为庸言之谨，抑其志于东方尚同之学，则养德养身养福之源，皆在乎此。"

不知道从何时开始，向庸人学习！向庸人致敬！居然成为中国士人"老教少"的第一项基本原则，横向上说极为普遍，纵向上说绵绵不绝，真可成一专门"学术史"。如五百年出一个的大天才苏东坡的"示儿诗"居然是"但愿我儿鲁且直，无灾无难到公卿"。就说龚自珍，他狷狂一生、颠沛一生，留给儿子的嘱咐也居然是："五经烂熟家常饭，莫似尔翁啜九流。"龚自珍年轻时既没听外公"勿为名士"的劝告，也没听王芑孙勿做高谈之士的劝告，但龚自珍四十九岁时却跟儿子这样说："俭腹高谈我用忧，肯肩朴学胜封侯""多识前言蓄其德，莫抛心力贸才名"。他扬才露己，不甘寂寞，浮躁凌厉，却希望他儿子"葆汝心光淳闷在"！呜呼，谁厉害？传统像无言的河床，任你腾腾或默默，都在我范围之内。鲁迅又管这叫"鬼打墙"，看不见、摸不着，却总也走不出去。别看龚自珍这样教训儿子，若让他"重来一遍"，他还照样伤时骂世，动与世迕。这对龚这号人文知识分子来说是"别无选择"的宿命。因为，人是文化动物，人文知识分子又是尤其"文化"的。

龚自珍正是有感于普天之下皆是乡愿之儒，才说了些对儒大不敬的话。

龚自珍貌似反儒的主要证据是他有这样一首诗：

> 兰台序九流，儒家但居一。
> 诸师自有真，未肯附儒术。
> 后代儒益尊，儒者颜益厚。
> 洋洋朝野间，流亦不止九。
> 不知古九流，存亡今孰多？
> 或言儒先亡，此语又如何？

龚自珍是讲"三代"（尧舜禹）的理想派，是与主张"法后王"的法家截然不同的。他一贯坚持："三代以上为一端，汉以降为一端。""汉定天下，立群师，置群弟子，利禄之门，争以异文起其家。"他屡次点染汉后之儒已发生了变异，他虽然没像朱熹在《大学传论》中那样把汉儒一脉的经师一笔勾销（从孟子一步跨到宋儒），但他实在觉得独尊儒术之后的儒变成了"人草菅"，变成了"不知耻""颜益厚"的"德之贼"者。儒学成为官方哲学以后，选拔干部、培养干部的要件就是看你的儒学水平，直至发展到用八股文选拔干部。龚自珍觉得这样只能批量生产儒学骗子，使伪儒学大发达，"自其敷奏之日，始进之年，而已存者寡矣！官益久，则气愈媮；望愈崇，则谄愈固；地益近，则媚亦益工"。他愤激地指出：这种儒还是早点亡了好。这种思路、情绪是明清两代进步思想家所共有的，他们信奉孔老夫子说的"礼失求诸野"的观念，他们以狂放的个性本色去践履儒学真精神。王阳明是后世公认的大儒，却被当时的官方儒学权威宣布为"伪学"。李贽天天起来骂谀儒、腐儒、奸儒、巧儒、未死先臭之儒，但他认为自己是孔子最合格的门徒，他只希望用自己的著作代替当时流行的教作八股文的教材。清初王夫之、顾炎武、黄宗羲、颜元，还有稍后的戴震（龚自珍外公的老师），都是极力批判流行之儒而去追寻那已失落了的儒家真精神的。而事实证明，正是这些批判流行儒的"异端"才发展了原儒传统，而当时用儒学骗官禄、混饭吃的大人、先生们却正是败坏儒学传统的蛀虫。这个规律可以叫作：异端发展传统。

龚自珍是这股洪流中的光辉殿军。他敢朗声宣布："一姓不再产圣。"自从三代之"公天下"过后，"禹传启、家天下"以来，天下便不再是天下人之天下，而成了"一姓"之天下。权力导致腐败，绝对权力导致绝对腐败，"一姓"只能出产"独夫寡头"，怎能出产"圣人"呢？在这一点上，龚自珍与孟子相契得很：汤武革命是诛独夫、民贼，非弑君也。而汉以后，讲汤武革命是有杀头的危险的，因迹近煽动造反有理。朱元璋大骂孟子、镇压《孟子》、阴损地删削《孟子》就是恨孟子讲汤武革命。

与龚自珍有学术渊源的常州学派诸君是笃信孟子的。龚自珍在一首櫽栝学术史纲目的诗（《同年生胡户部（培翚）集同人祀汉郑司农于寓斋，礼既成，缋为卷子，同人为歌诗，龚自珍作祀议一篇质户部，户部属櫽栝其指，为韵语以谐之》，呜呼，诗在龚手里无所不能矣）的尾注中有点诡秘地写道："庄君绥甲、宋君翔凤、刘君逢禄、张君瓒昭言封建，皆信《孟子》，疑《周礼》，海内四人而已，张说为尤悲也。""海内四人而已"也许有点夸张，但肯定是"少数派"

则无疑义。张瓒昭的著作虽存于世，但不见流传，不知其"尤悲"为哪般。这四个人是龚多次提到的"生同世，又同志"的师友，"同时有四君，伟识引余共。"刘逢禄的外公是清常州今文经学派的祖师，龚二十八岁时拜对逢禄为师，并兴奋地题诗云：

> 昨日相逢刘礼部，高言大句快无加。
> 从君烧尽虫鱼学，甘作东京卖饼家。

有人据此认为，龚自珍二十八岁开始治公羊学，"引《公羊》义讥切时政"亦始于此后。这是一个不大不小的误解。因为龚讥切时政的高论，如《尊隐》《明良论》《乙丙之际著议》等均为"少作"，《著议》一组最晚，二十五岁以前也已完成。而龚二十八岁拜刘逢禄为师后所写的《春秋决事比》等公羊经学专著已只是经学史上的专门著作，而不再是呼唤风雷的"启世书"了。

问题的实质在于，公羊学对龚自珍的影响，一是态度，二是方法。我们完全可以断定龚在拜刘逢禄为师前，已知公羊大义，已知其从语言文字外求微言大义的基本路数，这些对他们那一代人来说是常识，而且龚早与庄绶甲相过从了，看龚所写《资政大夫礼部侍郎武进庄公神道碑铭》《常州高才篇》诗，会发现他对常州学派心仪久矣。这是因为公羊学与龚的思想有倾向上的一致性，这也是龚决定"从君烧尽虫鱼学，甘作东京卖饼家"的原因（其实并没有与虫鱼学决裂，而是相反，他中年后才"抱小"啊）。龚跟刘老师学了专门的公羊家法，这使他写了专门的经学著作，成了经学史上中兴清代今文经的名将。这在龚是一种必然，所谓由浅入深也。有趣的是龚作的影响反而由宽变窄了。因为讥切时政的批判文章是一种意识形态话语，而经学专著是学术话语了。前者可以是全民的，后者却只能是学院派的了。

公羊学的态度又是什么意思呢？简言之就是"新王改制"，就是尊素王（孔子），与现实对着干。据公羊学"家谱"说，这门圣学是亲听孔子口说，并一直秘密地口耳相传的，因为它那些"尊王攘夷大一统"等"非常可怪之论"要遭受当局的政治迫害。《公羊传》说："君子曷为为《春秋》？拨乱世，反诸正，莫近诸《春秋》。"董仲舒是汉代公羊学大师，他就是用"《春秋》大一统"说得汉武帝"独尊儒术"的（梁启超直到晚年还能背诵董氏的《天人三策》，并得意地对学生讲，正因有这个底子，当年才倚马可待地起草了那么多"上书"。这就是公羊学之"态度"的意义）。自董仲舒以降，公羊学派的人都这么认为：

> 孔子之道何在？在《六经》。《六经》粲然深美，浩然繁博，将何统乎？统一于《春秋》。……《春秋三传》，何从乎？从公羊氏。有据乎？据于《孟子》。……《左传》详文与事，是史也，于孔子之道无与焉；惟《公羊》独详《春秋》之义。

公羊学给予龚自珍态度上的影响就是：经世致用、以经术议政，思想原则是：穷则思变。当然龚自珍也不是个单线条的人，他与章学诚为代表的浙东史学也有倾向上的一致性，他受浙东史学的影响并不亚于受常州今文经学的影响。这有他的《尊史》《古史钩沉论》等大作为证。比如，"六经皆史"这个提法，王阳明、李贽、章学诚都标举过，龚自珍不注出处地屡用这个口号，但其"用法"是章氏语义的。

编辑过《国朝诗人征略》的张维屏的话是可信的：

> 近数十年来，士大夫诵史鉴、考掌故，慷慨论天下事，其风气实定公开之。

这个张维屏年三十已卓然成家，海内名流甚器重之，但起初不敢见龚自珍，因为"屏始闻人言，足下狂不可近"。后来告诉龚："及见足下，乃温厚纯笃，人言固未可信也。"而张维屏的这句话是可信的，因为张阅人多矣，也是呼唤风雷的（如人所共知的诗《新雷》），能将首功推自珍，兼有些许不甘也。而张居然肯这样说，殆不虚矣。

清代的学术思潮凡三变，清初大儒虽提倡扑学，但仍有宋学精神，探讨价值问题，有深重的政治情绪，因为有大量的遗民怀着亡国的沉痛来探讨治乱兴衰、郡国利病，那一代一流学者是"经师"与"人师"合而为一的。清廷用空前博大、恶辣的文化钳制政策，收拾得知识分子"避席畏闻文字狱，著书都为稻粱谋"去了，即使不为稻粱谋，著书也不敢涉及政治了，就有了纯学术的乾嘉学派，他们的基本方法就是段玉裁教导龚自珍努力去学习的那套考证功夫。这一派标榜纯粹的汉学，反对空谈心性的宋学。龚自珍从学术的角度曾呼吁过泯灭汉宋门户之争，将"尊德行"与"道问学"这两路合起来，因为孔子本是无所偏的。龚自珍真正的"开风气"的功劳在"以经术议政"，以诵史鉴、考掌故的方式来慷慨论天下事。正赶上乾道以还，积威日弛，人们又敢于来关心天下大事了，遂有了所谓"经世致用"学风的兴起。龚自珍以他那条火焰般灼人的舌头，敢于率先说出人们意中有、语中无的话，遂成为这股浪潮的领袖。

比如说，今文经学家都知道公羊学的"三世说"，但当龚把它变成一种对现实的判断，并用"三世说"做政治展望，推演政治构想的理论时，就显得"石破天惊"了：现在这个年头正是"衰世"，它各方面都貌似"治世"，但事实上已危机四伏，离"乱世"不远了。这个衰世的最大的特点就是：庸人执政，精英淘汰。弄得"左无才相，右无才史，阃无才将，庠序无才士，陇无才民，廛无才工，衢无才商，抑巷无才偷，市无才驵，薮泽无才盗"。偶尔有"才士与才民出，则百不才督之缚之，以至于戮之"。不是用刀杀、用锯斧砍斫，用水攻火攻，而是用语言文字、用名誉舆论、用莫名其妙的表情，这种杀人法，没有标准，也不出告示，它是模糊的诡秘的，并不真去砍头或腰斩，只是收拾你的"心"，给你洗脑筋、"洗澡"，在你灵魂深处实施看不见的暴力谋杀，"戮其能忧心、能愤心、能思虑心、能作为心、能有廉耻心、能无渣滓心。"暗杀明不杀、慢慢地杀，直杀得你尸居余气，没心肺没肝胆，成了"人草蒿"，成了"病梅"才宣布大功告成，鸣金收军。这是一世之人皆乐为乡愿的真正原因。谁不乡愿有真气，谁就不会有好下场！

龚自珍用意象表达法将这种"衰世"比喻为一天的"昏时"，并进行了含意无限的象征性描述："日之将夕，悲风骤至，人思灯烛，惨惨目光，吸饮暮气。……俄焉寂然，灯烛无光，不闻馀言，但闻鼾声，夜之漫漫，鷤旦不鸣，则山中之民，有大音声起，天地为之钟鼓，神人为之波涛矣。"有人说，这预示了太平天国的起义。这种判断正是"戮心"术的延续，尽管是为了拔高龚但也曲解了龚意。龚对农民起义的仇恨胜过对庸官庸吏的仇恨，怎会让天地神人来为之推波助澜？他甚至认为"才者"估量着将被戮，便日夜呼号求治，求治不得起而求乱都是错误的，正好授人以柄，让那戮心者得了忠言最早的口实且不说，求乱，必"悖且悍"，只求"便己"，是新的专制暴力，"才不可问矣"——变成匪才了。龚自珍只是希望皇家天下之"一姓"来"自改革"：

> 一祖之法无不敝，千夫之议无不靡，与其赠来姓以勔改革，孰若自改革？

龚自珍那千头万绪的思路、千言万语的议论，可以用他《上大学士书》的开头来撮要：

> 自珍少读历代史书及国朝掌故，自古及今，法无不改，势无积，事例无不变迁，风气无不移易，所恃者，人才必不绝于世而已。

龚自珍的这些高论，在执政的官僚们看来是牝鸡司晨，是狗咬耗子，是吃饱了撑的，至少是不懂事，是书生之见、书生意气，是不知天高地厚，站着说话不腰疼。在龚本人却觉得这是士人本分，是报答皇恩，是在献计献策，是儒者当有功于国的必然表现。龚自珍绝对是清廷的屈原、贾府的焦大。但他恪守孔子"以道事君"的原则，他要正学以经世，而绝不曲学阿世，以妻妾之道事君，甘当犬马弄臣，他像孟子要求君主对待士要像对待师友一样，要求皇清尊重知识、尊重人才，要牢记对待"知识分子"的古训："帝者与师处，王者与友处，伯者与臣处，亡者（亡国之君）与役处。"反过来说，当国君对"知识分子"像对待隶役一样时，他就要亡国了。他更希望士子本身"知耻"，要恪守"宾宾"古道，要明白自己是孟子说的那种"异姓之卿"，不是人家皇室的"贵族之卿"，所以可以"谏而不行则去"，不必当打不走的看家狗。

如果说龚自珍的"作文"是写给皇帝看的，那他白写了，他全部煎血熬肉的努力都白费了，失败，失败，再失败。无论是嘉庆皇帝，还是道光皇帝都不可能看到、听到他那沉重深情的"自改革论"，皇帝能看看奏章、翻翻邸报就不错了，而大学士呢，龚的《上大学士书》第一条就是吁请大学士到堂看本。一个民间举子、六品芝麻官的"奇谈怪论"要获得他们的审顾，甚至于重视，除非作为文字狱案例报上来，否则，差不多是天方夜谭。龚似乎只有一次能让皇帝听见他说话，那是他四十六岁那一年在宗人府工作，"京察一等引见"，照例每一个人"自报家门"，然后下场。龚居然用最大音量，声震屋瓦地说了一遍自己的姓名、履历，别人为他捏一把汗，皇帝笑了笑，就过去了。若给龚进行心理分析，他显然是太渴望皇帝听到他的声音，知道他胸揣利器、身手不凡了。然而，效果只是闹笑话而已。不过，过了七十年，八国联军进北京，"孤儿寡母"逃到西安，发布一道"上谕"——龚自珍在七十年前说的话，变成了上谕的内容：

> 我中国之弱，在于习气太深，文法太密。庸俗之吏多，豪杰之士少。文法者，庸人借为藏身之固，而胥吏倚为牟利之符。公事以文牍相往来，而毫无实际。人才以资格相限制，而日见消磨。误国家者在一私字，困天下者在一例（成法惯例）字。

龚自珍若知道此事，也会感到悲哀的，因为皇清毕竟没有主动自改革。

若说他的"作文"是写给"后史氏"、写给同志看的，则应该说他成功了。他的"衰世危机论"敲起了封建专制的丧钟，在屈沉下僚的文官圈子中泛起忧时救世的微澜。他又有一种当"招集人"的本事，走到哪里都能迅速在身边集结一批同声应气的同志，形成中国式的"沙龙"，他也积极拜访前贤、广结人望，成为"交遍海内"的名士。在没有现代化的书刊出版规模的古代社会，以文会友、唱和赠答、结诗社办文会都是文化交流的主要渠道，龚自珍又是个"百科全书"式的学者，能与任何专长的学者文人交流，又"喜与人辩驳，虽小屈，必旁征博引以伸己说"。他对"同学"肯定有影响。而且清代重门户，"国朝师儒之为学也，皆得力于师友，渊源有自，故能卓然有所成就"。所谓龚自珍开一代风气，直接地开，就是通过这种方式。龚自珍的"圈子"有很多，如与魏源、宗稷辰、吴嵩梁、端木国湖一起被时人誉为"薇园五名士"。龚还经常与同志们到丰宜门的花之寺去看海棠，第二次是在1830年4月9日，由徐宝善、黄爵滋发起，赴会的有龚自珍、魏源、汤鹏、潘德舆、朱为弼、陈延恩等十四人。名为赏花，实为说话，志同道合者开"座谈会"也。同年 6 月 2 日，龚招张祥河、张维屏、吴葆晋等在龙树寺集会，置酒叙谈。不管龚参加过宣南诗社与否，反正他与宣南诗社诸君过从较密，与宣南诗社的领袖林则徐称得上是"朋友"。1832年春，龚自珍召集第三次花之寺聚会，应约者有宋翔凤、包世臣、魏源、端木国瑚等十四五人。还有什么老乡会、同年会等，他们谈天说地，谈论上下古今，而归于人事。西山、积水潭、崇效寺、右安门等地，都留下他们的足迹。龚继承了他父亲"孟尝好客"的特性，他父亲就是个自己"饔食几于不继，而座客常满"的"来者不拒、有求必应"、佛法平等、一视同仁的人物。龚在下层文官中的影响相当大，在这个层次中名气也相当大。这有大量的资料为证。龚在这个队伍中能开出风气是个不争的事实。

龚自珍间接地开风气的作用就是通过其著作直接影响了下一茬人。康有为、梁启超、谭嗣同、柳亚子等一代名流都有过"自我交代"。仅引梁启超的话以概其余：

自珍性诀宕，不捡细行，颇似法之卢骚（梭），喜为要眇之思。其文辞俶诡连狴，当时之人弗善也，而自珍益以此自憙。往往引《公羊》义讥切时政，诋排专制。晚岁亦耽佛学，好谈名理。综自珍所学，病在不深入，所有思想，仅引其绪而止，又为瑰丽之辞所掩，意不豁达。虽然，晚清思想之解放，自珍确与有功焉。光绪间所谓新学家者，大率人人皆经过崇拜龚之一时期。初读《定庵文集》，若受电然，稍进乃厌其浅薄。然今文学派之开拓，实自龚氏。

五、借琐耗奇，禅战愁心

一般的文学士往往外语和数学不好。龚毕竟是天才，十三岁即精通九章算术，二十三岁向后来成为著名天文学家的罗士琳请教浑天之术，两仪（天地）之形，以及七政（日、月和金、木、水、火、土五星）运行之规律。龚还造了个月晷，罗士琳笑他不知岁差和里差，龚痛伤自己缺乏天文知识，再拜罗氏。龚自珍在当时可以叫"绝"的学问，不是经学什么的，经学是人人皆可至的公用走廊，他的绝活是：东西南北之学、舆地学、少数民族语言。

地理学之兴盛，也是士人有感于边患颇仍，乃起而研究之。比龚精深的是程大理、徐星伯，龚后来与程齐名，人称"程龚"。程早死，徐星伯不能像龚一样汉、满、蒙、回、藏五族语言都通。龚还擅各地方言。他幼立志要遍览皇清舆地，后足迹半中国，基本上能走到哪儿说哪儿的话，与北方的轿夫、南方的舟子用方言聊天，聚会则"两为舌人（翻译）以通之"。龚在这些方面都留下了"雪爪鸿泥"，人们为他在这方面未能大尽其才而惋惜，甚至有人认为他的真才实学在这个领域，可惜被他的文名给掩抑了。

其实，龚下功夫研究舆地学、少数民族语言都是为了做他的宰相学问，为政治服务。他研究西北舆地之后提《西域置行省议》，后来在李鸿章为相时果然这样做了。李鸿章还感慨："古今雄伟之端，往往创于书生忧患之所得，龚自珍议西域置行省于道光朝，而率大施于今日。"龚当时还向派驻吐鲁番的领队大臣上书，备论天山南路事宜、抚驭回民的策略。当时若是个用人才的年头，龚能为皇清做多少大事呀！他研究蒙古语等也是借以了解民俗土风，谋划边疆治理。龚自珍可不是一当了官就废了学的那种"混世虫"，他公余手不释卷，也不想发家致富之类的事，总想"建大猷，谋大事"，却连一些小事都没谋成。那些会"装孙子"的巧官，反而蔑视他，叫他"龚呆子"。若论付出多而得到少，则龚真是呆子。而国家偏偏用那些有办法少付出而多获取的"不呆"的人，这是国家在号召人们当滑头！在国家出现危机的时候卖主求荣、叛国投敌的正是这些滑头，平时因循苟且、误国误民的也是这些滑头。因为他们只有一个宗旨：别误了自己的事。《清词玉屑》转述了一则掌故：

> 道光二十年，直督请裁天津水师，谓无所用，岁计费且数十万，上可其奏。定庵在郎署上书万言，力言不可撤状，不报，（龚）遂引疾（以病辞职）。后二年，英兵入冠，其目朴鼎查直抵津门，上章请和，要挟失国体。人始服其（龚的）先识。

有权的没水平，有水平的没权，这是封建专制的总账。龚一生抄王安石的《上仁宗皇帝书》九遍，他认为万言书只两句话："在位之人才不足，而士又不得尽其才。"王安石都无可奈何，六品芝麻官龚自珍只有："榜其居曰'积思之门'，颜其寝曰'寡欢之府'，铭其凭曰'多愤之木'。"四十五岁那年，他再也忍受不了充满腐臭气的官场生涯了，他几次上书请归，那种老人政治风格除了杀人快，干别的事都慢，总是拖着他，有许多讲究，总要"研究研究"，龚"因归思郁勃，事不如意，积痗所鼓，肺气横溢，遂致呕血半升，家人有咎酒者，非也"。龚借酒浇愁更是常事。有时乘驴车独游率台，"于芍药深处借地坐，拉一短衣人共饮，抗声高歌，花片皆落。益阳汤郎中鹏过之，先生亦拉与共饮，问同坐何人，先生不答。郎中疑为仙人，又疑为侠，终不知其人""戊戌还杭州，居恒具盛馔而不召一客，至期设席，举匕又呼名而揖让焉"。你看，他活得多么难受！"那哭不出来的，才是这个世界的眼泪。"

当然，龚自珍不是痛苦专业户，若整日肝肠寸断，则他连五十岁也活不到。那个与他同年来到地球上的雪莱，早在1822年就厌倦了，不想再骂那个"猪性"的英吉利了，也不想再听那些猪性的英吉利人的诽谤，去大海中获得了解脱和安息。别看龚自珍积年不洗脸，不换衣服，"故衣残履，十年不更。"但他绝不去自杀，并想办法从难言的苦闷中解脱出来。其法门，大略有二：一是"借琐耗奇"，一是"选色谈空"。

龚自珍曾自言他"真天下之劳人，天下之薄福人也"。他有强迫症，最怕空洞、最怕闲着、最腻歪闲人。他蔑视只求整齐的馆阁书法，不能毫无表现地去临帖，就是因为忍受不了那种装模作样的空洞。才临了三四行，就"自觉胸中有不忍负此一日之意，遂辍弗为，更寻他务，虽极琐碎，亦苦心耗神而后已"(《语录》)。因为练不好馆阁体，他便长久地这样"耗"下去，不能入军机、当翰林，便只有在闲曹冷署当校书官、书吏，便只有去做永远也当不了宰相的事情。若你以为龚自珍整天喝酒作诗吹牛就大错特错了。他写有近三千篇八股文，自言"华年心力九分殚"，十分之九的青春耗在了这件"伟业"上，但不得不承认"此事千秋无我席"，见到姚归安后，竟一把火自焚了二千篇。他写过的各门各类的专著，连未成带已佚的共有近千种（每种是一卷的多），涉及经学、史学、舆地学、语言学、音韵学、金石学、古物学、文字学、目录学、校勘学、方言学、方志学、官制、掌故、兵法，如《孤虚表》一卷、《古今用兵孤虚图说》一卷、《纪游》一卷、《道古录》《布衣传》，还有《续本草》《艺海谈龙》，研究佛学的著作现存四十九篇，已知的亡佚著作有：《龙藏考证》七卷、《三谱销文记》七卷、《龙树三桠记》，单篇的还有一串。他校订、写定的名著也很多，如用了二十多天的时间把李白集编订一通，他认为："《李白集》，十之五六伪也。""费再旬之力，用朱墨别真伪，定李白真诗百二十二篇。"还做出精到的评论："庄、屈实二，不可以并，并之以为心，自白始。儒、仙、侠实三，不可以合，合之以为气，又自白始也。"这个断语也是可以移赠龚本人的。他用了大量的精力去"最录"名著，写提要，留下了许多精当的评论，然而，在龚都是"借琐耗奇"的副产品、派生物：

奇气一纵不可阖，此是借琐耗奇法。
奇则耗矣琐未休，眼前胪列成五岳。

这首诗下有自注："为《镜苑》一卷，《瓦韵》一卷，辑官印九十方，为《汉官拾遗》一卷，《泉文记》一卷。"龚的许多著作都归入了历史的忘川，是龚多少个不眠之夜的结晶，它们耗去了这个天才多少生命！我们现在看到的其实只是二分之一个龚自珍！

问题是这种劳作能给他什么样的安慰？这个不甘做"虫鱼学"学者的大思想家当时有何感想？这自然不得而知，估计是一言难尽。他有时也为自己的研究有得而自豪。如他过去到兖州，不去曲阜，不敢谒见孔庙，等他写成了《五经大义终始论》《群经写官答问》《六经正名论》《古史钩沉论》后，"乃慨然曰：'可以如曲阜谒孔林矣。'"并赋诗："仕幸不成书幸成，乃敢斋祓告孔子。"有时也能获得销魂夺魂的快乐，像巴尔扎克对古物情有独钟一样，龚自珍嗜古玩有奇癖，他的《羽琌山典宝记》列有三秘、十华、九十供奉等，都是无价宝贝。让他差点高兴得休克过去的是，他突然得一方赵飞燕的印，直径一寸，厚五分，洁白如脂，纽作飞燕形，上刻着四个芝英篆字："婕妤仔妾赵"，他断定这是飞燕故物，"喜极赋诗"：

> 寥落文人命，中年万恨并。天教弥缺陷，喜欲冠平生。掌上飞仙堕，怀中夜月明。自夸奇福至，端不换公卿。

狂喜之外，他还遍征海内诗人为玉印作歌，居然有应和者。他把这颗印放在他的"羽琌山馆"的最上层，题其阁曰："宝燕阁"。据一则不太可信的笔记载：这颗印是赝品，因某人与龚赌博输了，以假充真用它抵债。后来龚也知受骗，又在自己输了钱后把它还了赌账。浪漫士容易受捉弄，往往如此这般。不过，应该感谢这种捉弄，不然的话，龚怎么能那么投入、那么快乐？反正一切过后都是个空，万相皆假！

龚天生的那种"哀乐恒过人"的悲剧气质与佛门之大悲观天然契合。至迟，他二十二岁时（1813 年）已能运用释家典故在诗、词中表情达意了。他二十九岁时的编年诗中有《观心》："结习真难尽，观心屏见闻。"表示要学习佛门止观法来过外星球活法，远离乱七八糟的"见闻"。但他很快意识到"禅战愁心无力气",他同年另一首诗表示"我执"深重,是"劫火"也销化不了的,"经济文章磨白昼,幽光狂慧复中宵。来何汹涌须挥剑,去尚缠绵可付箫。"他总结了半天,要想去掉"心病",只有一个办法,就是"寓言决欲就灯烧"!这一年,他宣布"戒诗",并写了"如偈亦如喝"的《戒诗五章》:"今誓空尔心,心灭泪亦灭。"一个年方二十九岁的人悲灰到决心去当比丘,自封歌喉去当"活尸"的境地,他有多少难言之隐!这其中肯定不仅是"长安献策不见收"的政治失意,还有个人感情上的挫伤,有他自己不欲明言的内心痛苦。

人们都以为龚自珍放肆直言、口没遮拦,连最为知音的魏源都严厉地批评他,要他"痛自惩创",改掉"酒席谭论,未能择人"的习气。其实,龚更多的是有话没有说处,吟罢低眉无写处!他只有在佛光禅地的"通明观"中既能获精神曼妙之乐,又能获"非想非非想定"。他大约是二十八岁时(1819年)拜江居士(名沅、字子兰,又字铁君)为师的,正式研究释典,潜心大乘,超越凡夫禅,修证实相观,自名"观实相之者",相当投入。他要从佛经中借得一双慧眼,好把这纷纷扰扰的世相看得真真切切,把自己看个明明白白。

跟着感觉走的龚自珍不是单线条的,他上午读佛经,下午又去研究今文经,晚上可能又收集秦台汉镜去了。他表示要"空心""戒诗",可是很快又憋不住了,"庚辰欲戒诗,庚辰诗语繁",他戒诗的这一年反而作诗颇多。所以,他在三十二岁时给江沅写信:"别离已深,违足下督策,掉举转多昏沉不鲜。"江沅给他的信中忧虑龚"信根退",龚先承认"自珍久不见有信根",但马上又狡辩:"信是何根？根何云信？"——这种人是学不了佛的，或者说佛学最恨放不下自我那一套的执拗人。《大乘起信论》开宗明义讲必须"信"。龚自珍改不了自己的结习，他用文献学家的眼光去"最录"了许多佛经，更像一个研究佛教史的专家在作研究，而且有疑古的兴趣和胆子，断言"唐玉华寺译《大般若经》六百卷十分，是西土伪经也"。他指出鸠摩罗什译的《法华经》有五大错误，他尤恨"蛆虫师"之言，像恨儒门中的乡愿一样。因为龚在音韵学方面造诣高深，指正佛经译文上的问题还真是专家水平。他几乎是在用古文经的家法治佛经，但后人所说的"公羊家治佛经"主要指他们的"义理"兴趣，后来的康、梁、谭也的确是侧重义理上的发挥。这似乎表明龚还是"老一辈"、不够新，还没有站到近代意识的阵地上来。但他的方法虽是朴学方法，却充满今文经、公羊学的"悍"气，他在《妙法莲华经四十二问》的最后自设问答："'子重定法华之文，悍如此，不问罪福乎？'答：'凡我所说，不合佛心，凡我所判，不合阿难原文，我为无知，我为妄作，违心所安，诳彼来学，我判此竟，七日命终，堕无间狱，我不悔也。'"龚自珍"重刊""助刊"过许多佛经。他母亲段驯于道光三年（1823 年）在上海逝世，他解职奔丧，次年居丧，与第二任妻子何吉云"敬拾净财"，助刊《圆觉经略疏》，印刷了一百二十部，"伏因先慈金坛段氏烦恼深重，中年永逝，颇以此功德，回向逝者，夙业顿消，神之净土。存者四大安和，尽此报身，不逢不吉。命终之后，三人相见于莲邦，乃至一生补处。"龚自珍是很虔诚的，但他研究释典的文章，都是外缘的，看不出多少对佛门义理的内在深入的感悟。

　　只有在他的诗、词中，我们才能看到他的感情、心智、感觉等全套感性系统与佛理禅境的遇合、排斥、再遇合的过程。他是信奉天台宗、净土宗的，但他很难保证"中观"，很难做到"净、静"。不客气地说，他把佛理禅风给弄浪了："万一霎然禅关破，美人如玉剑如虹。"释迦牟尼若听到他破禅关是为了"美人如玉剑如虹"，不把鼻子气歪了？他也知道自己的毛病："逃禅一意皈宗风，惜哉幽情丽想销难空。"

不过，也不知是因为学佛，还是因为考中进士，还是因为忙于借琐耗奇，反正从三十八岁到四十七岁这十年间，他作诗的量骤减，每年只有一两首集会中的"作业"，大概是非写不可。他是道光八年再次宣布戒诗的，他在《自春徂秋……得十五首》的最后说：

> 忏悔首文字，潜心战空虚。
> 今年真戒诗，才尽何伤乎？

这与学佛有关系，这十来年他的确埋头治佛经了。不过，在道光二年，他就给朋友写信说自己"终日坐佛香缭绕中，翻经写字"，但诗也不见减少。道光八年这次戒诗，是诗人真正厌倦了。是官场那种乡愿作风、庸人气息窒息了他的创作欲望呢，还是因为"领导"总是斜着眼看他，看得他不得不"守默守雌"了呢？他在宣布戒诗的那首中作了这样的解释："第一欲言者，古来难明言。姑将谲言之，未言声又吞。"太难受了，干脆来个"封笔"。他后来也这样总结："先生仕宦谈锋减。"我们似乎可以这样说：使他走向佛教的原因也是使他戒诗、使他走向借琐耗奇的原因，这三项都是结果，而真正的原因是对现实的厌倦，准确地说是现实让他厌倦，是琐碎沉闷、庸俗憋气的现实"戕其能忧心、能愤心、能思虑心、能作为心"的结果，他少年的抗议除了有效地变成了自己的谶语，别无效验。

六、"双负箫心与剑名"

龚自珍有着比功名心更强劲的天然心态：他对大自然和才女的偏爱甚至超过他的"宰相欲"。也难怪那个老人政治系统视他为怪物，他还真不是"正经主儿"，他深入传统，浅出传统（他有个"出入说"），研究经史，驱遣经史，钻研金石，玩弄金石。他唱着"流光容易，暂时着意潇洒"的小调，走向徽州，回到杭州，走向京城，回到故乡。当然，无论走到哪里，都包含着走向"美人"。

古语有焉："不忆则不情。"我们看到的只是龚氏的"忆中情"，这种情，也只是抒情。但是我们能够约略地总结这个人的情感特征、性格特征：往往"是相见便情长"，结果却是"冰雪无痕灵气杳"。早期都是那伊人"在水一方"式的，都相遇在湖畔、河干，都是一个接一个的"间阻"故事，他总是感慨："人天无据""人天辛苦"，总是问："恩怨谁为主？"他很刁钻，像是但丁、郭尔凯哥尔式的有心理障碍的情种。他很念旧，总是在起初远望、后来悲伤的情绪中循环，像有点自虐症似的寻找爱情的折磨，似乎就像他在政治上没有成功一样，他在爱情上也是伤痕累累的。他早年的感情生活毫无轻狂之态，至少我们看到的只是凄迷、淡淡的忧伤、爱而不能的惆怅。

当然，由于我们现在看到的龚自珍只是二分之一个龚自珍，许多问题不敢妄加判断。尤其是他现存的编年诗始于他二十八岁时的嘉庆二十四年，此前的"少作"只有词，而词是"诗余"，是专写诗不宜写的幽情单绪的。我们就只能从其少年词作中看到一个情意痴迷的、还没有受到政治上的压抑就耽于温柔乡的"宝二哥"了。而且他还没出仕，就决心要在大自然中尽情尽性过一生、"五湖添个泛舟人"！

也许正因为他天性如此，才不去枉道求容、屈己从势，不去易面目以求容，不去装孙子混入达官贵人的队伍中，从而困顿终身、悲怨终身，并在宦海中感到压抑时，对自然和爱情更加向往。而不是人们常说的那样：因为上不了"青史"才转过来要上"青山"，因为壮志难酬，才"温柔不住住何乡"。尽管龚氏本人也这样点染、自解，但为什么，他还是少年、还没去长安献策就酷恋青山绿水、香草美人了呢？只能说他脾性如此。他拥有这种浪漫心性却硬去当官，其实是割了脚趾上供——两伤之举，尽管那些"上相"、翰林们未必不风流，但他们不具有龚自珍这种浪漫。龚自珍注定要被那个上流社会的主流文化排挤出来。他不服气也不行，他有他的惯性，那个上流社会也自有其惯性。

龚自珍聪明但并不精明。他满腹经纶却不会算计，他看着那些乡愿们"鼻涕一息何其潺"，人家也看着他怪模怪样的像个野生动物。在那种体制面前，他那经邦济世、兼济天下的儒生观念都使他奋不顾身地冲向那个官僚之塔，他要从塔基爬到塔身、钻到塔尖，就得练就钻狗洞的功夫，否则只能望塔兴叹，或朝塔吐口唾沫，然后转身而去。公正的上塔之路、输送人才上塔的电梯还是东方神话，为龚这样的浪漫士造个塔更是童话。或者说，他本不该去钻官僚之塔，而应该去钻艺术、学术这一路的象牙之塔，或站在十字街头真当个"吴头楚尾行吟者"——可惜他年轻时只是这样说了说。

当他四十八岁辞官南归后，他一下子获得了鸟脱牢笼重返自然的解放感。喑哑了十年的歌喉禁不住要"站在地球上放号"了。更准确地说，像个病人出院了，各种欲望和机能一下子都复活了，他找着了行吟诗人的感觉。像李贺骑着毛驴背着锦囊，写一首诗掐成团置入囊中，龚自珍坐在南归的马车上，也如法炮制，最后归结出三百一十五首绝句。它们是中国诗歌史上第一部大型自传体组诗——《己亥杂诗》。

关于龚辞官南归，又不携眷属，"仓皇出都"一事，有一著名传闻：龚与顾太清（本姓西林觉罗）恋爱事发，顾乃一贝勒爷的如夫人，龚怕被报复所以仓皇出都，这叫"丁香花案"，而且这种说法还认为龚两年后猝死，也是贝勒家下的毒手。这曾是晚清笔记、小说炒火了的题目，其实是无稽之谈。孟森、启功先生等早已辨之凿凿。不管自珍与太清（都是清代一流词人，己亥年贝勒奕绘已死了一年）有无恋情，自珍出都虽然猴急，但并不是狼狈避仇逃窜。他早在两年前就已递辞呈，看来辞职与太清事无涉。龚在道光十七年由宗人府主事改礼部主事兼祠祭司行走。道光十九年，他叔父任礼部尚书，他例当引避，才蒙获准。这个跟着感觉走的人，早已情急了，他又至为率性，而且"一分钟也不想等了"这种心情谁都可能有过。但他还是等朱丹木为他治好行装，始成行。而且，一车自载，一车载文集百卷，并与在京的同好从容相别，所别者十数百人，与诸公的告别诗，有十八首。他还曾与宗室的王爷们告别。所以说，龚是从容出都，显然无避仇出走情事，贝勒奕绘的长子也无两年后才去毒死龚的可能。龚若耽于与顾太清的恋情，也不可能一上路偶遇频起了。他不携眷属，大概正为了潇洒一把。

从龚自珍自己编定的《己亥杂诗》的次序看，这枝落花首先向朝廷频频致意：

> 终是落花心绪好，平生默感玉皇恩。（第三首）
> 落红不是无情物，化作春泥更护花。（第五首）
> 进退雍容史上难，忽收古泪出长安。（第十首）
> 弃妇叮咛嘱小姑，姑恩莫负百年勤。（第十六首）

够意思了，这个备受亏待的才子对国恩、君恩真够情深意长了，一点也没有热脸贴到冷屁股后的懊恼、反目、反败为胜的清高或轻狂。他的朋友说他宅心仁厚、天性纯挚、最敦伦理，一点也没说错。这个"弃妇"也真够没志气、没劲了。病人虽然出院了，但还是病人。

这个以"美人经卷葬华年"为口头禅的人，本是相信这便证悟了"色空不二法"了，但他在己亥年（1839 年）五月清江浦上遇见了灵箫后，他们的目光相接的那一瞬，他就知道：糟了，自己远远没有达到超脱世情、四大皆空的境地。见到灵箫之后，他新情旧意一起涌上心头：

> 少年击剑更吹箫，剑气箫心一例消。
> 谁分苍凉归棹后，万千哀乐集今朝。

是不是少年的他写"按剑因谁怒，寻箫思不堪""狂来说剑，怨去吹箫"时就预定了这场今生后世缘？这是宿命，还是龚给眼前的女子起名叫灵箫以寄托自己的情志呢？反正"青史"上记下了"定公四纪遇灵箫"。

这是一个什么样的女子，能让定公老夫再发少年狂呢？第一，她才调纵横若飞仙，甚至有些狡黠，"能令公愠公复喜"。第二，她"艺是针神貌洛神"，色艺双全，不然不能满足龚氏赏心悦目的全方位要求。第三，她有须眉之气，有"非将此骨媚公卿"的傲气，洒脱、利索、健谈。第四，她给龚的综合效力是："一番心上温磨过，明镜明朝定少年。"

她，豆蔻年华；龚，鬓已星星也；所以龚起初很保守："不留后约将人误，笑指河阳镜里丝。"尽管龚爱她爱到"心惊骨折"的地步，一度满鼻子满眼的都是灵箫，梦里醒着都是灵箫。龚几乎用最高比较级的形容词在赞美灵箫："天花"，"活色生香五百春"，"一队画师齐敛手""绝色呼他心未安""万一天填恨海平，羽琌安稳贮云英（指灵箫）"。三百一十五首的《己亥杂诗》十分之一的篇幅是写灵箫的"艳词"，足证此女多么深切地搅动了定公那"风雷老将心"。灵箫不知是对症下药，还是天性闪烁、难捉摸，她总是以变幻莫测、出人意料的招式弄得龚心魂不守，龚在感叹驾驭不了、跟不上趟的同时反而总有新感觉地被她吸引着，兴致勃勃地围着她转：

美人掉阖计频仍，我佩《阴符》亦可凭。绾就同心坚俟汝，羽琌山下是西陵。（第二六九首）

应该承认，灵箫是最能把握龚心性的聪明女子，她知道这位诗人的与众不同之处，能从不同的方面调动诗人的感受，而不是像一般的庸人一样去窒息诗人的感受，这是她能把龚的心揪住的原因：

> 风云才略已消磨，甘隶妆台伺眼波。
> 为恐刘郎英气尽，卷帘梳洗望黄河。

龚约二十年前就哀叹"早被家常磨慧骨"，如今在她身边，反而觉得春意满胸了。他愤激地表示，自己这一套"难向史家搜比例"，只有"商量出处到红裙"，他在灵箫这里获得了分外的理解与温馨。龚离开她到了南京，"青溪一曲，萧寺中荒寒特甚，客心无可比似。"等他过了两个月从北方回来，"重到袁浦（清江甫），问讯其人已归苏州，闭门谢客矣，其出处心迹，亦有不可测者。"龚居然能在自注中一板一眼地写得这么清楚，他心头的波澜可想而知。此正是她狡黠之处，若跟龚把话都说白了，龚反而会将这种心事打发掉了呢。传说，最后龚与灵箫在一起了，她还帮着龚抄写稿子。柴萼的《梵天庐丛录》记载传闻：是这个灵箫毒死龚自珍的：

> 定庵晚年所眷灵箫，实别有所私，定庵一日往灵箫处，适遇其人，因语灵箫，与之绝，箫阳诺之，而踪迹愈密。半岁后，定庵一日又见其人从灵箫家出，因怀鸩以往，语灵箫，其人倘再至者，即以此药之。药方固出禁中，服之不即死，死亦无伤痕可验也。灵箫受药，即置酒中以进，定庵饮之，归即不快，数日遽卒。

类似的记载颇多，但可靠性极低。龚自珍长子龚孝拱的妻弟陈元禄力斥被贝勒家、被灵箫毒死的说法，说是以"疾"卒。王寿南的《龚自珍先生年谱》认为龚当是"心脏病诸症之猝发"。

龚自珍对父、母、妻、子的感情极深极重，他虽不留意家庭经济建设，但极重天伦人伦之情，这有他的《寒月吟》《示儿诗》等为证，这个泛爱众的人更爱亲人。他的妻子何吉云是著名的漂亮、贤淑、工书善词的佳人，而且能无怨无悔地和一个"朴愚伤于家"的"呆子""放诞忌于国"的"疯子"相濡以沫，"相喻以所怀，相勖以所尚，郁而能畅"。

这个不善为家室谋划的人，在四十六岁忽萌终焉之思，给儿子写了篇《论京北可居状》，天真可笑，暴露了这个"药方只贩古时丹"的"医国手"也一肚子"老人政治"的心思：民粹、乡土、复古。他相中了宣化与承德之间，觉得在这里可以安家落户，他希望两个儿子有一个到此地来发展，并说自己死后的魂魄会来找居北的这一个。宣化与承德本是高寒不毛的贫瘠之区，他却认为这样更易于保持固有文化之本色："恒寒，故腠理实；恒劳，故筋骨固。食妖、服妖、玩好妖不至，故见闻定。居天下极北，仕者贾者不取道，无过客矣，故家室姻戚皆旧……"呜呼，小国寡民，老死不相往来，远离新玩意，保持旧体统，这样心里才踏实。这与他在朋友林则徐去禁烟上路之际的建言是一致的，他提议不仅要禁烟，而且要连"呢羽毛""钟表、玻璃、燕窝"一并禁掉，以保护中国的蚕桑、木棉业。

他是主张攘外必先安内的，他用"讲故事"作模型的办法来论证：有两户人家，一家受四邻欺压，但家内秩序森然，这种家庭不会马上完蛋；另一家财大气粗、赫赫扬扬，然而家内奴仆作乱、孙子打他爷爷，必不能长久。

在 1838 年他四十七岁时,他曾恳请随林则徐南下禁烟,但林则徐委婉谢绝了。林氏知道"大内"决定一切,他已深有"如履如临"之忧,有难言之隐,而且他知道龚没有实际用处,成事不足败事有余而已。在林则徐与洋人斡旋之际,龚则"往来吴越间",过着"颓放无似"的名士生活,时而"吟也凄迷,说也凄迷"。天性难改,此时越发顺其性而不拂其能了。这有他的《庚子雅词》记录在案。他的朋友笑他:"值得江湖狂士笑,不携名妓即名僧。"与朋友谈谈诗歌作法算是雅事了,他给朋友写信说自己:"出门则干求诸侯,不与笔砚亲。"干求诸侯只是为了弄点零花钱而已。

他在五十岁时(1841 年)接替了父亲在丹阳云阳书院的讲席,年薪"不及三百金",他又性豪奢,喜挥霍,还爱赌博,"窘而嗜赌"已成人们的笑柄。他当然不甘心就这样下去,决心去当幕僚,走"幕宾"参政之路,给在上海驻防的老朋友江苏巡抚梁章巨写信,约定"即日解馆,稍助筹笔"。想协助梁在抵抗英人入侵上有所作为,龚并未忘了报效君国。可惜,未等梁氏答复,龚竟于八月十二日辰时,以暴疾逝世于江苏丹阳。

龚自珍的长子龚孝拱在晚清名声不亚于乃父。龚孝拱遗传了其父的奇僻个性和语言天赋,幼好学,天资绝人,于藏书无所不窥,为学浩博无涯涘。他随父入都,兼识满、蒙、唐古忒文字。他曾参加过一次科举考试,不中,便怒而放弃举子业,不像康有为似的改换笔锋瞒过试官老爷。龚自珍死后,龚孝拱又学得英语等外国语。孝拱自号"半伦",意谓无君臣父子夫妇昆弟朋友,尚爱一妾,故曰半伦。裘毓麐《清代逸闻·龚半伦传》载,曾国藩督两江,闻半伦才,思羁縻为己用。有一次从上海过,设盛宴邀半伦至,酒酣,国藩以言挑之，微露其意。半伦大笑曰："以仆（我）之地位，公即予以官，至监司止耳。公试思之，仆岂能居公下者。休矣，无多言，今夕只可谈风月，请勿及他事。"国藩闻其语，嗫不能声，终席不复语。

据说，龚半伦参与了哄抢圆明园一案。有人斥之为为虎作伥，主动献计，并在前引导；有人则为之辩解说巴夏礼本想烧抢北京城，半伦说那样太涂炭生灵，影响大且坏，不如去抢圆明园；又有人说，他只是在洋人哄抢时，进去抢些了珠宝，只是人们认识他，便说他是引狼入园者。

半伦性冷僻，寡言语，侪人广众中，一坐即去，精通公羊学、小学、史学，著有《元志》五十卷、《雁足灯考》三卷、《清邋遢史》三卷、诗文集四十卷，均散佚不传。他好为狎邪游，尤精房中术，并有专著《容成遗术》数万言。《清代逸闻·龚半伦传》载："居恒好漫骂人，视时流无所许可，人亦畏而恶之，目为怪物，往往避道行。旧所藏书画古玩，斥卖略尽。……居海上数十年，与妻未尝一相见。有二子，皆读书自好，来沪省亲，辄被斥逐。同母弟念匏以县令需次苏省，亦不睦。……年五十三，发狂疾死。濒死，出其所爱帖值千金者碎剪之，无一字存。"他爹比他爷狂多了。他比他爹更狂得不以道里计。他爷是当时著名的"热官冷做"的典范（他有"小官大做""俗官雅做""闲官忙做""男官女做"等）。他爹定庵敦伦理、念亲旧，龚半伦虽也曾自号过"小定"，但比"老定"（龚自珍曾自号"老定"，许翰告诉他"老定"即"卖尻"，不雅至极，龚遂不复用此号。见《许翰年谱》）"现代派"多了，龚半伦还自号"饮酒食肉眠花僧""江上一爷""毋毋"等，红火热闹、莫名其妙，他竟去投靠洋人，以满足奢侈的口腹之欲，成为"洋奴"，也够给他爹丢人的。他跟威妥玛时间不长，威妥玛就死了。龚半伦最后沦落到"卖书为活"的地步，将他爹珍藏的古玩、秘籍变卖一空，最终发疯而死。

冒鹤亭《孽海花闲话》载："英使（威妥玛）在礼部大堂议和时，龚橙（半伦）亦列席，百般刁难，恭王（'鬼子六'）大不堪，曰：'龚橙世受国恩，奈何为虎像翼耶？'龚厉声说：'吾父不得官翰林，吾贫至糊口于外人，吾家何受恩之有？'恭王瞠目看天，不能语。"

不过，龚自珍若活着，是不会让他儿子这样做、这样说的。自然，已是半伦之人再也不可能听只会"贩古丹"的父训了。当然，爱新觉罗家亏待像龚自珍这样的天才是家常便饭，他们没想到会遇上半伦这样的"报应"。

晚清人物速写（六则）

一、林则徐：自强无路的象征

林则徐在整顿盐、漕、赈济灾荒、革除弊政、兴修水利等诸多方面善政累累，曾博得"林青天"的称号。他还是第一个"睁开眼看世界"的大僚，但他成立编译局什么的不是为了学习，而是为了知己知彼，为了收拾那些鬼子们。他没有活到大搞洋务运动时，但他会担心搞洋务是在"以夷变夏"。

不过他也不是那种以无可挑剔的圣经贤传教义来解释新的巨变的清议派。那帮清议派"正确"得寸步难行，好在他们都是只说不做的言官。林则徐是坚持原则的坚定干练的务实施员。人们往往觉得，若朝中官僚都像林则徐这样忠贞能干，大清国不但不会亡，反而可能把那些鬼子国都给灭了。这其实只是个幻觉，后来的民粹派的实践及其效果不但证明了这只是幻觉，而且证明了这个梦幻始终缠绕着中国人。

林则徐本人的自信气派不但有力地支持着这种幻觉，也让那些有朴素爱国感的人长久地借此自慰。其实他那份自信力可以明言的来源是他认识到"民心可以用"，未可明言的来源是他顺利的宦途：十九岁中举，二十六岁中进士，后很快入翰林，四十七岁已升任巡抚,五年之内又晋升为总督(地方最高长官),这是破例得快(还有一位比他快的就是稍后的张之洞),是龚自珍做梦也梦不到的。龚自珍怨憎了一辈子,林则徐潇洒了大半辈子。林则徐的事功随着《南京条约》的签订而变成了一缕烟圈,龚自珍那揭发批判专制黑暗的檄文却有地久天长的"电力"。当然,林则徐的浩然正气也是宝贵的近代遗产,值得我们抽象地继承。

二、魏源:睁眼看世界

魏源是龚自珍、林则徐志同道合的亲密战友,他们都活着的时候,魏源比他俩逊色多了。龚是个文化明星,魏只是个渊博的学者;林是封疆大吏,魏只是个幕僚。后来,魏在中国依然不如他俩成名显赫,但在海外,譬如日本,魏则享受着隆重的"知遇"。日本人译、读汉文书籍,第一是《红楼梦》,第二便是魏源的《海国图志》。惜墨如金的《剑桥中国晚清史》辟专节研析魏源,对林则徐只作了插曲式介绍,对龚自珍则用几句话就打发掉了。这是用长时段眼光看历史的一种必然选择。他们视魏源为"19世纪初集一切主要思潮于一身的人。""他是当时社会所面临的变化的一面镜子。"

这倒不是魏源更高深莫测,只是因为,第一,他比他俩多些史家气质;第二,他在鸦片战争后还能睁开眼看世界,另外两位则一死一废矣。

魏源是温厚学者,总规劝龚自珍别乱骂人,他对中国的现实有准确的把握,"不轻为变法之议",只主张"去法外之弊",他认为"求治太速,疾恶太严,革弊太尽,亦有激而反之者矣"。好像他已预先看见了百日维新必然失败似的。做学问,他也不像龚自珍那样制造几个口号，就去玩别的去了，他是真扎实、系统、艰苦地去做。在纯学术史上的贡献、地位也是晚清第一家。然而魏源最引人注目的成绩倒不在这些，而是对"五千年文明古国"第一次遭遇西方挑战所作出的反应是那么稳、准、狠。

魏源发愤作《海国图志》，"为师夷攻夷而作，为师夷长技以制夷而作""夷之长技三：一战舰，二火器，三养兵练兵之法"。他主张在广建造船厂、火器局（聘请法、美的技师），发展新式军事工业、民用工业，还提倡商办工业，提议允许海外贸易的商民，从外国购买船炮转卖给政府，主张商民自行开采银矿，政府别干预，少收税。这真是中国历史上第一开放搞活的方案。他已感到必须用商业机制来改造家业机制，才能应付未来战争了。

憾恨千古的是，他这个伟大的方案，对当时的中国没有半点触动，与他的好友龚自珍那两声空喊领受了相同的命运。《剑桥晚清中国史》中提到："实行改革以帮助中国对付西方的进攻，已让位于清廷在此起彼伏的叛乱中一心挣扎求存所作的努力了。"

三、谭嗣同：冲决罗网的真猛士

百日维新与其说是一次政变，不如说是一场启蒙运动。它的教育意义大于具体的政治意义。如果说维新是当时一股强劲的意识形态的话，那么对这个意识形态最真诚的倒不是"首犯"康有为，而是"插班生"谭嗣同。谭嗣同因是"清季流血第一人"而赢得后人永久的景仰。

他对维新意识忠诚到要以自己的血以警醒国人的地步，这来源于他人性上的侠气。不避死而找死，向死而在，在区别海燕和企鹅的关键时刻，他的选择显示出了大写的人的尊严。他死了，但获得了永生，而那些活了的，却迅速僵化腐朽了。

谭嗣同的选择绝不是出于一时盲目的激情。不但他选择死时的宣言证明他从史的角度反省过死的意义（大意是：中国变法之所以总不成功，因为怕流血的缘故，今日当自嗣同始），而且他所奉行的理论也指示他这样做。他的忠诚尤其体现在这临危不苟的时刻。

他的理论主要有三个来源：一是黄宗羲语意世界的儒学，二是大乘佛学、一股地狱不空誓不出的情志支撑他的学理方向，第三便是来自现实的朦胧的革命要求。

他的《仁学》在二十世纪初才出版，但当时他周围的朋友都看过，梁启超曾说，一部《仁学》比得梁氏自己写的东西都成废纸了。

谭嗣同好像是以"行"树起了非人工所能建造的纪念碑，其实，他绝对是"知先行后"的。贯穿近现代史的"知难行易"还是反之的讨论，说明了在大转型时期，他们都意识到了"知"的重要性。孙中山作为一个革命家深知其中奥秘，故坚定地宣说"知难行易"，只是他忘了举谭嗣同这个最有说服力的伟大范例。

"真的猛士，敢于直面惨淡的人生，敢于正视淋漓的鲜血。"（鲁迅《纪念刘和珍君》）谭嗣同以"真的猛士"的身姿，将维新这个启蒙运动推进到了中国人的实践系统。

谭嗣同的"学生"最多，五四运动、三一八惨案、一二·九运动，每一个这样鲜血淋漓又震惊中外的真正的"节日"，都是谭嗣同的"学生"站在前头。这是中国的"脊梁"。秋瑾可以不死，而选择死，是为了唤起妇女提前五年觉醒，她与嗣同拥有同一副赤胆红心。

对于他们，不能问"你死了又怎么样呢"这样一类貌似明智而实无血性的问题。因为，他们并不是盲目的激进主义，他们是大智大勇的人，拥有着真正的人生！

现在我们常说的传统，其实包括三个阶段的传统内容，其一是渊远流长的古代传统，其二是近代以来志士仁人开辟出来的近代传统，其三是无产阶级革命家开辟出来的现代传统，人们习惯称之为"革命传统"，其实用"长时段"的眼光看，近代传统有一个主题就是革命。而第一个真正干革命的是谭嗣同。

他的《仁学》的主题，简言之，就是冲决罗网，不但要冲决两千年的旧罗网，谭嗣同说还要冲决新的罗网，罗网总会有，罗网总会被冲决。

四、张之洞：活着的祖宗

张之洞这个人博大精深，无论是事功，还是学问，都是近代史上的重镇。

但是，重要不等于伟大。张之洞起初资助维新派办报纸，后来又关闭之。他曾加入康梁的强学会，等到清理康党时，他花巨款贿赂有司，以期自保。类似他这种一开始也曾同情、支持维新，后来赶紧转向的士大夫有一大批，否则百日维新不一定以进一步、退九步结账。

他本是激进的清议派（今日习言之"左"）领袖，结果在中法战争中，他打了败仗，清议派的势头蔫乎下来，他本人也转向洋务了。

在车水马龙的近代官场，张之洞一直是个不倒翁，而且官越做越大，好事还越办越多。他绝不是那种没有政见的政客，他是个稳健的开明的政治家，总能提出一些"中等偏上"的对策，所以他的对策的采用、实施率最高，而且他建树的许多东西今日还保留着，叫他"活着的祖宗"是不褒不贬。

他的主要遗产，经过大浪淘沙，还依然挺露的部分主要是教育体制改革和"中体西用"这个思想模式了。这除了说明张之洞的水平外，还说明了这两项工程的后效本身就是尤为深远的，是万万不可当日常杂事一样轻易处理的。

在慈禧相信义和团能打跑洋人时，张之洞是很压抑的。后来，八国联军进北京，北京成了"动物世界"，"孤儿寡母"逃到西安，在那种氛围中达成了共识，发布上谕，声称三纲五常虽为万世不易之理，但统治方法却应该顺应时势加以改革。龚自珍在七十年前说的话，变成了上谕的内容："我中国之弱，在于习气太深，文法太密。庸俗之吏多，豪杰之士少。文法者，庸人借为藏身之固，而胥吏倚为牟利之符。公事以文牍相往来，而毫无实际。人才以资格相限制，而日见消磨。误国家者在一私字，困天下者在一例（成法惯例）字。"我们现在读来深觉亲切，张之洞当时大为感动，立即上了一道几万字的奏章，将教育改革、新学校的大小章程设计得清清楚楚。皇帝划圈宣布执行，遂有以后这样的成系统的学校，连今天的学制都与之相同。

张之洞早在中日甲午战争以后就提倡办学堂，还在武昌等地真办了几个，他这套完整的方案还因为他早已留意西洋、东洋人的办学方式，他是最早派留学生出国学习的人、经常派专家团出国观摩的人。

张之洞在 1898 年出版了他的《劝学篇》，是针对激进的维新派的，所以很快在上等华人中间达成了"朝野共识"。其中的核心主张就是"中体西用"，就是以中国固有的政体、伦理为本，大胆地学习利用西方的先进技术。这个折中的自强战略，以其"中等偏上"的取径，赢得中西文化冲突时期人们的频频首肯，融入了人们的常识之中。冯友兰说，五四运动时期人们的征婚启事，要求女性有"新知识、旧道德"，便是"中体西用"影响的最好说明。鲁迅则将这个模式及其社会后果简括为："学了外国本领，保存中国旧习。"主张"全盘西化"的人（如胡适）批判过它，第一代马克思主义者批判过它，他们都振振有词，却似乎并没有把它送入火葬场，类似"中体西用"的提法总是不断地变换服装、脸谱登上舞台。

五、康有为：幕后的导师

康有为在 1888 年、1895 年两次给皇帝上书请求"变成法"，第一次单独活动，第二次有一千三百名士子签名，但都察院不收，这些人散而归乡里，便成了从前线回来的天然的宣传家，"各省蒙蔽开辟，实起于斯举。"当然，旗手康有为是中心、重镇。他办强学会、《强学报》《中外公报》，这是近代中国社会和文化发展的里程碑。

强学会是康有为的"黄埔"，《强学报》是中国第一张民间办的报纸，有了报纸就千百倍地超过了原始的信息传播方式。当然有丰富政治斗争经验的统治者，五个月后就取缔了它。他们便又办了《时务报》《知新报》，这两份报不但使变法运动在长江下游流域和东南沿海地区保持着生气，而且也是这一带一直是近现代革命策源地的一个原因。鲁迅一代人就是看这个报纸长大的。从这个意义上说，办报这件事比百日维新更有功于历史。

办学、办报是"开民智"，是发动社会的启蒙运动，百日维新则是"开皇智"，是自上而下地来变法救亡。前者受挫，但薪尽火传神不灭；后者失败，却遭来进一步、退九步式的反动。

康有为除了讲学、直接给皇帝上奏章是亲自干以外，别的都在幕后。他把孔子推出前台，让孔子讲维新变法、保皇保教的新教义，康有为只扮演一个转述者、解释者的角色。他的主要工作是阐释义理，他那帮学生按照他指引的方向去做大大小小的具体工作。这倒与孔子的活动模式如出一辙（用自己的主义武装学生，学生去从政），这种重复性的背后却是中国历史的停滞性。而停滞性根源于巨大的历史惰性，也在扩大着这种惰性。

改变这种惰性只能靠新的经济形式。可是，"康老夫子"手中无权，唯一的能耐是在纸上造句子，他又是个坚信义理能改变世界的唯心大宗师，这已有了足够滑稽的悲壮，他老先生也因此而更加无路可走，就越发乌托邦化——直到写《大同书》，他那教主情结才得以纾解。然而他既不敢发表，也不敢给学生们看——怕过早地传播出去，世界会因此而混乱。这部救世的大纲，一直封存在书橱里，它终于被披露后，也并没有成为指导改良运动的灯塔。国民革命党是他的死对头，他也认为国民革命比他倡呼要改的那个祖宗成法更坏、更糟。他的《大同书》真正发挥了作用，它被印入了一个崇拜他的青年人的脑膜，这个青年人后来成功地领导了工农革命（与洪秀全的运动同是起义，性质不同），后来又成了全国人民的伟大导师。梁启超早就有言，有为著此书，在三十年前，"而其理想与今世所谓世界主义、社会主义者，多合符契"。

六、严复：了不起的盗火者

严复一生也没给他的祖国赚过一分钱，但他一生都在为他的祖国探求富强之路。而且，他的努力不但斐然可观，还有持续性的影响。

严复毕生的功业，可以用两个字概括：译书。他译的书哺育过鲁迅那一代人，近年来又重获国内外学人的重视。

谁胳膊粗、力气大谁占便宜的残酷的近代史，使严复相信了社会达尔文主义，于是，他便翻译达尔文的著作，以让更多的人，尤其是青年认清"适者生存"的真相。胡适自言，他改旧名用"适"字，就是为了表示"适者生存"的意思。

严复也许觉察到伦理代法律、代技术的伦理本质主义，其土壤正是和民族史一样源远流长的经验主义，他便翻译穆勒的"名学（逻辑学）"。他还不知道后来的"逻辑重组主义"，但他大概是有这种"重组"的用心的。

学术，实用主义地看过去，什么用都没有！然而，它那无用之大用，说"精神原子弹"太唯意志主义了，但作用又怎样估计都不会过高。因为，人是观念的动物，观念规定着一生的格局（知先行后）。阿Q为什么人格萎缩？因为是他脑中的观念支配他那么做的。谭嗣同那么壮烈，因为他"观念到位"了。中国近代史上若不出个严复，那现代史可能还是得重复近代史。至少在那一代领潮人的头脑中还会重复，或者说，至少不像后来表现得那么自觉。

严复本人到后来反而落伍了，这本是他应该高兴的。他却大后其悔：仆半生以来介绍的西方精神，就是八个字："利己杀人、寡廉鲜耻"。他又觉得儒学天地温情舒坦了。他这一变，跟梁启超不一样，梁是往前变，他则是往后变了。

问题在于严复将两个法则混为一体，然后又进行了传统式的定于一尊的非此即彼的取舍。社会发展、富强主要运用经济手段，人的发展、提高主要靠精神建设。这两者有不可分割的关系，但绝不是一件事情，而是两回事。将它们硬搅在一起，只有一个结果，就是两败俱伤。一个社会必须要有多元化的机制才能成为现代社会，才能建设现代社会。

永恒的沉默

我的导师朱泽吉先生遽然逝去，是为解脱了"我与我周旋久"的折磨，解脱了过量的违心外物的挤压而感到如释重负，还是留恋这尽管残酷却时有温馨，尽管他本人惨遭野蛮的摧残，但还竭诚地为之去建设文明的世界？他的心是甜美的，还是严峻的？是幸福的，还是绝望的？他还没有告诉这个世界，闪电就熄灭了。遗体告别仪式是庄严隆重的，堪称死也哀荣。

然而，我深深知道命运对先生的残酷和不公！知道先生活得是多么苦！

先生的一生似乎一切都很正常，其中的个别"章节"还是令人羡慕的。先生早年就读于辅仁大学，颇受陈垣、余嘉锡、孙楷第等著名学者的赏识与器重，在毕业即失业的年代，他留校执教，并成为余先生的研究生，继续从事国学研究，这自然成就了他渊博的学识、深厚的国学根基。先生曾用笔名发表过时评和杂文，都早已湮没无闻了。后来，先生以他的才学和勤奋在民间文学研究领域创获甚多。老马又踏上新途，任重道远的行政职务、荣誉性的、实务性的社会兼职纷至沓来。我整理先生遗物，看见各种兼职的聘书、证件等红皮、蓝皮的小本本就有十四五个。先生又陷入光荣的无可奈何之中。先生曾发表关于冯梦龙、吴敬梓、目录学等兼具精深考证与理论建树的文章将近二十篇，还写就十九万字的《冯梦龙研究》。而且这期间他一直没有脱离教学第一线，同时他的老朋友还都知道他是个"苦吟派"……但这一切在1986年9月2日的一刹那都成了先生的"生前"！先生去世时，年仅六十五岁。

生命的流程不可逆转，每天都有平庸或悲壮的结局与开始。世间当然有比先生更不幸的人。先生不但有活过来的幸运，还有一个"光明的结尾"，他的一生似乎算不上悲剧。然而这却正是一种深而思之就令人压抑黯然、触目惊心的悲剧。负面因素假自己之手将自己否定了一半，所有外在的桎梏与摧残都内化成了自律要求。只有在布景倒塌之后才洞见了悲剧的深渊。

我现在还常常能回想起先生的目光，那目光中有几分以忍耐为前提的明哲，但因其忍耐而又抵消了明哲的亮度。那目光很深沉，但那是被岁月抹上了无可奈何的色彩的深沉。无话可说的荒漠感与克尽其责的责任感的双重变奏，至少是先生后半生的主旋律。不是旋风，不是海啸，这是一副流血和沉默的魂灵。

先生曾说"没有个性就是我的个性"，然而，"没有个性"的先生有痛苦。痛苦成了他生命的存在方式。对于先生这样的学者，他洞察历史的深度与他所受的痛苦是成正比的。当然，先生本人也要负一份责任，那就是先生视人太重，视己太无情！屈己从人是先生的美德，更是他的不幸。先生只有在深心的孤独之中才会体味这种不幸。先生的孤独是无话可说的、尽在不言之中的孤独，是大部分被掠夺去后的清醒的自我确立。无言的孤独是严酷的、凄凉的。我有一种不能抹灭的感觉：先生的精光被自己掩盖过半，示世者仅是余绪，像冰山一样，浮出水面的只是十分之二三。先生生前死后，我常常想：若是先生换一个活法呢？那也许会失去若干所谓的美德，但他会有更多与他的博学和才华相符的建树，更主要的是先生会活得轻松愉快一些。先生活得认真得要命，这种认真便规定了他的悲剧命运："终身履薄冰，谁知我心焦？"（阮籍《咏怀八十二首》之三十三）我曾对先生说："您是悲剧。"先生当时什么也没说，过后师母说他颇受刺激、良多感慨，但一直也没跟我说什么。五年后，在我结束研究生学业时，先生才旧话重提，且诫我勿再言。今日，当他卸掉了尘寰的观念枷锁时，或不会再责我直肆，会颔首以为弟子知先生。

先生苦了一生，而痛苦的意义又并没有充分地体现为存在的意义，这是先生最后的悲剧！

人绝不是万物的尺度！从希腊哲人到今天还满怀深情地重复它的人都是在补偿性地文饰着人在自然面前的无能为力！人的真实的生存却恰恰相反："万物"倒绝对是人的不二法尺。所有关于"人是自由的"的童话都在一次性的、不可替代的终点面前显得那么矫揉造作、苍白无力！无论是西哲的理性自由、选择自由，还是中贤的内心自由、"大丈夫"的自由，最后统统被吹得烟消云散，像一个两眼昏花的老人刚刚将一张碎币精心补对完整，却被一个喷嚏吹得七零八落一样！

垂下的眼帘终于彻底遮断了所有一切！

先生再也不必朝乾夕惕，再也不必谨厚宽容，他到了一个什么也用不着的世界。我不相信极乐世界，即使有，也与先生的风格格格不入。

没有痛苦，只有靠非生存才能达到。"余痛恨先生之死之心可释矣。"我愿摘李贽《罗近溪先生告文》移赠先生：

> 有柳士师之宽和，而不见其不恭；有大雄氏之慈悲，而不闻其无当。……居柔处下，非乡愿也。泛爱容众，真平等也。力而至，巧而中，是以难及；大而化，圣而神，夫谁则知。